东大街79号

常鸣◎著

中国致公出版社
China Zhigong Press

图书在版编目（CIP）数据

东大街 79 号 / 常鸣著 . -- 北京：中国致公出版社，
2018

ISBN 978-7-5145-1368-4

Ⅰ . ①东… Ⅱ . ①常… Ⅲ . ①长篇小说—中国—当代
Ⅳ . ① I247.5

中国版本图书馆 CIP 数据核字 (2018) 第 266864 号

东大街 79 号

常　鸣　著

责任编辑：尤　敏　王宏亮
责任印制：岳　珍

出版发行：中国致公出版社 China Zhigong Press
地　　址：北京市海淀区翠微路 2 号院科贸楼
邮　　编：100036
电　　话：010-85869872（发行部）
经　　销：全国新华书店
印　　刷：三河市华润印刷有限公司
开　　本：710mm×1000mm　1/16
印　　张：18
字　　数：235 千字
版　　次：2018 年 12 月第 1 版　　　2019 年 4 月第 1 次印刷

定　　价：39.80 元

序

preface

《说文》曰："舞，乐也。用足相背，从舛，无声。"古"舞"字像人执牛尾而舞之形。有人说，"舞"和"巫"是一回事，是人类与天上的神灵沟通的语言。后来，舞褪去了"巫"的神圣性与神秘性，走进了朝堂，走进了市井，走进了寻常百姓家。

跳舞的人，在很长的一段时间里，与唱戏的一起被统称为戏子。再后来，这一称呼变化为舞者、文艺工作者、舞蹈专家、舞蹈艺术家。称呼的变化体现出了这一群体社会地位的变化，但是不管外部环境与他人的目光如何改变，跳舞的人们，其实习惯地称呼自己——"圈儿里人"。

兜兜转转一辈子还是离不开的"圈儿"，你争我夺一辈子还是逃不开的人，爱恨情仇一辈子却舍不掉的舞，得得失失一辈子还是看不透的情。

目录
contents

第一章

　　"身体下沉，再下沉……到最深处反弹，感觉自己是一粒破土而出的种子……从尾椎拉长……"赵晨微闭着双眼，陶醉地讲述着动作要领，仿佛她此时就是一个躺在地上，感受着呼吸与身体律动的舞者。

　　一个粗鲁的声音打断了她的思绪："你这教的是些啥子？"

　　赵晨回过神，看到了一双双充满惊疑与质询的眼睛围绕在四周。她笑笑："从今天开始，我准备给大家上一些现代舞的课程。现代舞是 20 世纪初在西方兴起的一种……"

　　"我们五十多喽，还学啥子现代舞、古代舞……只要会扭秧歌就行。"另一个声音高声说。

　　赵晨有点儿窘迫地辩解着："现在还没有古代舞这个说法，应该是古典舞，扭秧歌是民族民间舞的一种……"

　　"莫说多喽，赶快退钱，我们不学了。"起初的声音带着浓重的地方口音又一次打断了赵晨的话。

　　"就是嘛，本来花钱学舞蹈，屋头就不同意。"这句附和更是引起了四周的一片响应，"退钱"的呼声此起彼伏。

赵晨无奈，没做过多的辩解，默默地给这些上了年纪的学员退还了学费，然后看着她们面带愠色三三两两地离去。

这一切被早就进来了的梁若伊看在眼里。她犹豫着，想要走到妈妈的身边给她安慰，可是想到自己此时的情况，走了几步又愣在原地，只用脚尖擦着地，低头抠着衣角。

赵晨微微牵动嘴角，仿佛对着梁若伊，也仿佛对着自己苦笑了一下，按下了录音机的播放键，然后用舞者惯常的那种姿势席地而坐。Tom Waits 的 *Closing Time* 缓缓流淌。忧郁的旋律在破旧的排练厅里回荡，掠过破旧的地板，掠过斑驳着污渍的镜子，掠过母女相似的脸庞……两人谁都没有说话，好像沉浸在了时光的深处，忘记了周围的一切。

仿佛过了一个世纪那么长，赵晨终于轻轻地叹了口气，站了起来。她关闭录音机，开始收拾自己的东西，换下练功服，脱下练功鞋，把高高盘在头顶的头发松开，同时漫不经心地说了一句："走，晚上吃火锅。"

梁若伊却一直站在原地，身体摇晃了一下，说了一声："妈，我……"却再也说不下去了。

赵晨熟悉女儿的性格，熟悉她的一举一动，也知道她犯错时的表情或者说表现，因此故作轻松地笑了笑："哦，老师给家里打电话了，逃课啦？"

梁若伊放开了一直摆弄的衣角，抬起头："妈，我考上了南方歌舞剧院。"

赵晨把已经挎在肩上的提包扔到地上，走到梁若伊的面前，狠狠甩出了一个耳光，清脆的响声在破旧的排练厅里回旋着。梁若伊昂起头，眼泪溢出了眼眶："我喜欢跳舞，不，我热爱跳舞，这是我的梦想！妈，你从来都不支持我的梦想，我不明白为什么，你自己就是一个舞蹈家，你难道不应该是最支持我的人吗？"

赵晨铁青着脸："不准去，在学校好好读书。"

梁若伊用执拗得近乎视死如归的口气回答："我今天办了退学，我不想再上大学了，我要跳舞。"

　　赵晨再一次扬起了手。梁若伊却伸直了修长的脖子："你打吧，从小你就说，要是跳舞就把我的腿打折，我只能在你排练或者教课的时候偷偷地学，没人的时候偷偷地练，你知道我多难吗，我再也不想这样了，我要站在专业舞台上，痛痛快快地跳。"

　　赵晨的手停在半空，从牙缝里狠狠地挤出一句话："你要是走进南方歌舞剧院一步，就永远别再要我这个妈！"

　　梁若伊声嘶力竭地说："不要就不要，我没见过你这么扭曲的妈，没有更好，以后永远不用你再管我！"

　　梁若伊哭着跑出了这个民宅改建的简陋的排练场，跑到了大街上。她不知道该往哪里去——回家，是不太现实了。刚刚跟母亲的一顿争吵，让她不愿意马上低下头求得原谅，高傲的自尊也不允许她再回头。想了半天，她在路边的一个电话亭里拨打了寻呼台，随后放下电话。片刻，电话铃声响起，梁若伊拿起了听筒。

　　周立涛高兴的声音传来："这还是你第一次呼我，咱俩心有灵犀呀。我正想到学校去找你呢，我买了两张电影票，最新上映的港片，晚上一起看吧。"

　　梁若伊犹犹豫豫地说："嗯……行。"

　　周立涛马上说："那六点咱们一起吃饭，吃完正好去看电影。"

　　到了约定的时间地点，周立涛骑着自行车呼哧呼哧地赶到了。他方方的国字脸上淌着大颗的汗珠，一看就是下了力气紧蹬慢蹬赶来的，粗粗的眉毛挑着，像要飞起来的样子，很符合古人对"眉飞色舞"的形容。他本来是兴高采烈的，一看到梁若伊乌云密布的脸，不由自主地屏息静气，讪讪地，好像是自己做错了事儿。

周立涛下了自行车，看了看表，询问道："若伊，我也没迟到啊，还提前了二十分钟呢，你怎么看起来不太开心？"

　　梁若伊看了他一眼，周立涛马上说："你先到就是我迟到，认罚。"

　　梁若伊又好气又好笑地开口了："不是因为你，我跟我妈吵架了。"

　　周立涛"哦"了一声，问："为什么呀？"

　　梁若伊没好气地说："因为我退学了。"

　　这下周立涛大吃一惊："什么？！你就这么……没有跟任何人商量……自己退学啦？！多不容易考上的，英语系现在也挺吃香的，还有一年就毕业了，怎么做事总是那么冲动呢，连毕业证都没有，以后怎么办……"

　　梁若伊打断了周立涛的滔滔不绝："我约你出来，不是听你指责批评我的。"

　　周立涛把剩下的话生生地咽了回去。耐着性子陪梁若伊找了家串串香，有盐没味地吃着，东拉西扯地找些话来说。然后又心不在焉地看了电影，演的什么也没太留心，只是时不时地偏过头看看梁若伊的脸色。

　　电影终于散场了，周立涛推着自行车与梁若伊行走在夜晚的街上，他像往常一样说："我送你回家。"

　　梁若伊却摇了摇头："我不回家。"

　　周立涛又吃了一惊："要不，去我那儿？"

　　周立涛和梁若伊是校友，他从小就是"大院儿"长大的孩子，即使在物质匮乏的童年和少年时代，也从来没有挨过饿、受过苦，不但没有挨过饿，还有糖吃，有零花钱。后来他顺利考上了西江省著名的西江大学，毕业分配到待遇优渥的机关工作，去年才分到了单位一套两居室的福利房，因此他完全有条件收留无家可归的梁若伊。

　　可是话一出口，周立涛又觉得听起来有点儿暧昧了。他跟梁若伊是在两年前西江大学的百年校庆上认识的。那天，远远近近的校友都回到母校参加隆重的庆典，土生土长的西江省蓉市人周立涛更是早早地就赶到了校园，刚把自行车放好，远远地就看见一位"仙子"匆匆地跑过。说是仙子，并不仅仅因为梁若伊长得美，更是因为那天她刚好穿了一套很飘逸的演出服，在庆典的文艺表演上跳了一段独舞。从那以后，周立涛就对梁若伊倾心了。对她倾心的并不只有他一个人，但他是其中最淡定的一个。

年轻的男孩追求女孩子，少不了娇艳的鲜花、炽热的情话和伺机而动的热吻，但周立涛不是这样，他只是在每一次梁若伊需要的时候第一时间出现在她的面前，像个兄长一样开导她，有些时候只是默默地陪伴。这样一来，梁若伊也不能像拒绝其他追求者一样，明确地拒绝他，但跟他也从来没有其他小情侣惯常的举动，比如牵手啦，拥抱啦，更别提进一步的男女之事。

但是这一声"去我那儿"，听起来却好像情侣之间的暗示或者明示，并不是周立涛没有那个想法，面对年轻漂亮、心仪已久的女孩，不会有哪个男人没那想法。可是此时此刻，这实际很纯洁但听起来不纯洁的几个字，却有点儿不合时宜。没等梁若伊回答，周立涛自己先慌乱了。

他想补救，连忙说："去我那儿……我是说，搬到我家住吧。"随后又补充了一句："大的那个房间给你，我睡另一个房间。"

梁若伊摇了摇头说："以后天天排练太远了。"

周立涛吃惊地说："排练？什么排练？"

梁若伊淡然地说："我考上了南方歌舞剧院。"

慌乱的周立涛提高了声调："什么？你退学考上了南方歌舞剧院？报名考试这么长的时间里，没有跟家里说一声，也没有跟我说一声。"

梁若伊有点儿不乐意了："凭什么跟你说？"

周立涛受伤了："对，凭什么跟我说，我是你什么人，既不是你男朋友，又不是你亲戚朋友，这么几年，我就是……我在你面前就是臭狗屁。"

梁若伊气沉丹田，然后如狮吼般爆发："你把自己当什么了，你以为退学我高兴吗？你以为跟我妈吵架我舒服吗？你以为我就从来没有纠结徘徊难受过？我就没有压力痛苦难选择？你在这吵什么吵，要觉得是臭狗屁你就把自己放远点，少在这污染空气。"

周立涛："若伊……我……"

梁若伊歇斯底里地说："我什么我，走，你走！——要不我走！"

梁若伊在大街上不顾一切地开始疾走，向着自己也不知道是哪里的方向，周立涛紧跟着，同时劝着："这么晚了，你要去哪儿？"

梁若伊头也不回地说："你管我去哪儿！"

梁若伊越走越快，干脆飞跑起来，渐渐地变成了狂奔，不知道一直狂奔了多远，她终于在前面看见了一块闪烁着霓虹灯的招牌，招牌上写着"醉玲珑歌舞厅"。梁若伊不管三七二十一，一头扎了进去。

歌舞厅里人头攒动，劲爆的音乐中有几个妖艳的人在一个小舞台上扭动着，更多的人随着音乐摇摆着——是酒后的醉态，也是忘情的狂欢，或者满溢着荷尔蒙的肢体信号。

梁若伊喝醉了，而且是酩酊大醉，她冲到外面狂吐，随后像个幽灵似的、漫无目的地游荡，最后倒在了一个街心公园的长椅上。天空下起了雨，她迷迷糊糊地感觉到，有人为她撑起一把大伞，又把她的头枕在了那人的腿上，随后她就不省人事了。

清晨的阳光刺痛了梁若伊的眼睛，随后四周嘈杂的汽车的声音、自行车的铃声、人语鸟鸣各种声音传到了她的耳朵里。她艰难地睁开眼，看见了一个青年手里撑着一把伞，正弯腰看向她。他高高的，脸上棱角分明，眉眼挺拔，鼻梁挺直，嘴唇也是线条分明，面颊微瘦，却也很英挺。总体而言，就是帅。梁若伊心想，是他给我撑了一夜的伞吗？她想不清楚，只好痛苦地用手扶着额头，努力回忆着。渐渐地，她想起了跟妈妈的争吵、跟周立涛的争吵，她想起自己已经办妥了退学手续，不再是象牙塔里的天之骄子了。

然后她忽然想起，自己通过了南方歌舞剧院的考试，这一天应该是她正式报到上班的日子，为了避免横生枝节，她特意拖到了上班的前一天才跟妈妈摊牌。

一切都来不及了——来不及跟这青年说话，来不及换衣服，来不及取练功服，来不及多想，梁若伊飞一样地赶到了东大街79号。

这是一个曾经辉煌和让人骄傲的艺术殿堂，这是一个曾经远赴中南海和联合国总部献艺的艺术团体。这也曾经是监狱隔壁的一个大院儿，那时歌唱家在练嗓儿，服刑的犯人就应和着号叫，堪称一绝。

大院儿外的街上曾经密植着法国梧桐，每当深秋梧桐叶落的时候，地上就铺满了厚厚的、硕大的梧桐叶，干枯的叶片经过行人的脚步轻踩，越发分散到了各处，城市潮湿的空气裹挟着忧伤的浪漫气息扑鼻而来，那时的景致可以说是"声香味"俱全了。

不过到了二十世纪九十年代中期的现在，中国正发生着翻天覆地的变化，西江省也在发生着翻天覆地的变化，南方歌舞剧院同样在发生着翻天覆地的变化。

监狱已经搬走了，周围成了宽大的建筑工地。道路拓宽了，粗大的法国梧桐不见了踪影。

剧院里除了原本的舞蹈团合唱队，又成立了天香女子民乐团和西江交响乐团，在歌舞的基础上增加了"乐"的部分。一共四百六十多个在职和退休的员工，让昔日的殿堂变得有点儿局促。两排六层高的职工家属楼几乎占据了东大街79号院一半的面积，紧邻着家属楼刚刚又修好了一座剧场，如此一来，夹在中间的一座两层小楼就显得矮小和不起眼。这两层小楼，一楼是舞蹈团的办公室，二楼则是两个相对着的舞蹈排练厅。

曾经让人骄傲的艺术殿堂虽然还是一如既往地让人感到骄傲，却似乎没有了早期那样的辉煌。但是对梁若伊来说，她不在乎。她想跳舞，这是一种流淌在血液中的热爱，不顾现实、不顾未来、不顾前途、不顾母亲、不顾一切的热爱。踏进南方歌舞剧院的那一刻，她默默地对自己说："我终于来了。"

第二章

想跳舞的梁若伊走进了排练场，由于宿醉，由于匆忙，由于没带舞鞋，光着脚的她看起来糟透了。在她刚走进排练场时，几个演员毫不掩饰地捂住了鼻子，皱起了眉头。

导演吴姝也因为她打断了自己的排练而恼怒，她微微扬了扬下巴："去，站进去。"

演员的站位是有讲究的，看起来差不多，其实不是。排方队的时候，跳得最好的一定是站在队伍最前排的中间的，如果在舞蹈的流动中变换了队形，那跳得最好的就会在最显眼的位置——直线或者半圆的中间点，三角形的顶点，平面的一个高点或者是配合群舞独自的一段炫技，总之就是两个字——突出。而演员的站位也就决定了她在这个舞蹈团里地位的高下。

梁若伊慌乱之中瞅见一个空位就站了进去，正在旁边单独练习的刘丽颖看了看，没有开腔。这时，吴姝又补充了一句："站在最后一排那个位置。"就这样，新来的梁若伊站到了队伍最后一排的角落里。

吴姝撸了撸袖子，声情并茂地高声说："好了，我们继续——今天，我要排一个舞台上从来没有见过的、超现代、后现实主义、国际前卫的队形……"

梁若伊一整天都有点儿恍惚。吴姝导演信誓旦旦要排的从来没有见过的、超现代、后现实主义、国际前卫的队形，结果排好以后是个三角形，这创作她有点儿不懂。休息的时候一个长发姑娘直接从二楼的窗户跳了出去，她受到惊吓赶紧去查看，结果发现那是一个长着浓密胡子的长发男人，而且正站在一楼半的阳台上向下撒尿，这风格她不懂。曾经担任她考官的付团长找她谈话，原本说好八百一个月的工资，不知怎么变成了一个月三百加演出费，那如果没有上节目呢？这差距她不懂。总之，她的梦想之地开始变得扑朔迷离。

　　好在付团给梁若伊安排了演员宿舍。当天傍晚，她就回家简单整理了一些换洗衣物、床上铺盖和洗漱用品，搬了进去。赵晨见她进了家门，有好几次欲言又止，无奈梁若伊始终是一副拒人千里之外的冷漠面孔。赵晨终究没有找到开口的机会，只有在她离家出门的一刻说了一句："你太犟了，太傻了！"

　　这宿舍其实是搭在剧场楼上的一排板房，四人一个房间，洗漱、洗澡或者上厕所都得去外面演员公用的浴室和卫生间。排队是必然，特别是每天排练结束，每个人都一身臭汗的时候，男女浴室的外面都会有长队等待。如果是夏天，有些男演员为了避免苦等，干脆就用冷水兜头往下冲。

　　梁若伊对这些还比较陌生，她友善地给同寝室的姑娘们一人分了一个大红苹果，然后一边聊天一边收拾东西。健谈的钟晴热情地打听着她的家庭、她的父母、她的成长史、她的一切。梁若伊刻意地回避了父母的话题，她不想也不愿谈那个她从小就消失了的父亲和那个虽然尽力在生活上抚养，却竭力阻止她跳舞的母亲。这一来惹得钟晴有点儿不高兴，觉得她不坦诚，对自己有戒备心，转而去跟刘丽颖亲亲热热地摆龙门阵。

　　刘丽颖明面是跟钟晴摆，实际上是明敲暗打的，都是在告诉梁若伊，在舞蹈团里，要懂"规矩"。刘丽颖十四岁舞校毕业就到了南方歌舞剧院，现在虽然年纪轻轻，却已经是有多年工龄的"老"员工了，再加上舞跳得好，在演员中很有威信和说服力。因为深谙舞蹈团的生存之道，刘丽颖跟人说话的口气也是变幻莫测的，她替演员跟领导争取休假，是嗲嗲的："付团长，演员们这几天好累哦，你给我们休一天嘛。"排练导演的作品，是严肃而又不失俏皮的："吴导，你放心，我一定好好练。"开导有思想包袱的年轻女演员，是知心老大姐似的："我们那个时候，天天清早八点起来压腿，练基本功，现在这些算啥子嘛，我晓得你外边儿有事情，但是也不能把团里的事情耽误了哈。"

此时此刻，刘丽颖跟钟晴是闲聊的状态："我们那个时候，跳得好的才能上台，其他人只能在旁边看着，哪像现在，啥子死猫烂耗子都往台上站，自己的位置都找不到。"梁若伊只能装作没听见。她觉得非常疲惫，宿醉以后经过这一天的排练，可不是开玩笑的，再加上谈话、搬家和这寝室里不温不火的氛围，她只觉得很累，很想睡觉。

高干子弟李楠则自始至终沉默着，她在业余时间报了个编导培训班，整个晚上都在专注地复习培训班的课程，仿佛一切都事不关己。

梁若伊终于把一切整理好，爬上了床。可是，就在这个时候，外面传来撕心裂肺的惊呼："杀人啦！……"钟晴第一个冲出寝室，梁若伊赶忙重新穿上鞋子，跟刘丽颖一起匆匆赶了出去。

此时，201 寝室的门外围满了人，里面传来女人的尖叫和哭泣，男人低沉的气喘，以及因为躲避和追逐碰翻了东西的声音……演员们议论着，急切地拍打着门，有人高呼："张东健，开开门。"

"咚"的一声，一柄利刃穿透单薄的门板，由里而外插在了门上，人群一起向后退了几步，随后门被打开，一个女孩捂着脸，哭泣着冲出，瞬间消失。梁若伊看向屋内，只见一头长发的张东健坐在床边——就是上午站在阳台上撒尿的那位——正若无其事地喝着啤酒，仿佛刚才的一切都没有发生。

唐风顶着一头"杀马特"的发型，拎着几瓶啤酒分开人群："散了散了，有什么好看的，不就是我长得帅点嘛！"说完把头发一甩，关上了门。随后门里传来唐风的声音："女朋友是用来疼的，不是用来打的，我大晚上跑出去瞎转，就为了给你私人空间，你倒搞得天翻地覆。"张东健沙哑的声音："你不懂。"随后是用牙齿咬瓶盖的声音。

刘丽颖往前一步，冲着里边喊："唐风，你跟张东健少喝点啊，明天排练不准迟到，听到了吗？"张东健沙哑着声音回答："哎呀，知道了。"

梁若伊简直觉得这太不可思议了，可是看看四周，围观者一副见怪不怪的神情，各自该干吗干吗去了。只留下她瞠目结舌地愣在原地。

这疲惫的一天终于在这一出闹剧里落下了帷幕，梁若伊拜托寝室的姑娘们："各位，明天你们起床以后顺便叫醒我，谢谢啦！"随后就迅速进入了梦乡。

第二天梁若伊又迟到了。原本约好叫醒她的几位，各自排练去了，根本没人理她。她再次走进排练室，吴姝导演点着食指，说："一个新来的，天天迟到，我不管你是哪个团长招进来的，再迟到我就封杀你，让你从此以后，不要跳喽。"

梁若伊灰溜溜地站到最后一排，机械地跟着动作，心里杂七杂八地对自己说："什么都别想了，看来以后得靠自己……刘丽颖确实跳得好，难怪是领舞……不知道我什么时候能站到前面去……"这么胡思乱想着，手脚的动作都不对，别人踮起脚尖了，胳膊送出去了，肢体舒展了，她还缩手缩脚的。别人迈开大步、扬起了裙子，她还小碎步撞在人身上。节奏跟不上，动作也是错。

吴姝说："停——新来的那个姑娘，你叫啥子？"梁若伊轻声细气地说："我叫梁若伊。"吴姝说："梁若伊呀，你是在跳舞还是在插秧，以前跳过舞没得？你是大足石刻吗，不会动哇？"梁若伊吓得不敢开腔，队伍里传来小声儿的笑，她心里就更发毛，不知道到底该怎么做。

其实梁若伊一直是个有主见、自尊心强、心气儿高的女孩儿，小时候有同学嘲笑她没有爸，她脖子一扬："有爸把你教得这么瓜戳戳的，还不如我呢。"

有人打她，怎么打她的她一定要怎么打回去，从来不会像其他的孩子那样跑回家跟妈妈哭鼻子。妈妈除了跳舞这一件事，其他的其实一直也都迁就她，宠着她。长大以后刚上大一，她就代表新生在西江大学百年校庆跳了独舞，老师同学们都知道她，都喜欢她。

谁知道一到南方歌舞剧院，她就被批评了，但是她不敢开腔。这是排练场，排练场上用业务说话、用作品说话，跳得不好，心气儿再高、自尊心再强也等于零。何况吴姝是圈儿里知名的导演，全国舞蹈比赛拿过金奖的，自带三分气场，三言两语，梁若伊一直以来的信心瞬间瓦解了。

梁若伊沮丧了，这个时候，她开始想赵晨，也就是她的妈妈，她开始细想妈妈说的话。她想，也许自己真的不会跳舞，也许自己真的不该来。

夜晚，梁若伊不想回宿舍，她在外面游荡着，自己在烧烤摊儿上吃了点烧烤，挨到很晚才往回走。那么晚了，排练厅里却亮着灯，还有音乐的声音，梁若伊就顺着灯光和音乐，又一次走进了排练场。

铮铮钹钹，时急时缓的古琴声里，施歌随着音乐上下翻飞，他翩若惊鸿，婉若游龙，有"低回莲破浪，凌乱雪萦风"的气势，龙趋凤回、行云流水都隐于"韵""势"之中，若天上云，似林中鸟，精、气、神，手、眼、身、法把梁若伊看呆了。

一段结束，梁若伊还沉浸在刚刚的舞蹈中，没有回过神，倒是施歌一声惊呼："呀，你就是那天在街心公园睡觉的女孩！"梁若伊这才发现施歌正是那天撑伞的男孩，她脸一红，不好意思地说："喝醉了，不知不觉睡着了，还没有谢你呢。"施歌疑惑地说："谢我干吗？"

梁若伊由衷地感叹道："你跳得真好，不像我，跟不上——也许我就不该来这儿，今天还被吴导给批了，寝室的人好像也不太喜欢我。"

施歌愣了一下，没想到梁若伊有点儿"自来熟"，梁若伊也没想到，第一次——勉强算第二次见面，自己一张嘴就把心里话跟他说了，这在以前从来没有过。

施歌说："饿了，一起去吃点烧烤吧。"梁若伊没有告诉他自己刚吃了烧烤，而是高兴地点了点头，跟他一起下楼往外走。走出大门的时候，施歌冲着门卫室喊了一句："罗叔，麻烦锁一下第二排练室的门。"罗叔答应着，锁门去了。

梁若伊羡慕地说："下班了你还能用排练室吗？"施歌说："能啊。"她马上兴奋地说："那我以后跟你一起练。"施歌点点头："可以。"

从那以后，梁若伊晚上就跟施歌蹭排练室，练的时候还能得到施歌的指导，她觉得挺好。

施歌从军艺毕业后本来应该去部队文工团，付团长爱才，千方百计把他挖到了南方歌舞剧院，一去就跳单双三，其中跟刘丽颖跳的一个双人舞，拿了全国舞蹈比赛的表演金奖，很快成了台柱子，连走路都是挺直背、昂着头，脸上挂着似乎洞悉一切的笑，还有骄傲。其实艺术家内心里都骄傲，但是他是有资格把这样的骄傲挂在脸上的。

最初他是在团外租房住的，有一次因为跟领导闹别扭，晚上他喝得大醉，第二天到了大中午才慌慌张张往团里赶，正想着要挨一顿批，谁知道刚进大门，付团长就从门卫室钻出来，一把拉住他的手："施歌啊，你终于来啦。"紧接着付团长亮出一把钥匙："你说的事情好商量，这个钥匙给你，以后你就住在单位的职工家属楼，免得排练不方便。"施歌又惊讶又喜悦又好笑，没想到一时任性是这样意外的结果，从此他有了一套单独的住房，虽然没有产权，只有使用权，但足见他在团里受重视的程度。

梁若伊在施歌面前彻底放松了，以往她一直"绷着"，在妈妈面前是有主见的女儿，尽量不让妈妈操心，在周立涛面前是高冷的女神，很少说话，说了他也不懂。在施歌面前，她回归成一个初来乍到对一切都茫然的小女孩儿。

她对他说话，好像竹筒倒豆子似的："人家都是爸爸妈妈高高兴兴地送孩子去艺术班，我倒好，偷偷摸摸地学，本来以为'舞功'盖世了，一来才发现，'舞力'值为负数啊。"施歌笑笑："你的软度很好，基本功也很好啊，只是刚来还不太适应而已，跳的时候别太紧张，光想着迈左腿还是迈右腿。动作用心记住，仔细听音乐，跟着节奏在心里数拍子，这样就不会出错啦。"梁若伊用心地听着。施歌接着说："把基本要领掌握了，就要思考表演的表情、状态、情绪、情感，舞蹈并不只是机械的动作，少女传情的《竹枝词》和送别的《渭城曲》情绪、情感肯定不一样，彝族舞和羌族舞的形态和动律又不一样，你能考进来，本身就说明你跳得并不差，功底好，剩下的不就是多学、多练、多想、多悟嘛。"

梁若伊忍不住脱口而出："听君一席话，胜读十年书，不对，是胜跳十年舞。"施歌不好意思地又笑笑："我从五岁学舞蹈，跳的时间长点而已，可是文化程度不高，没有什么理论，也不知道说的对不对，你是大学生，别笑话。"梁若伊连忙说："大学辍学生——再说我觉得，不一定书本上的知识才叫文化，你有这么多年的经验，这么多年大江南北、国内国外演出的视野和见识，也是文化嘛。"施歌有点儿感谢地看着梁若伊，梁若伊低下头竟然平生第一次羞红了脸。

可是一会儿过后，梁若伊又有点儿低落："刘丽颖今年才二十上下，都跳了那么多年了，我还比她大，才刚刚开始，关键过几年就跳不动，该退了。"施歌说："这话其他女孩儿经常说，你可不该说，你既然那么喜欢舞蹈，就应该一直坚持下去，国外跳到五十、六十的舞蹈家多了，谁规定跳舞的人二十七八岁就得退休了。"梁若伊像做错了事儿的孩子："钟晴经常这么说，她说上了三十身体各方面都开始走下坡路，'扳不动'了。"

施歌把胳膊搂在梁若伊的肩膀上："不管别人怎么说，你要知道自己最终想要的是什么。"施歌看向远方，若有所思。梁若伊点点头，也陷入了沉思。

没有几天，舞蹈团便盛传新来的梁若伊和施歌谈恋爱了。钟晴开始只是问梁若伊，每天晚上去哪儿了。梁若伊只有实话实说，再说排练场和宿舍就两步路，不说也不代表其他人不知道。

然后每天晚上练功的时候，刘丽颖就开始给施歌送消夜，有时候是在外面买的蛋烘糕、凉粉这样的小点心，有时候也会专门到职工食堂去，亲自包了水饺、抄手煮好了送过来。施歌从来也没有拒绝过，反而挺无所谓地招呼梁若伊一起吃。

梁若伊就觉得有点儿尴尬，她就算再茫然，也看出了刘丽颖对施歌的"意思"。

这个圈子本来是没有秘密可言的。谁在追求谁，谁和谁睡在一起了，谁跟谁睡在一起没几天结果又上了另一个人的床了，谁是异性恋，谁是同性恋，谁是双性恋……也难怪，一个省专门的舞蹈学校就那么一两座，来来回回就是这么一批人，毕业了也就是那么几个专业院团，很大一部分姑娘、小伙儿都是兜兜转转十几年朝夕相处。男孩、女孩工作也是在一起，吃住也是在一起，互相都太熟悉了。有些时候到县上演出，遇到没有化妆间的剧场，又得抢装的，男孩、女孩也就只有脱了这个节目的服装直接换下一个节目的服装。该看的不该看的、有意的无意的……互相也还是熟悉。一不小心意料之外的两个人，"在一起"的概率太高了。

梁若伊这个新来的，由于没有打入队伍核心，对很多公开的秘密还没有掌握，她只有暗自琢磨。施歌和刘丽颖到底有没有"在一起"呢？如果他们两本来就是一对儿，那她确实应该回避一下。如果仅仅是刘丽颖单方面的喜欢，那她虚心向施歌学习的行为，应该也无不妥。

正在犹豫不决的时候，钟晴找到了梁若伊。钟晴开门见山地说："现在团里都说你和施歌谈恋爱，到底有没有这回事儿？"梁若伊忽然语塞，有还是没有，自己也说不清楚。钟晴却没等回答，接着说："丽颖姐喜欢施歌，全团都知道，而且我们也觉得他俩最合适，他们的关系都好到可以睡在一张床上的程度了，去年施歌腿受伤，丽颖姐天天去他家照顾呢。"梁若伊心里一紧，下意识地回答："哦。"钟晴停顿了一下："丽颖姐业务好，长得美，跟她抢东西的最后都成了笑话。"

私下的揣测似乎有了答案，梁若伊变得闷闷不乐。有一次没人的时候，她就对着镜子仔细地照。白皙的皮肤，杏仁形的眼睛覆盖着长长的睫毛，眉弯如画，眼角流光，颧骨不高也不低，刚刚好，下巴颏优美的弧度也刚刚好，颀长的脖子，优美的身姿。"挺好的呀，"梁若伊心想，"高中和大学还有人说我是校花呢，怎么到了这儿，成笑话了。"

梁若伊开始留心观察周围，这一看不要紧，她发现女孩们都美，她的脖子颀长，人家的也颀长，她的身材曼妙，人家的也一样曼妙，都是从小练舞蹈出来的，气质上谁也不输谁。再看脸吧，美得各有特色。比如钟晴，就是鸭蛋脸，樱桃嘴，眼睛一笑像两道弯弯的月牙，用蓉市话说，就是"乖"，个子没那么高，越发显得年龄小，私下里被昵称为"乖妹妹"。刘丽颖是椭圆脸，鼻头微圆，脸颊上的一对儿圆酒窝，特别是一双圆眼睛，一上了舞台简直不得了，传神、讨喜，有一种传统之美。连特立独行的李楠都是高个儿、短发、瘦脸盘酷酷的美。而且女孩们不光长得美，还特别"会美"，名牌比着穿，高档化妆品比着用，你时髦我比你更时髦。这些梁若伊就比不了了，她跟赵晨还在冷战当中，再说妈妈一个人也不容易，她每个月就只能花自己的三百块钱工资。

梁若伊有点儿郁闷，业务上不行，容貌身材上也普普通通。她转念一想，既然没有退路，也没有内在外在的优势，干脆还是练功吧，用时间填补心灵空间，每天从早到晚地练，也就没有心力和体力想别的了。

她刻意拉开了跟施歌的距离，又找付团长汇报过一次，付团长跟门卫罗大爷打了招呼，她可以在业余时间独立使用排练场了。

第三章

几个月下来，梁若伊在业务上算是得心应手了，导演在排新节目的时候，就冲着她喊："梁若伊，往前站一排。"过段时间另一个导演也喊："梁若伊，再往前站一排。"

她几乎就要站到第一排去了，跟寝室里几个人的关系却还是很紧张，几个人似远似近，似熟似生的，好像电饭锅里煮的夹生的米饭。结果是周立涛的出现，在一定程度上缓和了僵局。

梁若伊因为疲于适应新的环境，几乎忘记了周立涛。他却忽然地出现在南方歌舞剧院，并且一改往日的低调。

那是个蓉市难得的艳阳天，演员们正在二楼排练场三三两两地休息，一辆簇新的桑塔纳开进了东大街 79 号院。车停稳，周立涛一手捧着火红的玫瑰，一手拿着一个漂亮的礼盒，走了下来。

他抬头看看四周的几幢楼房，不确定梁若伊在哪个位置，干脆扯起嗓子大声喊："梁若伊，梁若伊。"

演员们"呼啦"一下全部围到了二楼的窗前，张东健干脆跳到了一楼半的阳台上，冲着周立涛打呼哨。

梁若伊皱着眉头跑下楼，抬头看看围观群众，急得直跺脚，压低了声音："周立涛，你到底想干吗？"周立涛好像下定了决心似的："若伊，咱俩认识三年了，我不想一直这么僵持下去，做我女朋友吧，不，嫁给我吧。"梁若伊拉着他拐过剧场，到了其他人看不见的地方才说："我现在还不想考虑这个问题。"周立涛坚决地说："我等你，第一次见面我就喜欢你。你慢慢考虑，我慢慢等。"梁若伊没想到他这样说，有点儿慌乱地说："你都快三十了，别等了……"

话还没有说完，施歌双手插兜儿，叼着根烟走过去，梁若伊就喊了一声："施歌，你上哪儿去？"

施歌停下来："啊，我去门外小卖店买包烟。"

周立涛热情地迎上去，一把握住施歌的手："兄弟你好，我叫周立涛，你是若伊同事吧，平时我不在她眼前，替我多照顾她。"

梁若伊脸一拉："瞎说什么，东西你拿回去，我得排练去……"

梁若伊上楼没有多久，施歌捧着周立涛的玫瑰和礼盒也上楼了。他走到梁若伊的眼前："那个帅哥让我交给你。"

梁若伊看也不看："送给你了。"

张东健不知从哪儿钻出来，在施歌身后弯着腰伸个脑袋打趣："哟哟哟，梁若伊，你送施歌玫瑰花儿呀，你爱上他啦。"

施歌夹着礼盒，腾出手把张东健的脑袋按回去，嘴里说着："去你的。"

张东健却没有离开，反而一下子蹿起来，一只胳膊勾住了施歌的脖子，另一只手在他满身上下乱摸。

施歌还拿着东西，只能身体来回地躲着，嫌弃地说："干吗干吗，你到底在找什么？"

张东健嘿嘿一笑："烟呢，藏哪儿了？"

施歌想了一想："忘买了。"

他们玩闹的工夫，梁若伊已经走开跟别的女孩儿说话去了，施歌只好冲着她喊："一会儿我把这个送你寝室去。"

晚上，梁若伊拗不过钟晴的好奇心，把礼盒打开了。钟晴抚摸着礼盒里的大哥大，羡慕地说："你男朋友挺大方啊，这个好像得一万多呢。"梁若伊无奈地说："他不是我男朋友，这个我得还回去。"钟晴一听："啊？还回去干吗呀，男人送的礼物，不要白不要。"

梁若伊苦笑一下。钟晴接着感叹："你男朋友都买车啦！他是干什么的，以后我出去玩能不能坐啊？"

梁若伊叹口气："说了不是我男朋友，他是公务员，能不能坐你得问他。"

钟晴："哦……机关干部啊，铁饭碗。你听说没有，现在好多大学毕业不包分配了，以后那就是金饭碗呀，安逸。"

大哥大的铃声忽然响起，钟晴先是吓了一跳，随后按下了接听键。周立涛的声音："喂，若伊，礼物喜欢吗？这样你以后可以随时联系我了。"钟晴说："我不是梁若伊，我是她一个寝室的，叫钟晴。"随后她把大哥大递给梁若伊："你男朋友。"

梁若伊接过电话，不乐意地说："这个我不能要，改天我还回去。"

刘丽颖走了进来，脸上挂着笑，还是对钟晴说："钟晴，你怎么回事？人家给男朋友打电话，你旁边当电灯泡，应该回避。"

梁若伊又说了几句，赶忙挂了。刘丽颖亲亲热热地拉着梁若伊的胳膊："没想到，你都有男朋友啦，保密工作也做得太好了——走，今天晚上我跟你一起去练功。"

女生的友谊，就像看不见的风，变幻莫测，冷淡的时候面对面也像隔着山隔着海，好起来却是形影不离。寝室空前地和睦起来，一连好多天，每天早上，刘丽颖都一手挽着钟晴，一手挽着梁若伊，有说有笑地去排练，中午吃饭的时候也是这样，上厕所的时候也是这样。赶上有演出任务，刘丽颖帮着梁若伊化妆，自己的节目跳完了，还帮她抢装，回来又一起去吃消夜。

对于刘丽颖来说，既然梁若伊有男朋友，那对自己的威胁应该是解除了，刚来的时候若伊站错了位置，也应该不是有心的。更关键的是，付团长找她谈过一次话，告诉她领导班子研究决定，在舞蹈团增加一个管理演员队伍的队长职务，已经把她的名字报到厅里了，等批下来就可以正式任命了。在这个时候，刘丽颖觉得自己应该团结所有能团结的演员。

对于梁若伊来说，刘丽颖是拿过表演金奖的前辈高人，既然她向自己伸出了友谊之手，那自己也没有什么理由拒绝，再说跟同事的关系和和睦睦的，也是好事。

梁若伊跟刘丽颖关系好，刘丽颖跟唐风、张东健他们一直处得好，唐风、张东健跟施歌是铁哥们儿，这样一来，一群人就玩到一起去了。他们空了的时候，就去菜市场买了菜，到施歌家"改善伙食"。施歌做的水煮鱼是一绝，是每次聚会的保留菜品。其他人都各自发挥特长，随机做一些好吃的，凑成一桌，亲亲热热、打打闹闹地边吃边说笑。酒是必不可少的，但也是随机的，有时候是啤酒配卤菜，有时候是红酒配自己做的小火锅，如果哪天碰巧有白酒，也就喝白的。吃饱喝足了，一帮人常常就近在沙发上、地上、床上横七竖八地躺着睡觉，你压着我，我枕着你。

梁若伊这才知道，什么叫"好的可以睡一张床"。她总觉得施歌看自己的目光有点儿含情脉脉，但每次这么想的时候，她都会马上告诫自己，他肯定是因为喝多了酒眼神迷离了，不可以胡思乱想。

唐风和钟晴也好像完全没有看见施歌的眼神，或者跟梁若伊有同样的理解，他们时不时地就开他和刘丽颖的玩笑，每次两个人还有问有答，有唱有和的。比如，钟晴说："丽颖姐，我可真羡慕你和施歌，青梅竹马，天生一对儿，不知道我的真命天子到底在哪儿呢？"施歌在旁边连连摆手："没有没有。"唐风一定会接过话茬："两个'没有'，否定的否定就是肯定。"钟晴则点头："没错，唐风你行啊。"唐风又接着说："那当然了，我是情场高手，读心专家。"钟晴就扶着唐风的肩膀，两个人一边继续有问有答地说着话，一边瞅着刘丽颖暧昧地笑。每当这个时候，刘丽颖都一改往日干干脆脆的作风，扭扭捏捏地红了脸。梁若伊和张东健则低着头，一个闷头吃菜，一个闷头喝酒。施歌就始终是那副超然物外的骄傲神气，谁都分不清楚，他到底是不屑于争辩，还是道行已经到了高深莫测的程度了。

其实只有男孩们在一起的时候，早有人问过施歌的想法。张东健是最直率的一个，他就曾经在一个灯火阑珊的晚上，对着一边啃兔头一边喝啤酒的施歌问："你到底喜欢不喜欢刘丽颖？人家喜欢你，全团都知道。"施歌继续啃兔头："丽颖啊，挺好的啊，跳舞跳得真不错。"张东健两眼一瞪："谁问你这个了，她业务好还用你说？"施歌抬眼看一眼张东健："你要喜欢她就追嘛。"张东健摸着后脑勺嘿嘿笑。唐风推一把张东健："进套了你。没把他的话问出来，倒让他把你带沟里了。"施歌这个时候才一连串的"哈哈哈"，把强忍着的笑释放出来。唐风也就开怀大乐，大咧咧地问施歌："那我换一种方式，你喜欢梁若伊吗？"施歌还是继续啃那个兔脑壳："人家都有男朋友了。"张东健说："不是吧，我听说那个不是她男朋友。"唐风争辩："应该就是。"两个人争得不可开交，施歌自得其乐，一边看他们争一边吃喝，仿佛这一切跟他没有半点关系。他的真实想法，谁都无法知晓。

时光流逝，既然施歌的想法无从揣测，风华正茂的他们就还是一如既往的好。每次在施歌家畅饮，刘丽颖一定会告诫张东健："只能喝两瓶，然后就打住。不能喝多了哈。"张东健天不怕地不怕，唯独对刘丽颖有几分忌惮，既然她做了规定，那到了约定的量以后，他也只有忍着馋、舔着嘴，看着别人喝。他曾经拥有过一辆摩托车，某次大醉醒来，发现自己躺在高速公路上，身边的摩托车不翼而飞。还有一次，团里有个重要的演出任务，马上出发了，他还醉倒在宿舍，演员和付团长用了各种办法也无法把他叫醒，后来刘丽颖端来一盆冷水，直接泼到他身上，他翻身看了一眼，继续呼噜连天。所以酒疯子张东健，上次飞刀把好不容易找到的女朋友打跑了，团里除了梁若伊，没有人觉得稀奇。

唐风是挺单纯的一个小伙子，一喝酒就喜欢畅谈自己的恋爱史，且喜添油加醋，经常提的，是他年少的时候给某明星跳伴舞，情到深处还跟人热吻，说得有模有样、绘声绘色，常人难辨真假，了解他的熟人，就知道这里边有夸张的成分，权当故事听了。他最近的一段，同时交往两个女朋友，三个人住在一个屋檐下，有一次团里发福利，两个姑娘一个帮他提米，一个帮他提油。两个都爱他，都离不开他，后来唐风觉得烦了，抽空风卷残云般的把东西从出租房搬到了演员宿舍，直接躲了。

这一群人除了一起吃吃喝喝，在外地演出的时候也扎堆，在彩排和正式演出的间隙，结伴走走逛逛，要是需要坐火车，就在火车上打牌聊天。

一段时间以后，本来跟刘丽颖形影不离的钟晴，却忽然变得行踪飘忽。她曾经自告奋勇地替梁若伊归还大哥大给周立涛，不知怎么那个大哥大却一直在她的手上。梁若伊问："钟晴，你帮我还了吗？"钟晴答："我去还了，涛哥说都送出来了，他就不打算收回去，既然你不要，就送给我好了。"

梁若伊有点儿茫然，不知道什么时候周立涛变成了"涛哥"。钟晴却不理这些，反问梁若伊："涛哥真的不是你男朋友吗？"梁若伊点点头："对。真不是！"

钟晴松了口气的样子，拉着梁若伊的手："若伊，那我今晚跟他一起吃饭，你介意吗？"梁若伊摇摇头："没关系呀，不用问我。"

有了梁若伊这话，她跟周立涛来往得更勤，常常主动找些借口跟他见面。

有一次周立涛到东大街79号接钟晴下班，正看见梁若伊从排练场下来，他就喊了一声："若伊。"

梁若伊走到他车前，周立涛赶紧打开驾驶室的门，从车上下来，有点儿高兴有点儿紧张地说："我正在想，不知道能不能看见你呢，你看，心有灵犀呀——每次约你，你都不出来。"梁若伊就说："最近事情挺多的。"周立涛有点儿失落地说："哦，我知道你现在忙，那等你闲了跟我联系嘛，随叫随到。还记得你上大学那会儿经常呼我呢。"

梁若伊也好像回想起了读书时候的事儿，不由得笑了："那时候跟你'取了不少经'。"

周立涛也笑道："得了，什么'经'啊，一会儿问我怎么能逃课还不挂科，一会儿问我校外小吃街哪家东西好吃……"

梁若伊赶紧分辩："你是学长嘛，'过来人'，不问你问谁，再说我逃课也是为了多点时间跳舞。"

周立涛赶忙说："我知道我知道，有一次你为了看一台舞蹈节目，回校晚了，寝室关门了又不敢回家，半夜三更给我打电话，让我跟你看了整夜的通宵电影呢，把我困的。"

梁若伊说着话，看到排练场二楼楼道那扇窗口人影幢幢，知道钟晴她们也结束了，自己先收住了话，只对周立涛说："你在这等钟晴吧，我先回宿舍了。"周立涛好像解释似的："钟晴说她身体不太好，让我带她去医院。"梁若伊说："是吧，好像她这几天是有点儿咳嗽。"周立涛说："我看她一个人在这边，也没有家里人，挺同情的，能帮的帮一下。"梁若伊点点头："你一向都挺热心的。"周立涛说："男人嘛，我还比你们大好几岁。"梁若伊摆摆手："我上去了哈。"

周立涛依依不舍地目送着梁若伊拐进宿舍楼，钟晴正好出来看见，也不说什么，只是打开车门坐进去，然后招呼周立涛："立涛哥，咱们走吧，不知道这个时候医院下班没有。"周立涛坐回驾驶室，还有点儿心不在焉。钟晴把话又说了一遍，他才回过神："下班应该也有急诊。"钟晴拉住他的胳膊："哎呀，我这段时间，真是太麻烦你了，要是没有你，我真不知道怎么办好，谢谢你啊，立涛哥。"说着把嘴凑到他的脸上"啵"一声。

周立涛倒有点儿不好意思，刷地红了脸，再看了看梁若伊消失的方向，心里发出一声深深的叹息，发动了汽车。

过了一会儿，钟晴干脆把头靠在了他的肩膀上，周立涛就耸耸肩，示意她起来，同时解释着："你这样我没法开车了。"

钟晴却不以为然："我又没有按着你的手——这几天感冒头晕，坐车更有点儿晕车，把你的肩膀借我靠靠嘛。"

周立涛不好再说什么，只有闷头开车。钟晴却靠着他的肩，叽叽呱呱地说个不停，先问他："我刚才看见梁若伊了，你跟她认识很久了吗？"

周立涛只好回答："啊，有几年了。"

钟晴说："几年都没有追到手啊，现在更不可能了，她喜欢我们团里的施歌。"

周立涛暗暗吃了一惊，脱口而出："真的假的？"

钟晴嘻了一声："骗你是小狗儿。全团都看出来了，施歌也对她好，从她一来就天天晚上指导她跳舞。开始我还是希望施歌跟丽颖姐在一起，不过这几天我忽然不这么想了，倒是暗暗地祈祷，施歌跟梁若伊在一起呢。"

周立涛就有点儿闷闷不乐，问她："为什么？"

钟晴大有深意地看着周立涛："因为你呀。"

周立涛不好搭话，就又不作声了。钟晴却跟没事人一样："立涛哥，这段时间老麻烦你，一会儿我请你吃饭吧。"

周立涛说："还不知道从医院出来得几点呢，到时候再说吧。"

钟晴歪着脑袋似笑非笑道："几点都得吃。"

既然她都这么说了，周立涛只能答应下来。两个人到了医院，医生看了一下，只是例行地开了些常规的感冒药。

钟晴本来也并没有什么大问题，从医院一出来就欢天喜地地拉着周立涛去吃饭，还特意多点了几瓶酒。

周立涛本来是有些酒量的，但是此时此刻因为听说梁若伊心上有人了，又想到家里天天唠叨不断地催着他成家，心情不好，没有几杯就酒意上头，昏昏沉沉起来。钟晴觉得是自己让他喝醉了，脸上过意不去，心里也不放心，执意跟着他一起回了家。

到了周立涛的家里，钟晴又是给他做粥，又是给他擦身，一来二去两个青年男女情不自禁，该不该发生的也就都发生了。

从这一天起，周立涛和钟晴就确立了恋爱关系。钟晴更加远离了往日的姐妹，有事没事儿跑出去约会去了。

这么一来，施歌讳莫如深的态度也就悄悄发生了变化，几个人微妙的平衡自然而然有了些怪怪的味道。

只有李楠，自始至终一个人干自己的事儿，跟谁都保持距离。付团长也找她谈过一次话，说有人反映她搞独立，不团结演员。李楠不卑不亢道："别人爱说什么让他们说去，跟我有什么关系！"

第四章

　　两个消息席卷了歌舞团，一个是刘丽颖荣任舞蹈团的队长，一个是舞蹈团将赴美国巡演。

　　前者跟演员的直接关系并不大，刘丽颖一直以来在演员中都比较有威信，之前其实也在担任管理工作，只是现在更加名正言顺了。演员们对后者却充满了遐想和诱惑。

　　据以往有过出国经历的老演员描述，美国真是一块宝地。刘丽颖前几年去过一次美国，那个时候，他们对一切都无比新奇。自动扶梯，新奇。演员王大壮大包小包的还从自动扶梯上连人带行李滚了下来，真叫出了"洋"相。自助餐，新奇。每个人都大盘子小碗，捧着一摞一摞的餐盘往座位上挤，每个餐盘里都装着像小山一样的食物。负责接待演出队伍的当地华侨王老师，冲着演员一个劲儿地喊："这是自助餐，吃多少拿多少，吃完还可以拿，不要着急，吃饱为止。"到了住宿的酒店，王老师挨个房间耐心地"指导"，她拿起一个香皂："这是香皂，洗手用的。"然后指着马桶："这是马桶，也就是厕所，坐在上面大小便用的。"

　　1993年的时候，李楠随团去过一次日本，还是新奇。精致小巧的爱华随身听，太诱人了，买！好看耐用的西铁城手表，太喜欢了，买！刚刚问世的松下DVD，太奇妙了，买！演员们在商场里流连忘返，看到每件东西都心痒难耐、极尽赞美、大买特买。拮据的向宽裕的借钱也得买，买了这个再看见那个也得买，买一个不够还得买两个三个。也不管行李能不能装得下，也不管回去以后吃泡菜还是喝西北风，也不管买那么多回去到底能不能派上用场。反正就是奋不顾身地买买买！谁让国外的东西好呢，谁让他们难得出去一趟呢，谁让自己那么幸运看见了呢。张东健甚至看上了一辆三菱摩托车，并且认真仔细地思考如何远洋航运回国。身边几个朋友生拉硬拽地才把他带离了现场，他好像失了亲人一样恋恋不舍、痛心疾首，最后终于忍痛割舍了。

这些糗事趣事经老演员的嘴一描述，那些没有出去过的新演员就更心驰神往。外国，这个遥远和神秘的地方，再经过头脑里的想象和加工，简直就成了金光灿灿的梦想之地，诱人奇妙的魅惑之地，无所不能的希望之地。自己的名字出现在出国人员名单里，也成了每个演员暗自期待乃至暗暗祈祷的事情。

群体的期望自然也影响到了梁若伊，她开始暗暗地憧憬"国外"，国外到底具体到哪个国家、哪座城市，她不知道，她只是觉得，那应该是一个遥远但是美好的地方，一切都跟"国内"不一样。

没人的时候她问过施歌："你以前肯定出去过吧？"施歌点点头："对呀，南方歌舞剧院从五六十年代开始，就承担出国任务。据说当年有一次在外演出，一个酋长还爱上了吴姝呢。"

梁若伊不可思议道："啊？真的吗，哈哈哈哈……"

施歌说："当然啦。不过那是多少年前的事情了。近的你看李楠，去日本的时候，还跟一个小伙子产生了火花。"

梁若伊更加好奇和惊讶："什么？李楠啊，我看她，每天都独来独往的，

028

感觉是个不沾人间烟火的人。"

施歌就说："人不可貌相嘛。去日本的时候，一个做灯光的小伙子，长得挺帅的，一路上都跟着我们走，帮我们做光，谁知道他们两个怎么就对上眼儿了？"

梁若伊又好奇又好笑地感叹："啊？这么浪漫。"

施歌说："对呀，关键李楠也不会说日语，那小伙子也不会说中文，两个人都能讲一点点英文，但是都讲得不好。就这样都能相爱。分开的时候，他们在机场哭得……"

梁若伊想象不出来像李楠那样的，还会为了儿女情长流眼泪，就更觉得不可思议，捂着嘴忍不住"哧哧"地笑。施歌也笑，又给她讲自己出国的经历，说曾经去过一个欧洲国家，去的时候是那里的秋天。他们在一个小镇上落脚，站在镇子里，远处的雪山，近处的湖水，高高矮矮的树林是七彩的颜色，简直就是眼前的童话世界。而且整个小镇上都看不见一个人，他约着张东健出去散步，走多远都没有个人影，偶尔听见人声，看见人脸，也还是团里散步的人。最后施歌总结了一句，安静，真是非常非常的美丽而又安静。

施歌那么说，梁若伊就更加憧憬，却不敢有太多的期待。论资排辈，这个没有人说出来的行为规则，暗暗影响着东大街79号的方方面面。她作为一个新人，不管怎么排，怎么轮，都应该没有太大的希望。

然而就在这个时候，她却被宋院长喊到了院长办公室。

宋院长是南方歌舞剧院的院长，一把手。付团长是南方歌舞剧院的副院长、舞蹈团的团长，二把手。通常舞蹈团的人员安排，付团长这个分管领导就可以决定了，这次却不行。

梁若伊局促地坐在院长办公室里，宋院长开门见山地问："听说你大学退学考进来的？"

梁若伊点点头。

宋院长又问："大学时候是英语系对吧？"

梁若伊又点点头。

宋院长说："嗯，不错，现在英语扔没扔啊，正常交流有没有问题？"

梁若伊老老实实地回答："没扔，有空也看看英语小说，正常的交流没有什么问题。"

宋院长点点头："不错，以往我们团出国，都会专门请一个翻译，这次如果让你来做这个随团翻译，有把握没有？"

梁若伊眼睛一亮，喜悦就溢满了眼角，特别高兴地回答："保证全力以赴！"

宋院长说："行，那这个就这么定了，你自己知道就行了，现在这个出国人员的事儿啊，还有点儿敏感。"

梁若伊说："好的好的。"

梁若伊前脚刚走没有多久，吴姝后脚就风风火火地赶到院长办公室里"拍桌子"。

吴姝很喜欢拍桌子，有时候是痛心疾首地连连拍打，有时候是愤怒地拍案而起，有时候是焦急地拍桌催促。她最喜欢说的一句话就是："在厅长面前我都敢拍桌子。"

她这会儿是真情实感地拍。吴姝边拍边说："宋院长，这次的演出非常重要，以往我们团都是承担政治任务，这次是商业行为，往小了说，增加咱们团的商演收入，提高演员待遇，往大了说，也一样代表了城市形象、我们西江省的形象，更代表了我们国家的形象，同时也符合计划经济向社会主义市场经济转变的大潮流——整台晚会的框架思路我已经有了……"

吴姝情真意切地诉说着，宋院长的思绪却已经飘到了九霄云外，他把胳膊支在桌子上，大拇指按着太阳穴，手掌来回抚摸着额头，感觉到了头痛。

宋院长头痛。他到南方歌舞剧院上任之前就听说，文艺院团，复杂，在文艺院团当领导，难。上任以后他发现，此言不虚，是真难。对于"一把手"来说，在其他机关事业单位能遇到的问题，这里全能遇到。比如人事关系的复杂、人际的勾心斗角；比如自身职位的稳固和升迁，五个副处级干部同时盯着一个正处级职务，四个正处级干部不约而同地垂涎一个副厅级职务之类的。这些都是人之常情，没有什么好提的，不想当将军的士兵不是好士兵嘛。

可是其他机关事业单位的领导，一旦经过衡量考虑做了决策，下面的人就是执行贯彻。在南方歌舞剧院可不行。在这里面对的是艺术家们，艺术家就是有个性，南方歌舞剧院的艺术家还有一个特长——能争会争。初级的争编制、争待遇、争职称，高级的争荣誉、争面子、争福利房、争演员、争排练场，争一切。

宋院长刚来的时候，没少碰钉子，起初他动了退休人员的蛋糕。南方歌舞剧院是事业单位，人员工资国家拨款百分之八十，剧院自筹解决另外的百分之二十，四百多人一年下来，也是一笔让人头大的款项。宋院长想在自筹的这个部分，适当地降低退休人员工资，拿来补贴在职人员，毕竟此时为剧院的发展出力的还是这些一线职工。结果这个政策还没有正式施行——刚刚提出来的第一天，就有人拿着菜刀闯进了院长办公室。第二天，退休职工就集体到主管部门上告。第三天，主管领导就找宋院长谈话："宋院长啊，你想做事、想发展的心是好的，可是在现阶段，剧院的稳定还是摆在第一位的，对那些为我省艺术事业奉献了终身的老艺术家们，要爱护。"

然后宋院长无意中给了行政人员压力。剧院办公室的行政人员，都上了年纪，有了家庭，每天接送孩子上下学、去菜市场买菜也是生活中非常重要的部分，因此一到下午，他们就集体"办大事"去了。这个时候宋院长有一些及时需要下面人处理的工作，就只有抓瞎，关键是即使在上午，这些上了年纪的工作人员也大多是聊天、嗑瓜子，处理不了工作。因此，宋院长通过公开招聘招了一个年轻女孩到办公室，其实也就是个没有编制的"临时工"。但是行政人员集体不满了，怎么他们都上半天班，这个女孩却上全天，他们不能做的工作，这个女孩瓜兮兮的什么都做，更夸张的是，他们的工资每月只有六七百，这个女孩有八百。一时间流言蜚语，说宋院长跟这个女孩有不正当男女关系，他以权谋私把她弄进了南方歌舞剧院。

接着宋院长又触了导演们的霉头。那个时候刘丽颖还没有正式担任舞蹈队队长，演员的排练时间一时没有安排好。本来吴姝是上午九点半到十二点排一个女子集体舞，可是这一天她反反复复找不到感觉，就留下几个尖子演员一直在那试动作，连午饭都是端到排练场吃的。到了下午一点半，任可来了，任可排的是个群舞，全部演员都需要，他就站在门口，冲着吴姝说："哎呀，吴导啊，该下班了。"吴姝说："马上马上。"本来这样也就没什么了，结果吴姝又说了一句："你先回避一下，别把我动作给偷去了。"任可腾地冒火了："谁偷你动作，我前段时间想排个芙蓉花的作品，你倒先排了，明明是偷了我的题材。"吴姝这一下也不干了，两个人就在排练场内外，一通爆吵，吓得演员们不敢说话。

吵到尾声的时候，任可冲着演员吼道："赶快到一排练室去，我要开始了。"吴姝也吼道："不准去，这头没有排完就去排那头，哪有这个样子的？"演员吓得站在原地，你看我，我看你，走也不对，留也不对。

最后还是由宋院长受了这夹板气。吴姝拍着桌子、痛心疾首地说："艺术不是其他的东西，演员上午还在艰苦卓绝地长征，下午就过藏历新年去了，哪个都跳不好。算了嘛，我让出来，我那个节目就先不排了嘛。"

任可不像吴姝那么张扬，是另一种风格，他谦虚低调地说："现在业务忙碌对院里是好事儿，但是呢，我最近身体本来就不太好，还是该休息一下，那台晚会其他导演做吧。"

吴姝排的是个重要的参赛节目，还有几天就上台比赛了。任可担任导演的，是省里一个重大活动开幕式，也已经进入联排了。不管谁撂挑子，导致的结果都很有可能是宋院长政治生涯的"洗白"。宋院长最后千哄万哄，终于把两位大腕儿哄好了。

也就是从这个时候起，宋院长跟付团长以及几个其他领导商量了，把刘丽颖提为舞蹈队队长。队长很重要的一个职责就是合理分配演员、排练时间、排练场，不要再出现各个导演撞车的情况。

也是从这个时候起，宋院长把一颗想做事的心给灰了。他在政府部门一个办公室主任的职位上熬了大半辈子，好不容易到了这"一亩三分地"，本来想施展施展，谁想到是这个样子。他还发现，在这个地方，连个年轻的小演员说不定都能直接到省上的大领导面前提意见，也不知道什么时候建立起的"关系"。他在心里感慨："文艺院团哪，一言难尽。"

在后来的工作里，宋院长慢慢领悟到了管理南方歌舞剧院的要领——一个是"哄"，一个是"平衡"。哄很简单，也就是"顺毛捋"。平衡就需要艺术了。比方吴姝拿到了国务院政府特殊津贴，那享受"国务院政府特殊津贴专家"的待遇就得给任可报上去。比如这台晚会是吴姝当总导演，那下一台就必须不能还是她。这样的平衡还必须做得四面通透、不着痕迹。

在南方歌舞剧院，这样级别的导演还不止两个，而是数个，其中有一个导演，禁不住这样的争斗，离开了，据说在现实中还有点儿受挫。

宋院长到南方歌舞剧院没有几年，本来有些花白的头发，就成了满头银发。导演们的争斗已经够让宋院长头疼了。再说除了舞蹈团这块儿，西江交响乐团一摊子烂事儿，女子民乐团又一摊子事儿，人都说三个女人一台戏，女子乐团二十多个女孩，绝对是好戏连台。遇到这样的情况，再到了这把年纪，他也就什么都不想了，内心里只求个"平稳落地"。

所以尽管吴姝手脚并用、声情并茂地阐述着自己的艺术创意，宋院长却并没有怎么着力倾听。因为几个小时以前，导演任可也来找过宋院长，婉转地表达了想担任这台晚会总导演的愿望。任可跟吴姝一样，都获得过全国舞蹈比赛导演金奖，都是国家一级导演。

宋院长全心全意地想着怎么解决这个又一次的撞车困局。两个大导儿都想担任这台出国演出的总导演，用谁不用谁都不对。

起初，宋院长还暗自思忖："要不，我去外面请一个？"但他马上把这个想法否决了。他想起前任院长曾经邀请了一个外省的导演到南方歌舞剧院创作作品，结果本来互不相让的几个导演，空前的一致，先后去省厅跟领导"汇报工作"，然后以各自不同的方式，传达了同样的忧虑："南方歌舞剧院有这么强的导演队伍，院长还去外面请，肯定是不信任我们——有没有可能跟外请的那个有什么经济的往来？"

想到这里，宋院长惊出一身冷汗，心想："差点儿又踩了地雷，幸好及时地转过弯了。"随后他忽然想到了赵晨，虽然赵晨不知道为什么没有评上国家一级，但是论年纪、论实力、论作品，与吴姝、任可他们，其实不相上下，应该是"同一辈"的人。

宋院长左考虑右思量，觉得这个人选可以。赵晨因为离开几年，淡出了剧院，反而跟另外几位导演的关系缓和多了，没有利益冲突嘛，自然这么些年都井水不犯河水。再说她虽然人离开了，关系还在，工资照发，那么多年了，回来给剧院做点事儿，也是职责所在，另外几位大腕儿也说不出什么。

这么想着，宋院长如释重负，有了答案。于是他打断了吴姝的话："吴导，你的创意真是太精彩了，不愧是我院的专家，不过这个事情呢，我需要跟付团长商量决定。"

随后他亲自登门拜访，见到了赵晨。他掏心掏肺地倾诉着："赵导啊，你了解南方歌舞剧院的情况，如果不是没有办法，我也不会来惊动你，这次，就算你帮我一个忙好吧……"

宋院长的拜访，让赵晨平静已久的心，波澜澎湃了。她一夜没睡，想起了自己年轻时候当演员的事儿，想起了转行当编导的事儿，想起了女儿小时候的事儿，想到了现在。

那个年代文艺院团正是如日中天的时候，真正高大上的殿堂，演员们不仅漂亮，而且一水儿的大高个儿，有些上不了台的就只能坐冷板凳，看着她们台上跳舞的直眼馋。当初她就跳得好，老跟一个叫彭帅的男演员做搭档。彭帅的新婚妻子一看见他们两个跳，就在旁边把道具服装搞得"叮当"响，年轻的赵晨觉得好玩儿，有时候练得挺好了还故意多跳几遍，就为了逗她玩。后来彭帅将妻子捉奸在床，妻子不但没有认错，反而让他净身出户。之后他雪上加霜出了车祸，拄着个拐杖时常跟赵晨倾诉，说自己不想活了，赵晨就开导他。又过了若干年，彭帅挣了钱回来找赵晨，跟她表白，想娶她。不再年轻的赵晨想想自己的女儿，还是拒绝了。

赵晨想以前的事情，心潮难平，可她更想现在。女儿现在怎么样了她一点儿也不知道，然后她也开始检讨自己，是不是听到女儿要去南方歌舞剧院的时候，自己的反应过激了，这么多年第一次向女儿动了手。她想，也该缓和缓和了，总要有一个人先低头嘛。

很快，有两个消息席卷了南方歌舞剧院，一个是赵晨将担任出国演出总导演，另一个是，钟晴就要结婚了。

两个消息都跟演员的直接关系不大，谁当导演都一样，怎么排，怎么跳就是了。至于结婚嫁人的事儿，更是平常。男大当婚、女大当嫁，自古如此，何况留给跳舞女孩的选择，也并没有那么多。普通一点的，转行做空姐，转行到企业，还是靠漂亮的脸蛋儿吃青春饭。好一些的，转行做编导，还在这个行业里，收入也不错。最多最普遍的，还是嫁人。所以钟晴结婚并不稀奇。

对于梁若伊来说，两个消息都让她平静的心波澜澎湃了。先是赵晨到舞蹈团排练了一段时间后，主动约谈了梁若伊。

母女俩像朋友一样坐在了一起。赵晨先开口："若伊，你这孩子也太倔强了，到团里一年多快两年了，硬是一次家也没有回。"梁若伊低下头："不是……我，我其实是没脸回。"

梁若伊把在团里的郁闷原原本本地倾吐而出，末了总结了一句："现在好了，业务渐渐跟上了，我跟刘丽颖她们关系也都很好。"

赵晨笑笑："你这孩子，妈妈的话从来不听。"

梁若伊辩驳着："不是只有这一件事儿没听嘛。"

赵晨肯定地说："不是只有这一件哈，我是觉得，你桩桩件件都跟我对着干。"

梁若伊嗔怪地说："哪有啊？"

赵晨无奈地摇头叹气："得了，我也不跟你争。人家都说，父母跟子女的战争，失败的永远是父母。"

梁若伊就撒娇："哎呀，妈，上升不到那个高度，只是对事情的看法不一样而已。"

赵晨只有说："好好好，你有你的看法，但是能不能事先跟妈妈商量商量，其他的我不知道，我对这南方歌舞剧院还不了解吗？"

梁若伊就说："行，行，你了解，那我现在都来了，还待那么久了，你总不会现在让我走吧？"

赵晨说："都这样了，你现在走还能去哪儿啊，你说你就算非要考，也应该读完大学拿了毕业证吧，哪儿差这两年的时间啦，现在可倒好，还只能算个高中文凭，一想起来，我这心里就堵得慌啊。你这孩子，太冲动了，太不理智了……"

梁若伊打断赵晨的话："哎呀，都过去的事儿了，那我现在跳舞，要个英语系的文凭有什么用嘛。"

赵晨："那可不是这么说的，多少人都工作好多年了，还要回去考个本科文凭呢，要不你有空的时候，也重新考一个去。"

梁若伊说："我都离开学校这么长时间了，还是算了，专心把舞跳好，把眼前的事儿做好。"

赵晨挺无奈的："你呀，又不听我的。"

梁若伊嘿嘿笑着："不是……"

赵晨也没有办法，只好说："这么长时间，妈妈也冷静下来了，这段时间排练，也看出来了，你确实是个跳舞的好苗子，艺术这东西还是欺负人，要讲究天赋，你有这个天赋又肯下苦功练习，现在让妈妈都大吃一惊了。"

梁若伊像个孩子似的高兴得直拍手："还不是你遗传得好。谢谢妈妈，你这么说，我就更有信心了，这下你不反对我跳舞了吧，不生我气了吧？"

赵晨却又皱起了眉头："现在反对还有什么用，生气还有什么用？我是担心你。舞蹈圈儿就像个小社会，这里边的孩子们很小就离家进入了这个小社会，很早就学会了察言观色、你争我夺。你原来是个书呆子，光读书去了，没有经历过这些，迟早还是要吃大亏。"

梁若伊觉得好笑："看你说的，我只想着跳舞，又不去招谁惹谁。"

赵晨急切地说："我那个时候……"

梁若伊打断她的话："得了得了，现在跟你那个时候不一样了，一切都挺好的。我只有一个请求——不想别人知道我是你赵大导演的女儿。我要靠自己的努力跳出成绩。"

赵晨只好说："你这性子，说再多也听不进去，非得自己去经历，不撞南墙不回头。"

梁若伊说:"不会撞墙的,请妈妈放心。"

赵晨只有放下这个话题,又问梁若伊:"你跟立涛怎么样了?"

梁若伊扑闪着两只大眼睛,疑惑地说:"什么怎么样?"

赵晨意味深长地一笑:"他有一次来找过我,说要跟你求婚。"梁若伊立马炸毛:"什么呀,妈,这都什么时候的事儿了,再说我跟他连恋爱都没有谈,结什么婚?"

这下轮到赵晨疑惑了:"你上学那阵,不是跟他走得挺近的吗?"

梁若伊不满地说:"走得近就是谈恋爱呀,我跟电线杆子走得近,我还要跟电线杆子谈恋爱?"

赵晨有点儿不满:"你那么激动干什么,我觉得立涛这孩子挺好的,踏踏实实的而且对你也特别好,是个值得托付终身的人。"

梁若伊翻着白眼:"妈,你别说得那么严重,那么长远,他好不好的,我对他根本没有感觉。"

赵晨说:"不是……"

梁若伊说:"行了行了,你不懂。"

赵晨有点儿不满意:"我怎么不懂啊?"

梁若伊轻蔑地说:"你不懂爱情,爱情应该是精神的交流和共鸣,对梦想的共同追求,相互懂得,懂得非常重要。周立涛不懂我。"

赵晨坚决地摇摇头:"不说别的,你刚到南歌的时候,我那么生气,他还专门到咱家来安慰过我,说人生就这么一辈子,能不管不顾地追求自己热爱的事业,还是挺好的。"

梁若伊有点儿不相信:"他还那么说过?当着我面儿不说,背后去说?"

赵晨叹口气:"当着面儿你动不动就给他脸色,他还敢说什么呀?"

梁若伊就闷头不说话了。

赵晨还想劝说："我年轻的时候……"

梁若伊又一次打断了妈妈："你年轻的时候嫁给了我爸，结果呢……再说了，周立涛都要跟钟晴结婚了。"

赵晨被这个消息所震惊："什么？！立涛跟钟晴？他们……怎么可能……什么时候的事儿？"

梁若伊说："就最近哪，团里都传开了，你这个导演，也太不贴近群众了。"

赵晨好一会儿沉浸在惋惜之中，为了自己的女儿，也为了周立涛。作为导演，她对钟晴是有一些了解的，她想不通，周立涛和钟晴差别这么大的两个人，怎么能走到一起呢。她想："难道我真的是落伍了吗？"

两个人都变得闷闷不乐，母女的交谈也就到此为止了。

梁若伊跟母亲和好如初，非常高兴。但是钟晴跟周立涛结婚，她并不是像表现出来的那样无所谓，那样满不在乎。

周立涛手捧玫瑰，对梁若伊说"我爱你""我等你"的场景，好像发生在昨天，可是一转眼全变了。梁若伊对周立涛并没有特别深刻的爱恋，但是这件事情让她开始怀疑自己一直信奉的爱情。

童话故事里说，真爱是可以超越一切的，可是现实中，周立涛信誓旦旦的爱情却如此不堪一击。他找过梁若伊，对她说："我现在都快三十了，父母天天催着抱孙子，我得结婚了。但在心里，我一直爱的都是你。"钟晴找到她，对她说："跳舞太累了。冬天剧场里阴冷阴冷的，穿着裙子也得跳，夏天户外舞台晒得滚烫滚烫的，光着脚也得跳。有一年我上高原跳，跳着跳着鼻血流出来一头栽到地上……我想退了。等这次出国回来，我就说怀孕不能再跳了。"梁若伊吃惊地问："你怀孕啦？"钟晴头摇得跟个拨浪鼓似的："没有，找个理由先下来再说。"

梁若伊想：周立涛口口声声说爱自己，那他爱钟晴吗，如果爱，一个人可以同时爱两个人吗？如果不爱，可以单纯为了结婚而结婚吗？

她想不明白，就像她想不明白爸爸妈妈的爱情一样。据说妈妈年轻的时候非常美丽，她看过照片，她面如温润的秀玉，眼似闪光的葡萄，一头长发披肩，纯天然的明星范儿。爸爸又高又帅，是车间里技术一流的技工。两个人经过了风花雪月的自由恋爱，最后走到了一起，并且有了爱情的结晶。可是妈妈喜欢跳舞，爸爸喜欢打麻将，妈妈无法忍受爸爸每天嘴里念叨三筒二条对冲清一色，说他小市民。爸爸无法忍受妈妈每天听贝多芬、莫扎特，踮着脚尖走路，说她假清高。就这样两个人能说的话越来越少，到后来可以整天各做各事，互不交流。直到爸爸被厂里调到外地，这段婚姻也顺理成章地画上了句号。梁若伊想：他们相爱吗？是爱情不能经受生活琐事的打磨，还是婚姻本就是爱情的坟墓？这一想，她又茫然了。

但梁若伊还是大方地给钟晴和周立涛送上了祝福，大方地参加了两人的婚礼。

第五章

　　西江饭店里，笑语喧哗，歌舞团的姑娘小伙儿们差不多都到了。宋院长和付团长也应邀参加，坐到了主宾席。赵晨、吴姝、任可坐到了一桌。刘丽颖、梁若伊她们玩儿得好的坐到了一桌。

　　婚礼的风格有点儿中西混搭。钟晴是见过世面、有格调的时髦女性，坚持要西式婚礼，希望现场的装饰以白色纱幔为主，营造唯美浪漫的氛围，穿婚纱。周立涛的妈妈却坚持认为白色不吉利，必须全场大红，红桌、红墙、红双"喜"字，红衣、红鞋、红盖头。两位女性的坚持让周立涛左右为难，无奈之下采取了折中的方式，一面墙用白纱拉花，另一面就用红绸做底，嘉宾入场的时候请了天香女子乐团演奏《喜洋洋》《新春乐》，举行仪式的时候就请西江交响乐团的几位老师演奏《婚礼进行曲》。

　　尽管是这样，钟晴还是不高兴，婚礼都要开始了，她还在旁边抱怨："像个什么样子，哪有白婚纱配红皮鞋红盖头的，不伦不类的，土死了。"

　　周立涛起先还劝："别生气了哈，我妈妈老革命，比较传统，我们就顺着她一下吧。"

　　钟晴听了这话，更生气，脖子一梗："顺着她，顺着她，这到底是她的婚礼还是我的婚礼？"

周立涛无奈，只有说："你这话说的，当然是咱俩的婚礼，你看看，不是按你的要求，找的西江省最好的酒店，请的最好的团来现场表演，连婚纱也是买最好的，别人都是租的呢——可是晚辈也应该尊重一下长辈的意见。"

钟晴还是气："行，尊重长辈的意见没有问题，可是哪有结个婚戴这么小的戒指，项链这么细。"

周立涛说："这样的你还嫌小，要鸽子蛋我也没有办法给你买。"

钟晴脸色一变："你就是抠门心疼钱。"

周立涛也不高兴起来："现在你扯这些干什么，我尽力不尽力你不知道吗？为这戒指首饰，长这么大，我还头一次开口跟我妈那儿拿了点来用呢。"

钟晴脱口而出："你妈你妈，你跟你妈结婚过日子得了，还娶我干什么？"

周立涛立时也生了气，一甩手走开了。

钟晴气得把盖头扔到地上，下死力气踩了几脚。大厅里边音乐却已经响起来了，没有办法只有自己抓起盖头抖了抖，重新盖在头上。

钟晴身上穿着洁白的婚纱，头上盖着红盖头，随着音乐缓缓入场。张东健伸长脖子看着，忍不住感慨："没想到我们这些人，钟晴是最先走进婚礼殿堂的。"刘丽颖呛了他一句："那有什么没想到的！"张东健辩解道："我一直以为是唐风，要不然也该是你和施歌吧。"唐风不屑地一翻眼睛："我才不会让女人绊住了潇洒远行的脚步。"施歌也说了一句："饭可以乱吃，话可不能乱说哈，丽颖是我的好兄弟、好妹妹。"

施歌这句话一出口，刘丽颖脸上就有点儿挂不住，宴席开始没多久，先自顾自地喝了三五杯红酒，等到席间氛围活络了，她又端起酒杯，去给宋院长和付团长敬酒，然后给几个导演一一敬酒，给新郎新娘敬酒，转了一圈回来，就有点儿面红耳赤了。

张东健推了推刘丽颖："我先送你回去吧。"刘丽颖手里端着酒杯摇了一摇，摆摆手算是拒绝了，她指着施歌："这么多年，我可从来没把你当哥哥。"

施歌对梁若伊说："要不你先扶着她回宿舍吧。"

梁若伊站起来想扶起刘丽颖，刘丽颖却用力一推，倒把梁若伊推了个趔趄。梁若伊站稳了以后，上前继续搀扶也不对，坐回去继续吃也不对，只有站在原地，伸出两只手，好像随时准备接住就要摔倒的刘丽颖。

这个时候，宴会厅里的人们已经酒酣耳热，敬酒声此起彼伏。还有些小孩子捡了些气球啊，花朵啊，满地乱窜，谁都没有注意到这一桌。

施歌只有自己站起来，去扶刘丽颖，刘丽颖却一手勾住了施歌的脖子："我喜欢你……不对，应该说，我爱你。"

这突如其来的表白捅破了窗户纸，也打破了这一群人勉强维持的融洽。

施歌有点儿无奈道："我知道，谢谢你，回去说。"

刘丽颖不依不饶地说："不行，就在这儿，这里多喜庆啊，氛围正好。"

张东健和唐风也围过来帮忙，准备一起把刘丽颖扶出去。

施歌低下眼皮："我心里有喜欢的人了。"

这一句也让张东健和唐风很意外，他们赶快推开了施歌，一人扶起了刘丽颖的一只胳膊，驾着她往外走。刘丽颖却忽然鼓足了力气，猛地抽出手，走回到施歌面前，一把抓起了梁若伊的胳膊，大声质问道："你喜欢的是她吧？她没来之前呢？你明明对我有感觉的！"

这一下的吼声吸引了附近的目光，连宋院长和付团长也看向这里。

施歌点了点头，不知道是认可了喜欢梁若伊，还是认可了之前对刘丽颖有感觉。梁若伊的脑袋"嗡"的一声，呆若木鸡，不知道该怎么处理这样的场面。

还是唐风和张东健拥上，强行把刘丽颖带了出去。这下梁若伊和施歌面对面站着，更不知道该怎么办。

施歌苦笑了一下："这下被你发现了。"

梁若伊看向主宾席的方向，发现赵晨也正忧心忡忡地看着她。她低下头："我也喜欢你。"

正在这个节骨眼上，新郎和新娘端着酒杯走到了这一桌，这桌上剩下的几个人赶紧站了起来。

一个演员就对着梁若伊说："你们两个你喜欢我、我喜欢你的，肉麻的表白留着下来再说，今天的主角是钟晴，新娘子来啦，快过来吧。"

梁若伊和施歌赶紧入席，也端起酒杯，就听见周立涛说："今天是我和钟晴大喜的日子，我得谢谢大家百忙之中到场，我先干为敬啦。"

梁若伊拿着自己那杯正要喝，施歌就伸手接过她手里的杯子："这酒度数高，我替你喝。"

周立涛一眼看见，连声阻止："不行不行，要这样我罚酒了啊，她有点儿酒量，我知道。"

施歌笑着："我们还正要闹新郎呢，你还要罚别人，我们先一人敬你一杯。"

桌上演员本来是跟施歌关系好的，听他这么一说，一拥而上都要给周立涛敬酒。这个说："你把我们团最漂亮的女孩儿带走了，快喝我一杯。"那个说："就是就是，把我们嫉妒的。"

钟晴在旁边倒被挤了出去，连声说："我们还得去别桌儿呢，回来你们再慢慢敬。"

梁若伊说："得了得了，我把自己这杯喝了，你们也把他松开吧。"

一个演员闹得正高兴，冲着她就说："你快继续跟你家施歌表白吧，怎么倒向着别人？"

钟晴本来开始就气了一场，如今看见听见这样就有点儿脸上挂不住，赌气对着周立涛说："你再这样我自己敬下一桌去了。"说着真就往下一桌走去了。

演员们一看这样，赶紧松开了周立涛。周立涛赶上钟晴又跟她一起敬酒。

施歌倒没有觉得什么，看他们走了，就对梁若伊说："你早上也没有吃饭，空着肚子哪能喝这个酒，快吃点东西吧。"

梁若伊却不吃，拉着施歌要去看看刘丽颖到底怎么样了。两个人肩并肩走出宴会大厅，看见失控的刘丽颖正对着张东健拳打脚踢。

张东健数次想抱住刘丽颖，都被她下死力气挣开，最后，发了牛脾气的张东健冲上去，胳膊死死地箍住她，大声吼着："他不喜欢你我喜欢你，我爱你！"

刘丽颖声嘶力竭地说："滚！你算什么东西，不男不女的，你看你那头发，看着就恶心。"

张东健愤怒了："恶心是吧，我剪了还不行，你等着。"张东健放开刘丽颖，不知道去了哪里。剩下刘丽颖自己扶着墙，冲着垃圾桶狂吐。

梁若伊想过去搀扶，施歌拉着她的胳膊，对着她摇了摇头："你这会儿过去，她更生气发酒疯了。"

张东健很快重新出现，不知道在哪里找到了一把剪刀，几下子"咔嚓咔嚓"就把长发剪了，剩下的头发长短不一地垂到肩上，颇滑稽。他一把扛起已经瘫倒在地上的刘丽颖，向着大门外走去。

唐风手里拿着一瓶酸奶，正优哉游哉地走进来，张东健看见他，抹了一把鼻子，瓮声瓮气地说："我还说你躲到哪儿去了，原来去给她买酸奶。"

唐风莫名其妙地说："没有啊，给自己买的，喝了点儿酒胃有点儿不舒服。"边说边打开酸奶盖子，自顾自地喝起来。

张东健指着他的鼻子："你呀，你……"随后一把抢过酸奶，边喝边扛着刘丽颖走了。

施歌很自然地用手搂住梁若伊的肩，叹了口气："她睡一觉就好了……"

话音未落，周立涛又走了出来，看见他俩只能迎了上去。施歌就从怀里掏出一根烟递给他。周立涛摆摆手："我不抽烟。"

施歌就自己叼上烟点燃，对周立涛说："恭喜你啊。"

周立涛看看他们，长出一口气，一把搂住施歌："哪里呀，兄弟，我要恭喜你呀，是我要恭喜你。"

梁若伊红了脸，故意掩饰："你可喝多了。"

周立涛摆摆手："没有没有，改天我还要单独约兄弟喝一杯。"

施歌说："行啊，没问题。"

梁若伊听到他们两个各有深意的话，颇为尴尬，只有说："我们下午还有事儿，得先走了。"

周立涛就放开手："好，那我也先进去了，改天约哈。"

周立涛重新走进去，这边赵晨走出宴会大厅，看着施歌搂着自己的女儿消失在视线里。想赶上去，又想去跟周立涛和钟晴说几句话，犹豫不决的时候，吴姝却闪现在眼前，一把挽住她的胳膊，亲热起来："亲爱的，你回到团里真是太好了，咱俩多久没见了，改天找个时间好好摆摆。"

赵晨微笑着点点头。吴姝没有放开的意思，继续挽着她的胳膊："现在这些演员啊，天天都在做啥子，我们那个时候，好单纯嘛，每天就只想到把舞跳好。"

赵晨继续微笑，同时脑海里浮现出吴姝年轻时候的样子。那个时候吴姝刚刚从西江省西平县歌舞团调上来，穿着绣花上衣，一条好看的百褶裙，大眼睛长睫毛，挺直的鼻梁，薄而美的嘴唇，皮肤白皙细腻。那个时候她也是这么亲热地挽着赵晨，带着点口音说："姐姐，你的舞跳得可真好。"后来吴姝成了老演员，说话的时候就喜欢强调："我们家是西平县的贵族，解放前西平县有一半都是我们家的。"再后来赵晨和吴姝联合创作了一个节目，公演的时候节目单上却只有吴姝一个人的名字。

从此赵晨跟吴姝就保持在"面子上过得去"的程度，吴姝却每次仍然是亲热。

赵晨有时候想，团里有些人到底是怎么做到"底下使绊子，面上一盆火"的，当然她这个疑惑并不是特别针对吴姝，因为歌舞团里并不只她一个人是这样的处事风格。

圈儿里有很多明规则、潜规则，每个圈子都如此。"面子上过得去"，应该是舞蹈圈儿一个心照不宣的"潜规则"，不管私底下如何的瞧不上，如何的不满，甚至咬牙切齿，明面上还是要"悠倒走"。也有压抑不住爆发出来的，这个时候就站在院子里吵，站在台上台下吵，站在演出现场吵，站在排练厅门里门外吵。吵完了，心里相互的不满又加深了一层，但是时间能冲淡一切，利益能冲淡一切，指不定什么时候，乌眼鸡似的两个人，又能恢复到"面子上过得去"的状态。圈儿里的鸡毛琐事儿，也跟天下大事一样——"分久必合，合久必分"。

周立涛和钟晴的婚礼以后，女生寝室又迎来了"合久必分"的阶段。钟晴搬走了，李楠神龙见首不见尾。每天剩下刘丽颖对着梁若伊，梁若伊对着刘丽颖，别扭。

刘丽颖心里想的是："你明知道我喜欢施歌，还横刀夺爱，有没有考虑过我的感受，这么看来之前跟我好也是假的，说不定是故意通过我走近施歌，太有心机了，太阴险了，我算认识你了。"

梁若伊心里想的是："施歌喜欢我，我喜欢他，不就应该在一起吗。马上就要二十一世纪了，又不是七八十年代，搞那么多苦恋、虐恋干什么。之前我都让出来一次了，施歌以为我有男朋友，都没有考虑你，那说明你们压根儿就没有可能啊。你也太不讲道理了。"

刘丽颖不只是心里想，她直接找到宋院长汇报工作："宋院长，梁若伊才来不到两年，论资历还是团里的新人，这次出国应该把名额让给老演员。"宋院长认真而又耐心地倾听着，末了对她说："梁若伊虽然是新演员，但她在大学是英语系，这次主要考虑她可以兼任翻译。"

刘丽颖没有什么说辞了，只有闷闷不乐地协助行政上专门办理外事手续的人，把该交的资料交了，协助赵晨把演员排练事项督促了，临行前协助舞美服装人员把该运的道具提前运、能装在演员行李里的服装提前装好了。

在刘丽颖忙忙碌碌的时候，梁若伊也没有躲清闲。赵晨排了一个单人舞，演员选中了梁若伊。每周一，二层小楼外的黑板上写着这一周的排练计划，其中就有"周一上午九点半到十二点，单人舞《蝶》，演员梁若伊""周二……"诸如此类的。梁若伊终于有了一方崭露头角的舞台，向着梦想又近了一步。她白天排练，晚上谈恋爱，也算是舞场得意，情场得意。

第六章

虽然是磕磕绊绊，纠纠结结，风风雨雨。出国的日子还是到了，南方歌舞剧院舞蹈团终于还是浩浩荡荡地奔赴美国了。

第一站洛杉矶，一出机场，第一次出国的梁若伊就有点儿失望，路还是一样的路，桥还是一样的桥，楼房还是一样的楼房。"并没有金光灿灿嘛。"她在心里想。

演出商是一位姓刘的华人，演员们都喊他刘先生。刘先生为了节约成本，住宿安排的是一位朋友的别墅。他的朋友是一位独居老华侨，子女都不在身边，每天一个人守着偌大一座房子，孤单寂寞，乐得有人陪伴。

别墅坐落在一座小山上，汽车进了大门，又开过长长的甬路才停在了屋门前。由于快到圣诞节，开放式的草坪上安放着驯鹿和圣诞老人的装饰，彩灯牵牵连连地挂在树枝上。

梁若伊抬头仰望着可以说雄伟的一座建筑，被这气势折服了。一排雕花的廊柱支撑起长长的门廊，人站在下面显得有点儿渺小。淡黄色大理石的墙面，在萧瑟的冬天也显得庄重而不失温暖。墙面上，上下成对的窗户一眼望过去好像一个个网格，不知道到底有多少房间。

走进去，一楼是一个宽敞的客厅连着宽敞的厨房。

刘先生特别嘱咐："我们不要在这里煮饭啊，美国习惯吃冷食，沙拉啊，牛奶啊，自己做最多煮一点青菜，从来不会炒菜，如果我们在这里炒菜，会把厨房弄脏。"

厨房有一扇门通往阳台，站在长长的阳台上，能看见一个山谷和远处的小山。

一楼的南北两侧都有通往楼上的楼梯。登上二楼，走廊与房间都铺着厚厚的地毯。

钟晴从进门开始就赞不绝口，欣喜地抚摸着雕花的装饰，抚摸着真皮的沙发，抚摸着双开门、能自动制冰的冰箱，抚摸着房屋一角亮着彩灯的圣诞树。她觉得这房子真好，一切都好。

可是很快地，梁若伊发现，这一切都好的大别墅，对他们这一群带着演出任务的客人却未必好。房间虽多，床有限、被褥有限——毕竟不是正规的酒店宾馆。

演员们五个六个分在一个房间，有的睡床有的只能睡在地板，三三两两、横七竖八的，再加上衣物、行李、洗漱用品，乱糟糟的，倒成了住在豪华别墅里的难民了。

演出也是不尽如人意，首场是在 Orange County（橘郡）的一个剧场，橘郡是紧邻洛杉矶的一个郡，演员们从住的地方出发，要坐很久的车才能抵达，排练合光的时候自然增加了一些不便。

演出就更有点儿惨淡，剧场条件虽然好，观众却没有多少。到场的大部分是拿着赠票的华人华侨，如果不是看见剧场都是西方面孔的工作人员，还真会以为是在国内的某座城市演出。

这样下来，第一场收入便远远低于预期。梁若伊虽然仅仅是一个演员兼职的翻译，但是她也看出了演出商刘先生的压力。

刘先生是二代移民，当年他的父亲从广东逃难到美国，经过一辈子的打拼，到了后来才勉强能够维持一大家子的生计。他的哥哥是一个特别固执的人，从小的梦想是做一名警察，但是在允许持枪的国度，警察这个职业比国内的危险指数又高了数级。全家人反对，哥哥自身条件也不太好，但是他铁了一条心，反反复复经过了无数次的考试，终于在四十多岁的年纪如愿以偿，成为整个加州历史上最年长的入职警察。

因为对哥哥的无奈，整个家庭把希望寄托在刘先生的身上。他不负众望，以优异的成绩考取了南加州大学，毕业后创业开办了自己的公司，虽然规模不大，也算是顺风顺水。这一次，他把南方歌舞剧院舞蹈团五十多人带到美国，其实是动用了多年的积蓄。各种手续、吃住行加上演出费用，本来就让他有点儿吃力，首场票房惨败，他便彻底力不从心了。

面对这样的情况，刘先生想来想去，退掉了旧金山预订的剧场，直接取消了原定于拉斯维加斯的演出。

这一来，整个的美国之行就让很多人不太愉快。

宋院长第一个伤脑筋。演出计划的改变直接涉及演出费用的结算。出发前，刘先生只支付了整个款项的三分之一，原定抵达美国后再支付三分之一，他却始终闪烁其词，又以减少了演出场次为理由，直接要求降低演出费用。一路上，宋院长都派人或者亲自与刘先生沟通，毫无结果。看起来不仅两笔款项堪忧，尾款更是遥遥无期。南方歌舞剧院是国家拨款的事业单位，宋院长作为管理者，把一个庞大的团队拉到了美国，却无法收回应得的款项，这个责任说起来也是可小可大。

赵晨的不愉快源于对女儿的担忧。她抽空又找梁若伊谈了一次。

这一次，赵晨沉着脸，开门见山地说："你找到爱情啦？"

梁若伊点点头："施歌跳舞跳得好，还给我鼓励，我们两个有很多共同语言。"

赵晨叹息道："是呀，都是舞蹈演员，能没有共同语言吗？关键刘丽颖之前喜欢他，他怎么不明确表态呀，现在演员们都说，是你用心机，死乞白赖地从闺密手里抢了个男朋友。"

梁若伊有点儿不高兴："你这次倒是挺贴近群众的。"

赵晨说："那人家都说到我耳边来了，我还能听不见？"

梁若伊抱怨道："人家人家，你们这代人吧，一辈子就活在'人家'的眼睛里，关键这个'人家'到底是谁你们都不知道，我谈个恋爱，跟'人家'有什么关系呀？"

赵晨有点儿急了："不是，从这件事情上，就能看出来施歌不是一个做事特别干脆的人，该承担的责任他承担了吗？这些话，我听说了他肯定也听说了，他怎么不站出来说清楚呢？"

梁若伊分辩着："妈，这些事儿有什么好说的？"

赵晨接着说："他还那么骄傲？"

梁若伊拉着脸："他业务好，有这个资本啊！"

赵晨说："生活工作也好，人生也好，都是一场马拉松，在某一方面有那么一点点资本，能用一辈子吗？"

梁若伊又不耐烦了："行了，反正我的选择，你没有一次同意的，处处觉得我不对，处处觉得你女儿有问题。"

赵晨紧皱着眉头："我以前也是团里的，认识施歌也不是一天两天了。"

梁若伊继续辩解："对呀，那你看，唐风他们好些人都挺花心的，施歌花心吗？三天两头换一个女朋友吗？"

赵晨说："没有是没有，可是……"

梁若伊说："什么可是呀，妈，我的事儿，你别管。"

梁若伊跟赵晨谈话以后，有一次跟施歌聊天，无意中提起了妈妈，她说："我妈还有点儿不同意咱俩在一起呢！"

施歌疑惑地说："我没有见过你妈妈呀。"

梁若伊这才发现自己说漏了嘴，赶紧说："啊，我跟她提起过你呀。"

施歌倒有点儿不高兴："要是不同意就算了，我反正不会低三下四地去求她同意，怎么样都看你。"

梁若伊被施歌的话给气到了："什么叫怎么样都看我，你想怎么样，想分手你直说。"

施歌不依不饶地说："这话不是我说的。"

梁若伊说："你……分手就分手。"

梁若伊气得好几天都没有理施歌。刘丽颖看见这样的情况，倒有点儿小期待，心里想着，如果他们就此分手了，自己也许还有机会。

赵晨这个时候反而不太好说什么，劝和也不对，劝分也不对，干脆只有顺其自然了。

反而唐风特别郑重其事地约了施歌。唐风说："哥们儿，咱们那么多年了，'临行'前我得跟你好好聊聊。"

施歌被说得莫名其妙："你这话什么意思？"

唐风说："明天咱们就去另一个城市演出了，这不就是'临行'嘛。我跟你说啊，不管丽颖还是若伊，都是好女孩，业务上我赶不上你，泡妞你可赶不上我。"

施歌更疑惑了："你这是瞎说什么呢？"

唐风说："哎呀，别管是不是瞎说了。女人就得靠哄，要让。"

施歌说："我不懂怎么哄，明白我的心，就最好，不明白就算了。我一个大男人，低三下四的我可做不到！"

唐风连连摇头："那不叫低三下四，那叫作'懂女人心'。你别看这些女孩——我不只说若伊和丽颖哈，我是说所有的女孩，别管再怎么冷脸、嘴硬，那心都是热的、软的，你往那最软的地方'当'那么一敲，跟你说无往不利，百战百胜，那就离不开你了。"

施歌惊讶地反问道："哪能都像你这样呢？"

唐风得意道："要都像我这样，这世界不就和平了吗？只要你真心喜欢的，不管说软话还是求饶，死乞白赖也不能撒手。"

施歌说："那我可做不到，我一个大男人，涎皮涎脸地求饶，你觉得这是我施歌做的事儿吗？"

唐风说："我为你好啊。"

施歌瞅着他："我知道你为我好，那我也做不出来这样的事儿。"

唐风无可奈何道："那你等着，我帮你叫梁若伊。别动哈。"

唐风就去喊了梁若伊下楼，指着施歌说："他说了，不管什么原因发生的冷战，全是他的错，以后绝不再犯了。"

施歌瞪着眼睛："我什么时候说过？"

唐风说："你别开腔。"接着又说："他还说了，遇到你是他这辈子最最幸运的事儿，他这几天睡觉都睡不好，吃饭也吃不踏实，哎呀，就是小说上面说的'茶饭不思'。求你别再这么折磨他了。"

施歌气得直瞪眼。梁若伊扑哧笑了："这肯定不是他说的。"唐风就把梁若伊往施歌怀里一推："他就是这么想的，我帮他说出来不是一样吗？"

梁若伊就在施歌怀里抬眼问："真的吗？"

唐风在梁若伊身后冲着施歌直使眼色，施歌只有无奈地点点头。

梁若伊就双手揽着施歌的腰："好吧，我原谅你了。"

两个人和好如初，这个小插曲就这么结束了。可是一路上的所见所闻，还是加深了梁若伊的不愉快。

由于刘先生退掉了预订的剧场，旧金山的演出就安排在了唐人街的一家中餐馆里。餐馆大厅的一角用几架屏风一挡，就成了演员换装的地方，舞台也没有，根本跳不开，有些节目直接被砍掉了，有些临时调整缩减了演员。演出的时候观众仍然是华人，他们边吃边聊边看，大部分表演都成了吃饭的消遣。梁若伊心想：我的梦想是跳舞，可不是到这样的地方跳舞。

由于兼任了翻译的工作，很多演员接触不到的事情，她也接触到了。比如跟刘太太的对接。刘太太只有四十多岁，却有一半的头发白了，瘦瘦小小的身材，面颊凹陷。她其实在接机的时候就出现了，一直在协调演员的住宿、餐饮等事情。梁若伊有一次跟她去超市，刘太太说："像我，出生在中国香港，但是是英国国籍，我是英国人。"

梁若伊没好气地回答："明明黑头发黑眼睛说中国话，倒成了英国人。"

刘太太也有点儿生气："我不喜欢中国人，他们太糟糕了，1991年的时候……我，去过一次，广州……等那个，公交车。公交车一来，'嗡'的一下，人们就像苍蝇，一起，拥上去，挤……天哪！"

梁若伊说："哪有那么夸张？"

刘太太点点头，表示有那么夸张，随后说："我的一个朋友，是个女孩。想了很多办法，偷渡到美国，最初……在 massage 店里，做工……非常辛苦。存了钱，拿去交给一个美国男人，跟他，结婚……这样，拿到了绿卡。后来，用这样的方法，她的嫂子、妹妹，都成了美国人。她们……把自己的孩子，也全接了过来。全家人的生活，都彻底改变了，后代的生活，改变了。我觉得她……勇敢！"说着刘太太还竖起了大拇指。

梁若伊问："那她们的丈夫呢？"

刘太太回答："还在……中国。"

梁若伊生气地说："中国现在正在发展，正在改变，二十年后，她们一定会非常后悔这样的'勇敢'。"

演员们出国演出，喜欢给自己寄一张明信片，表示纪念。临走的时候，所有人把明信片交给刘太太，请她代寄。也许是因为这样的争执，全团都收到了寄给自己的明信片，只有梁若伊没有。她心想：肯定是刘太太把我的给扔掉了。

还有一次，也是在旧金山，梁若伊跟宋院长和赵晨去中国驻旧金山大使馆，一下车，就看见大使馆焦黑的门。

刘先生解释道："这是前两天被人烧的。"

梁若伊又想："美国驻蓉市的总领事馆，战士们荷枪实弹地保卫着，去面签又是排队又是安检，严密得跟什么似的。可是看我们的大使馆，这差别也太大了。原来美国就是这样的自由啊。"

在整个行程里，刘丽颖的不愉快来自梁若伊。没事儿的时候，梁若伊跟施歌公开的亲密让她心里酸酸的。演出的时候，梁若伊那段单人舞跳得非常好，所有的演员看见了，导演看见了，领导也看见了。更可气的是，明明她才是队长，可是跟刘先生协调、跟剧场沟通、跟领导去大使馆的却是梁若伊。

刘丽颖家里是做生意的，父母都忙，本来对她的陪伴就少，加上小小年纪她就住到了舞校。所以她对父母不亲，对舞蹈团却亲。十四岁到现在那么久了，刘丽颖生活、工作都在团里，青春成长也在团里。虽然她一样地经历着很多不愉快的事情，但是对舞蹈团的情感是牢固而不可否认的。别的姑娘都早早谋划"退下来以后"，她从来没有设想过那一天，也不敢想。除了舞蹈团，还有哪儿能去呢，还能干什么呢。梁若伊让她很郁闷，她心想：这也太狠毒了吧，不仅抢我的男人，还要抢我的位置吗？不管是舞台还是行政上的位置，虽然对别人来说都太微不足道了，而刘丽颖是下了决心要誓死捍卫的。

施歌的不愉快是因为梁若伊对他所说的话。他爱梁若伊，但是在内心深处，他一直认为，不能够因为爱，而折损了男人的尊严。

李楠前半程的情绪本来很好，毕竟出国也是一种历练，谁知道快要回国的时候，她被洗劫一空。那个时候演员们住的是一家小旅馆，周围街上能看到很多墨西哥人，治安混乱，演员们演出结束一般不是集体活动就不太单独外出。偏巧有一天，同寝的钟晴想下楼买个冰激凌，李楠又正好脱了衣服准备洗澡，她就喊了一声："你把门开个缝儿别锁上，不然回来我没法给你开门。"等她洗完澡出来，钟晴还没有回来，门还是开一条缝儿，她的箱子却是大敞着，所有的现金、衣物、给家人买的礼物都不翼而飞，值得庆幸的，一是护照没丢，再就是她本人也没事儿。钟晴的箱子因为上了锁，反倒"幸免于难"。

付团长没有太大的情绪起伏，个人只发生了唯一一次"小乌龙"。他去一家华人理发店理发，结账的时候才知道，在美国剪一次头发八十美元，差不多花了他一个月的工资，这样他不由得心疼了一阵子。

也有很多演员对此次出国非常兴奋，钟晴和张东健就是。他们就是演员，没那么多操心事儿，演员就是跳舞，在哪儿演都是演，国内给领导的伴餐演出，不也是在另一个升级豪华版的餐馆吗。但是美国有好东西啊，有漂亮的名牌衣服、包包、鞋子，有价格便宜味道又好的酒。

钟晴延续了"买买买"的风格，边买还边向梁若伊介绍，这个是 LV，那个是 COACH，梁若伊每次一看价签，就直吐舌头，再一看里面的标签——"Made in China"。钟晴看她那样就一脸嫌弃，循循诱导她："国内同款的包要贵至少两倍呢，再说，同样是 Made in China，给美国做的和给国内做的，那质量可不在一个档次上。"

梁若伊疑惑地说："那也不用一次买五个 LV 吧。"钟晴说："这有什么，换着背，再送朋友一个。"

张东健则延续了"喝喝喝"的风格，他现在是板寸的发型，这一来倒显出了阳刚帅气，但是行事仍然怪异。有一晚他喝多了大闹，一边收拾行李一边吵嚷着马上要回国，也不知道是谁惹了他。还有一次也是沉醉不醒，几个男演员直接把他抬到了大巴车上，他就从洛杉矶一直睡到了旧金山。

不管怎么样，这一次的巡演乱糟糟地开始，又很快地结束。临上飞机的时候，又出了乱子——唐风不见了。演员们满机场地找，都不见个人影，刘先生也是不停地打电话，联系朋友、联系警察、联系使馆，最后也只有不了了之。

施歌这才明白唐风之前说的"临行"指的什么，他恍惚记得，唐风还对着拥抱在一起的他和梁若伊说了一句"祝你们有情人终成眷属"。他心里就开始骂："这个臭小子，你他妈的在国内不好吗？到这个地方人生地不熟的，还是个没有身份的人，以后可怎么办哪，要知道你有这个想法，我生拉活扯也不能让你走。唐风你这个混蛋！"骂归骂，面对既定事实，施歌也是无可奈何，心里边怅然，有话也没法跟唐风说了。

赵晨后来告诉梁若伊，八几年的时候有一次一个杂技团出国，结果全团"失踪"，只有团长一个人回来了。唐风的事情，是南方歌舞剧院历史上的第一次，也是唯一的一次。

第七章

回国以后,梁若伊帮宋院长起草了一份英文的函件,大意是催促刘先生付款,不然要走法律途径。但是宋院长也清楚,跨国的官司,没有那么好打,最终这就成了另一件不了了之的事情。

回来没有几天,梁若伊在报纸上看到了南方歌舞剧院出国演出的消息,照例是"演出大获成功,掌声经久不息,惊艳了美国观众",文章还杜撰了杰克、约翰什么的,"杰克说'这演出让我领略到了东方文化的神韵,太精彩了,太难忘了'""约翰说'我从来没有如此的激动过,这美艳神奇的舞姿,这优美动听的音乐'"。梁若伊放下报纸,暗自琢磨:"领略"的英文单词应该是 feel 吧,感觉到了,可是"神韵"是哪个词呢?搞不懂啊。

时间不知不觉过了又快一年,一向神龙见首不见尾的李楠找到了梁若伊,开门见山地说:"我准备排个双人舞,去参加全国舞蹈比赛。"梁若伊疑惑道:"团里同意了吗?"

李楠回答:"还没有跟团里说,我准备自己报名,自费参加。我们休息的时候排练,要去的时候提前跟团里请几天假,也要不了几天,掐着时间过去,比完就回来了。要是以舞蹈团的名义参加比赛,也轮不到我,上面有那么多大腕呢。你到底同意不同意？"

梁若伊连连点头："太好了，太好了！当然愿意。我早就想有这样的机会了。"

两个有目标、有梦想的年轻人，一拍即合，谈心事、谈未来谈了一夜。

李楠说："我年轻的时候……"

梁若伊打断她："你现在才多大呀。"

李楠说："心理上觉得上了年纪嘛。我年轻的时候，因为跳得好，比刘丽颖还拔尖，最开始跳任可的一个节目崭露头角的。后面就什么节目都有我。有一次，吴姝要排一个三人舞，找到我，刚好我阑尾炎手术没几天，就说还不能上台。结果你猜怎么样？"

梁若伊摇摇头："不知道。"

李楠说："吴姝指着我的鼻子说'你是任可的人是吧，我的节目你看不上，我告诉你，我现在就封杀你，让你从此以后，什么舞也别想跳'。"

梁若伊吃惊地张大了嘴："她有那么大本事吗？"

李楠："当然啦，从那以后，我真的有很长时间上不了台，后来上台了，也始终在中间晃悠。"

梁若伊觉得不可思议："这么点事儿，这些导演至于吗？那后来缓和了吗？"

李楠苦笑一声："后来，我也想到一直这样不是办法，有一次吴姝又找我的时候，我就跳了。结果任可跟我说'你这个人没有骨气，她那么对你，你还跳她的舞'。"

梁若伊简直啼笑皆非了。李楠好像看出了她的想法，继续说："从那个时候，我就想，我们都是以舞为生的演员而已，谁对我好，我就跟谁走得近些，怎么就成了某某的人了。凭什么说我是这个的人，是那个的人，我李楠就他妈叫李楠，我偏要做出点自己的事儿。"

梁若伊说："没想到，有个性，你一定会成功的。"

李楠说："还有更夸张的呢，我去年排了一个集体舞。"

梁若伊说："对对，有段时间你是在编舞，后来呢……"

李楠："我排我的舞，任可过来说'这个半圆形不能用哈，这个我在台上用过'，吴姝也过来说'道具椅子不能用哈，这是我以前的创意'。"

梁若伊好笑道："半圆形，道具椅子，用过的人多了，怎么能这样，简直荒唐搞笑。不要理他们。"

李楠摇摇头："是啊，开始我也没有理，结果吴姝直接去找了厅长，找了处长，找了院长，把能找的一切人都找了，说我抄她的东西。"

梁若伊有点儿愤怒："这就太过分了，她是个长辈，竟然这么打压人。"

李楠说："对，所以上次的节目胎死腹中了。这次我排个双人舞，我看他们总不能说，托举不能用，男女演员不能用。"

梁若伊一下站起来："对，你好好排，我好好跳，李楠就是李楠，我梁若伊，就是梁若伊。"

两颗心空前地贴近了，梁若伊虽然到舞蹈团快三年了，跟她说这些话的人，李楠倒是第一个。末了，梁若伊感慨道："看来，导演们还是赵晨最好。"

李楠轻蔑地"哼"了一下："你知道赵晨为什么离开歌舞剧院吗？"

梁若伊茫然地摇摇头："不知道。"

李楠解释道："她做'小三'被人赶了出去。"

梁若伊如五雷轰顶。她浑浑噩噩地冲出了东大街79号院儿，冲到了大街上，一直冲进了家门。

赵晨正在给自己养的花浇水，看见女儿回来了，放下浇水壶："今天怎么一大早回家，没吃早饭吧，我马上给你做去。"

梁若伊冷着脸："你当小三儿被赶出舞蹈团了吗？"

赵晨拿起浇水壶"咣当"一声摔到地上："怎么跟妈说话呢？"

梁若伊大吼着："那你要我怎么说，你自己干的事儿，我问问还不行吗？"

赵晨气得手直哆嗦，一屁股坐进沙发，端起水想喝一口，刚到嘴边又放回去了，眼泪就流了下来。

梁若伊也坐到一把椅子上，开始哭。

末了，还是赵晨先开了口："那年去温州的商演，演完了演出商邀请几个主要演员吃饭，当时你敬我，我敬你，都喝多了……"

梁若伊说："……"

赵晨说："回来以后，有一天去上班，满院子都是我的照片，还配有'解说'，什么'做大老板的情人醉生梦死'，什么'当小三儿不亦乐乎'……"

梁若伊难以置信又明显松了口气："就这样？"

赵晨说："还能怎么样？"

梁若伊说："那你喝多了到底有没有……？"

赵晨无奈地摇摇头："有什么，你觉得还有什么？"

梁若伊说："那怎么可能……什么人这么变态，抹黑？"

赵晨叹了口气："我实在是永远不想再提这件事情，他们还专挑正在敬酒挨得近的，不知道谁还偷拍了我在寝室只穿着一件吊带睡衣的照片，乱七八糟的都放在一起，看起来还真像那么回事儿，贴在墙上……"

梁若伊气愤地站起来，满屋子来来回回地走："是谁？妈，到底是谁？为什么这么无耻！"

赵晨又摇摇头："这样的单位，枪打出头鸟，人红是非多，我那个时候要强站尖儿，看不惯的就要跟人吵，看不起的就直接翻白眼，自己都不知道，到底把谁得罪了。说到底，你现在就是我当时的性格。"

梁若伊说："那也不能……那你要说清楚。"

赵晨说："这种事情，说得清楚吗？要不是宋院长可怜兮兮地来找我，我真是永远不想回到南方歌舞剧院！"

梁若伊一拳头砸在桌子上："我一定要好好地跳，为自己争口气，也为妈妈争口气。"

赵晨无奈道："有什么好争的，争来争去又有什么意思？"

梁若伊说："我们不争，别人要来跟我们争，凭什么闷声受欺负？你看你争得名利双收，该有的都有了，跟别人一样的全国金奖，到现在还是个二级，还被人把屎盆子往脑袋上扣。"

赵晨说："得了得了，过去的事情，我实在不想提，过好自己的日子，不是挺好吗？"

梁若伊还是愤怒道："我不管，不蒸馒头争口气，正好李楠找到我，要去全国舞蹈比赛，我一定往死里跳，拿个好成绩回来。"

赵晨微微有点儿吃惊："哦？这倒是好事儿，可是你们排的时候，还是悄悄的，到时候跟团里请个假，悄悄地去，尽量别被人知道了。"

梁若伊说："这有什么，李楠自己出钱，我们用的业余时间，知道了又能怎么样？"

赵晨说："你要听妈妈的话，不然总有吃亏的时候。"

梁若伊还是那句话："现在跟你那时候不一样了。"

话说到这里就打住了，但是梁若伊回去以后，左思右想还是气不过。

一次出外演出的间隙，她瞅着四下里没人，若无其事地问付团长："付团长，这次出国演出，我没有给团里丢脸吧？"

付团长呵呵笑着："说什么呢，那么能干，业务上我看着跟刘丽颖不相上下了，以后好好跳，继续努力啊。"

梁若伊说："没有没有，我觉得自己跟她还有很大的差距，这次主要是导演编得好。"

付团长愣了一下，反应过来："哦，你说赵晨吧，她编得也好，你跳得更好。"

梁若伊嘿嘿笑着："我真希望以后有更多机会跟赵导学习。"

付团长笑了："那得看她还愿不愿意再出山哪。"

梁若伊借势就问："她排那么好，为什么老不在团里做项目啊，我听人说起她年轻的时候得罪了人，被人污蔑了。"

付团长愣了半天："你说她跟彭帅的事儿嘛，我知道，就是演员关系好，没有别的。"

这下倒轮到梁若伊愣住了，本来想问清楚妈妈被人贴照片的事儿，不知道怎么又出来个彭帅，她不禁脱口而出："彭帅是谁？"

付团长笑笑："哎呀，老演员了，跟你……哦，跟赵导一批的，早退了——是金子总会发光，不管谁来当项目导演，只要你跳得好，大家都看得见，别多想了啊。"

付团长说完就忙别的去了，梁若伊却又坠入了云里雾里，一件公案未了，又多了一件，以她这犟牛不回头的性格，是无论如何要寻根究底的。

于是趁着彩排后正式演出前的一段闲散时间，她又若无其事地在闲聊间绕着弯地打听彭帅其人。结果一问就问着了，舞美队的一个上了年纪的老师告诉她："你问以前跳得最好的啊，那就属赵晨和彭帅了，他们两个之间好像还有点儿故事，现在彭帅在外面需要舞美上的人，还找我呢。"

梁若伊就不失时机地询问彭帅的近况，这位老师就觉得年轻演员想了解前辈的事儿也很正常，不免知无不言起来，跟她说："彭帅早几年包下了福旺老茶馆的驻场，现在一直干着呢，每天演出的时间，他都在那盯着。"

梁若伊知道了这个人的去向，不免犹豫了一段时间，最后还是耐不住自己的好奇心，在一个晚上径直去了福旺老茶馆。

福旺老茶馆是一座保存下来的传统的西江民居建筑，从外头看灰砖墙，青瓦铺就的悬山式斜坡顶，深出檐，色调朴素淡雅。走近了却看见大门脸、高牌楼，上面雕刻着繁密严整的山水花鸟。再往里走更加气派，院连着房，房围着院，传统的砖木雕刻加上现代的装饰，越发显得古朴中不失大气奢华。

梁若伊在服务人员的带领下，登堂过院又穿了天井，在满目的璀璨中就把自己来时的兴头减了下去，先怀疑自己一个人到这样的场合是否合适，又琢磨这里的茶水菜品到底得是个什么价，会不会不小心吃掉两三个月的工资，这么想着不免情怯气怯，开始怀疑此行的必要性。

可是既然到了这个地步，她也就只得硬着头皮往里走，来到了一个轩敞的大厅，大厅里布置着红漆的木桌木椅，靠窗的一圈儿都用镂空的木雕做了隔断，往里却是或四人座儿或两人座儿地摆放着，最显眼的是中间一个戏台。梁若伊就不去卡座儿，选了个不起眼的位置坐了。

等到菜单拿上来，一看价格也还好，她心里就暗暗松了口气，点了菜又要了杯茶，边吃边喝边等着。

陆陆续续不断地有人来，慢慢就把一个大厅都坐满了，七点钟开始，戏台上就有人演出，不外乎变脸吐火这样的民俗，也有不知哪里的人，跳的就是他们团里的舞蹈节目，也只能因陋就简地瞎演演，茶客们倒是看着新鲜。

梁若伊也就无心看，又犹豫了半天，瞅着一个演员下场，她就赶了上去，问她："请问彭帅老师在吗？"

那个年轻演员四处找找，指着一个人："哦，他在那儿，我带你去吧？"

梁若伊点点头，跟着她走。这个时候彭帅正好转过身，他一米八〇的个子，长脸庞，细眼，阔嘴，高鼻梁，头发是自来卷，虽然上了些年纪，却仍然气宇轩昂，长得很像一位全国著名的主持人。

梁若伊不免又开始气怯，到了跟前恭恭敬敬地喊了一声："彭帅老师你好，我是赵晨的女儿。"

彭帅大出意料，脸上风云变幻了一番："是她让你来找我的？"

梁若伊赶紧摇头："不是不是，我妈不知道我来，我有点儿事儿想问问您。"

彭帅说："行啊，你是刚来，还是来了一会儿了？"

梁若伊据实说："早来了，坐在那边的。"

彭帅向着她的座位看看，对她说："你等一下。"随后找到服务员的领班，告诉他："这个女孩的消费我签单，再帮我开一个包间，我留的茶泡两杯。"

彭帅又回到梁若伊面前："走吧，这里太吵了，我们楼上去。"

梁若伊跟着彭帅进了包间。她初还有点儿局促，后来想想自己来的目的，心一横，一股脑地把李楠怎么说、妈妈怎么说、付团长怎么说都讲了出来，末了含着泪："不知道是谁那么坏，那么欺负我妈，她竟然就忍了。"

彭帅边听边点头，听到后面叹了口气："这个事情你不要再到处问，也别提了，这对赵晨的伤害很大。"

梁若伊说："可我想知道到底是怎么回事。"

彭帅点点头："赵晨刚转编导的时候，有一个年长的女孩帮她很多，她管那个女孩叫姐。你妈妈心又热又实，天天跟姐形影不离。有什么心事都告诉她，那个姐让她做什么她也尽心去做。有一次你高烧四十度，正好赶上姐有个创作会让赵晨去，她扔下你就去了。姐的长辈去世，赵晨去她家跟着忙了几天呢，真是好得跟一家人、亲姐妹一样。"

梁若伊就疑惑了："既然这么好，她后来怎么还使坏？"

彭帅喝了口茶，接着说："这东大街79号，来来回回不就是那些事儿嘛。赵晨业务上越来越好，自然受领导重视，有人看不惯，没事儿就在她和姐之间挑拨，姐先就有了疑心。正好赶上单位分房，都是按工龄、职称什么的画了线的，其他人够格不够格的都清楚，刚好赵晨和姐的条件不相上下，你妈虽然比姐年轻几岁，进团却早几年。"

梁若伊冲口而出："那她想分房，造我妈谣干吗？"

彭帅说："你这个孩子，那个时候生活作风也是考察一个人很重要的指标。"

梁若伊气愤得说不出话。彭帅却说："赵晨离开剧院，少半因为那些风言风语和受不了那些争斗，多半也因为被至亲至信的人伤透了心。"

梁若伊对这件事情无语了，忽然又想起另外一件，不禁问道："彭老师对我妈还挺了解的。"

彭帅苦笑一声："这话不该跟你说，我爱了她一辈子，怎么不了解？"

梁若伊哑然失色，没有想到彭帅这么坦白，自己倒吞吞吐吐起来："你跟我妈……"

彭帅说："我十几岁的时候就喜欢你妈，谁知道兜兜转转又没在一起。后来我前妻出轨，我自己出车祸，要不是赵晨天天开导，不知道我死几次了。后来还是她通过朋友，帮我拿下了这个茶馆的驻场，我联系这些人来演，茶馆给我一个人一场五百，我给他们两百，虽然看着少，天天有收入，旧伤好了经济上也慢慢好了。我跟她表白了好多次，她考虑到你，都拒绝了。"

梁若伊说："我？"

彭帅点点头："对呀，你妈妈怕你性格偏，接受不了，又怕因为这些大人的事儿影响你学习成绩，又怕我哪里做得不好让你受委屈……说实话，我到现在都不敢让自己闲下来，一闲下来就想她，一想她我这心里……"

梁若伊茫然地说："我一点不知道，她从来没有跟我说过。"

彭帅抬抬头，用力眨了眨眼："说啥呀，做父母的苦心，哪能都跟孩子说呢……我等了她十几年，年纪渐长，自己还有个儿子，之后又找了一个，可是如果现在赵晨轻轻点下头，我马上离婚跟她在一起。"

梁若伊没有想到妈妈为了自己做出了这么大的牺牲，更明白了妈妈当初竭力阻止她到南方歌舞剧院的原因。回去的路上，她就心绪不宁，先怪当初那个姐翻脸比翻书还快，又怪人性怎么这么让人不明白，再怪自己这个女儿不懂事，怪来怪去都于事无补。无奈无语无力之下，她把一腔的眼泪都压了下去，咬牙要做出点成绩，为妈妈也为自己争脸。

第八章

　　背负着妈妈的委屈和自己的梦想，梁若伊开始苦练李楠的节目，由于是双人舞，她把施歌也拉了进来。

　　通常双人舞适合表现爱情，李楠选择了两只云豹的爱情。冰天雪地里，两只云豹相濡以沫、快乐地追逐嬉戏，当它们正沉浸在幸福之中的时候，母豹误踩兽夹被困，公豹依依不舍、不离不弃，嘴咬爪扒，竭力救护。枪声响起，母豹推公豹快快离去，公豹做出进攻的架势，愤怒、痛苦，却找不到敌人在何方，枪声再响，两只云豹双双倒在了血泊里。

　　这个节目的名字就叫作《云豹》，梁若伊有空就拉着施歌去动物园观察豹子，一待一整天，模拟豹子的形态步伐、身姿，甚至眼神。她还在一次休假的时候，专门喊上施歌，两个人借了一辆奥拓，带上帐篷、棉被、吃的东西，一起去了趟自然保护区。

　　两人一路上磕磕绊绊的，到了那里也不知道允许不允许群众进山，就偷偷地爬上去，在一条河边整整守了两天，总算守到两条来喝水的云豹，身上的斑纹在阳光和白雪的映照下，熠熠闪光。梁若伊兴奋得几乎要喊出声来，幸好施歌及时地制止了她，她便紧紧趴在地上，耐着性子细细地观察，直到云豹喝完了水离开，梁若伊还意犹未尽。

总算没有白跑一趟，回去的路上梁若伊兴奋地说个不停。在经过一段暗冰路段的时候，车子差点滑下了山崖，她这才变得小心谨慎，不过多地打扰施歌的注意力，让他专心开车。

有了这些真实的观察和体验，梁若伊跳起《云豹》越发形神兼备。她还积极参与创作，对李楠提出很好的意见："我觉得这几个动作是不是可以这么编排，因为云豹奔跑的时候是这样的，它们在警觉的时候头部是这样的……"有了梁若伊的帮助，李楠排起节目就更加顺畅，很快一个完整的作品就呈现出来。去看过这个节目的，几乎都说好，都认为一定会拿到奖项。

梁若伊非常高兴，情绪高涨，在寝室的时候，常常不由自主地哼起歌。团里繁忙的排练加上《云豹》的排练，她也不觉得累。李楠寄了录像带，节目顺利通过了初赛，马上就要去参加决赛了，梁若伊在心里默默期盼着比赛的日子早点到来，虽然有点儿紧张，但终究是无比兴奋和万分期待的。

然而，就在梁若伊全身心备战，跳得越来越好，可以说出神入化的时候，她出事儿了。

那天三个人照常来到了排练场，施歌的脸色却有点儿不好。施歌说："昨天我跟张东健去吃了烧烤，结果有点儿拉肚子，要不别练了。"李楠也说："那还是别练了，咱们一起听听音乐聊聊天吧，这么多天一直都挺紧张的，今天放松一下。"

梁若伊开始还是同意了，三个人就坐在地上天南海北地聊，聊着聊着，就开始憧憬未来。梁若伊说："我希望有一天，我的舞姿能够惊艳世界，就像一个高贵的女王，站在台上，用舞蹈让人们折服。"她眯起眼睛，描述着头脑里的画面："掌声像潮水一样将我淹没，强烈的灯光让我看不清楚台下那一张张脸，但是，那些脸上的微笑，却穿透黑暗向我涌来，天空中闪着光的花瓣飞舞，好像我张开的翅膀。于是，我向全世界宣布：到这里来吧，到舞蹈的世界里，我将带领你们，飞向天空！"

"哗哗哗哗"，李楠和施歌一起鼓掌。施歌说："没想到你有这样的文学素养，不过我告诉你，梦想啊，只有在没有实现的时候才最美，到时候你会发现——也就那样。"

梁若伊不满意地说："什么也就那样啊，有这么打击人的吗？"

施歌解释："不是故意打击你，走得再远，回来还不是该吃就吃，该喝就喝，也不见得真的就飞向天空了。"

李楠说："施歌也不是那个意思，他拿过金奖，说的也是切身感受。不过若伊，我理解你，咱们一起加油，一起努力。"

梁若伊说："对呀，那还在这聊什么，只争朝夕，赶紧起来，练呀。"

施歌摆摆手："我今天真不行，拉肚子，腿都是软的。"

梁若伊说："不行也得行。我问你，离比赛还剩几天了。之前咱们团的欣欣，带着伤跳了二十场巡演呢。你这么点事儿，算什么，赶紧起来。"

施歌说："是呀，可是她跳下来半月板受伤，再也不能跳大动作了。"

梁若伊呛他："那她现在搞创作比以前更好了，多少人羡慕呢。"

施歌说不过她，只有说："哎呀，你怎么那么犟啊！"

李楠说："我看施歌也是挺累的，歇一天得了。"

梁若伊跳起来："眼看着时间越来越少了，这次我不能失败，我们都不能失败。那这样，施歌，你的动作别做出来，就陪我练练嘛。"

施歌和李楠都拗不过，只有准备了一下，开始了。

梁若伊虽然是这样说，可是舞蹈音乐一响，她就止不住地激动起来。施歌也只有陪着她加大了动作，身上渐渐地冒了汗，腿微微地抖。

高潮的时候施歌一个高高的托举没有抓稳，梁若伊从他的肩上摔了下来。

梁若伊住院了，腰部骨折。医生说，不排除造成后遗症的可能，连以后能不能走路也要经过观察才能下结论。

梁若伊这次倒没有哭，可以说，她还没有回过神，不太清楚到底发生了什么。前一刻还畅想未来，畅想世界呢，怎么只是一个瞬间，那些美好的想象就从高空摔落到了地上，仿佛是一块摔碎的玻璃那样，变成了无数锋利的玻璃碎片，一起戳进了她的心里。

有很长的一段时间，她感觉不到疼。慢慢地，这无数的伤口才开始流血，"咕嘟咕嘟"的，像数不清的泉眼。她躺在床上，望着窗外的银杏叶，绝望地闭上了眼睛。

梁若伊出人意料的平静，让赵晨更加心痛。她找到施歌，激愤地问："你怎么回事，你跳了多长时间的舞了，怎么会犯这样低级的错误，这是灾难，灾难，你知道吗？"

施歌委屈地说："我不是故意的呀，我说不要练了，若伊非要练。"

赵晨说："如果若伊真的出现了最坏的情况，我永远也不能原谅你。"

施歌边哭边吼："如果她瘫了，我养她，养她一辈子还不行吗？"

施歌也不太能够面对这样的情况，他一直笃定地认为，自己是最好的舞蹈演员。可是最好的演员，是不应该出现这样的失误的。他在心里开始怀疑自己："难道是我退步了吗？是年纪开始大了体能跟不上了吗？是我的技术不行了吗？"当年熬了通宵还照跳不误呢，现在这是怎么了。无数次反复的纠结、自责和自我怀疑，让他脸上蔑视一切的神气不知不觉地缓慢消散，他傲视一切的目光开始向着现实聚焦。

赵晨即使不愿意面对，也必须面对，梁若伊是她的女儿，她大半辈子唯一的寄托。她又生气又痛心，想怪施歌又觉得这也不能怪他，想来想去，她只有怪自己命途多舛，该承受的，只有全部承受。

张东健也找到刘丽颖大吼："你到底给了我什么东西？！"

刘丽颖毫不客气地吼回去："只是一包泻药而已，我只是看不惯他们俩的样子，想搞个恶作剧，谁知道是这样……"吼完了刘丽颖也开始哭："我真的不是故意的，就是想杀杀她那威风，你看梁若伊，好像全世界都不如她，还没有拿奖呢，要真拿了奖，那眼睛更长到脑袋上去了。"

张东健指着刘丽颖的鼻子，气得："你……"

刘丽颖昂起头："你什么你，你可以不放在施歌的酒里呀，我给你，你就放，你是傻吗？"

张东健气得说不上话："对对对，我傻，我太傻啦，谁让我爱上了你！"

刘丽颖迎上去吻住张东健，张东健平静了。

刘丽颖说："这个事情，我们都不是故意的，以后都不要再提了。怪来怪去，还是怪梁若伊自己太心急了，太想出名了，我在歌舞团跳了五年的群演，她才来三年多，就想着拿大奖了，世界上哪儿有那么容易的事情？"

张东健还沉浸在刘丽颖的吻里，茫然地点点头。两个人抽空就买了大包小包的营养品，去医院看望梁若伊，临走还不管梁若伊的竭力推辞，非把一个特别特别大的红包塞进了她的枕头底下。

李楠向来是一个不太说话，但是目标明确且十分冷静的人，她去看望梁若伊，用一贯开门见山的方式对她说："若伊，我相信你一定会好起来的。但是这次比赛肯定是不能参加了，这是我的心血，我的梦想，我不能放弃。"

李楠找到了刘丽颖和张东健跳《云豹》。本来她还想用施歌，可是因为这次事故，施歌有了心理阴影，他总是忘不了梁若伊在他眼前滑落的一幕，忘不了清脆的骨头断裂的"咔嚓"声。他每次跳到那个动作，就手脚发抖。他白天就去梁若伊的病房陪房，晚上就喝酒。

梁若伊看到施歌这个样子，倒是反过来劝他："舞蹈演员受点伤很正常，谁身上不是青一块紫一块的，这根本就不是你的原因。"

施歌汪着眼泪："我看到你这样，就是心疼。"

梁若伊笑笑："一个大男人，哭什么，我都没哭。"

说是这么说，晚上没人的时候，梁若伊还是蒙在被子里偷偷地哭。这个时候她已经感觉到了千疮百孔的疼，同时也看见了妈妈的憔悴和施歌的自责。她想，我可能永远也不能跳舞了，可能要永远地告别舞台了，可能我要成为妈妈一辈子的负担了，但是施歌呢，施歌还有其他的选择，比如自由，比如没有她的一个全新的生活。

由最初的痛苦和茫然冷静下来，梁若伊就跟施歌说："要不咱们分手吧。"

施歌头也没有抬，一边削着苹果一边说："要是赵导看不上我，我也没有什么话说，现在你的心思我知道，我不能同意，我就这么守着你，躺多久我守多久。"

梁若伊泪如雨下："那要是我躺一辈子呢？"

施歌说："那就守一辈子嘛。"

梁若伊摇摇头："不行，我不愿意。"

施歌抬起头："你这话说的，还不愿意，逼我是吧……"

梁若伊有点儿疑惑地说："逼你什么了？"

施歌四处看看，拿起一截苹果皮，卷成一个圈儿的形状，清了清嗓子："梁若伊，你愿意嫁给我吗？"

梁若伊说："我不想做你的包袱。"

施歌轻描淡写地说："那你就好好休养，快点好起来。"

梁若伊还是平静地说："除非我能好起来，要不我就不愿意。"

付团长来看梁若伊的时候，对她说："若伊呀，其实我一开始就知道，你是赵晨的女儿，你小时候一放学就来看你妈排练，扎俩小辫儿，可乖了。长大了别人看不出来了，我可一眼就看出来了。没事，安心养伤，伤好了还能继续跳，比赛什么的，以后还有的是机会呢。"

梁若伊听了这话，想到不久前才向付团长打听赵晨呢。这付团长也是，不动声色的，倒显得梁若伊自己够幼稚。

她也希望赶快养好伤，重回舞台，可是恢复效果却好像没有想象的那么明显，时间就像静止了一样，整个世界花开花落，繁华还是热闹，都与她无关。

这个时候，团里也全知道梁若伊是赵晨的女儿了，有些风言风语的，就说梁若伊是靠着赵晨的关系进了团，又靠着她的关系跳了独舞。

赵晨也不争辩，也不让梁若伊知道，自己又默默地离开了舞蹈团，一边守护女儿，一边在外面做自己的培训班去了。

周立涛和钟晴也来过，虽然都来过，却是分开来的。周立涛一坐下就说："我知道国外一个特别有名的骨科医生，我给他打了电话了，请他过来给你看看。"

梁若伊还没有开口，旁边的施歌就说："那太感谢了，什么时候能来？"

梁若伊说："不用了，我住院这么长时间，我妈妈压力够大的了，还请什么国外的名医，别折腾了。"

周立涛知道梁若伊心里的担忧，直接说："医疗费用那些你不用担心，我这有一些，实在不行，我把我那套房子卖了，务必把你治好，人才是最重要的，何况你那么喜欢舞蹈，我不能让你失去舞蹈。"

他这么一说，无意中倒显得是施歌让她失去了舞蹈，梁若伊赶快说："哪有失去呀，就算以后不能跳了，舞蹈也在我心里。"说完还俏皮地笑了几声。

施歌递给周立涛一个水果："我同意你的看法，人最重要，只要有办法，无论如何要把若伊治好，但是可不用你卖房，我未婚妻看病，还有我呢。"

梁若伊说："你说的些什么，我还没有同意嫁给你。你们也别争了。特别是你——大包大揽，要是钟晴知道了，准生气。"

周立涛低着头，沉默半晌："我说的是真心话，不用管钟晴。"

施歌在旁边开玩笑："好久没有看见钟晴了，是不是你把她管太严了，不让她出来？"

周立涛苦笑一下："还不让她出来呢，天天的根本不知道她往哪儿跑，经常半夜一两点回家，有时候甚至通宵。我早上又得上班，晚上等不住就先睡了。别说你们这么久没见，我跟她虽然在一个屋子住着，也常常十天半个月见不上一回。"

梁若伊听了，就知道他们婚后生活有多么不如意。施歌仍然是一脸的苦闷，她苦闷，也不知道该怎么开解他，正心烦着，只见施歌说自己要抽烟，先出去了。周立涛反而不好久留，又跟梁若伊闲话几句，自己就告辞了。

周立涛走出住院楼，看到施歌正在一截花坛上蹲着抽烟，他就走过去："我都听说了，你别太自责，梁若伊是你未婚妻，也是我的老朋友，我们一起想办法把她治好。"

施歌眼圈就有点儿红了，头也没抬："我发誓，这辈子不会让若伊再受到伤害。"

周立涛用力拍了拍他的肩膀。

施歌把精力都放在照顾梁若伊上面，再加上他有了阴影以后，连别的舞蹈也不太敢做大动作，领舞的位置很快就被其他人顶上了。这一来，以往有些对他很热情的，就渐渐地冷下去，看见他便爱搭不理的。只有张东健一如既往地跟他好。他也就看透了团里的人情冷暖，又担心梁若伊知道了对身体更不好，就把所有的情绪都压在心里。

第九章

　　不幸中的万幸，梁若伊开始有了康复的迹象，又过了一段时间，可以出院回家休养了。她在家里度过了新年，迈进了 2000 年。李楠到底拿了个编导三等奖，虽然不是光灿灿的金奖银奖，可也算是证明了自己，随后她又开始神龙见首不见尾，向着目标努力奋斗去了。刘丽颖和张东健双双拿到了表演一等奖，春风得意，两个人的恋爱关系也是全团皆知。

　　舞蹈团开始排练诗乐舞《盛世华章》，这一次团里请来了在全国知名度很高的导演，任可、吴姝在他的面前又是晚辈，所以倒是没有任何的怨言，反而作为执行导演一人排了一个篇章。作曲、服装、舞美也是全国顶级的，这一来，《盛世华章》刚一上演，倒真是引起了不小的轰动，领导也喜欢，观众也认可，专家也称赞，还被一家文化公司请到了谭城，长期驻场演出。

　　梁若伊已经可以正常地走路了，施歌看到这样的情况，心里的包袱卸下了一大截，也跟团里其他演员一起常驻外省了。

　　梁若伊觉得整日枯坐也不是办法，又回到了南方歌舞剧院，这个时候的剧院，已经过了前几天热火朝天的时候，由于大部队的离开，显得有些冷清。只是从家属楼里，时不时地传出吊嗓或是弹钢琴的声音。

梁若伊被安排在了行政工作，她天天戴个袖套，在那里油印文件，常常弄得满手乌黑。她想起在聚光灯下翩翩起舞的日子，恍若隔世。

然而暴风雨前的平静没有维持太长的时间，大家相安无事、其乐融融的生活，实在是不属于文艺院团的。

这样的平静首先被付团长打破，他在演员发工资的日子，一如既往地去财务支账，却被财务小王告知账上钱不够，过几天才行。付团长纳罕，明明几天前谭城的演出商刚把演出费打到了账上，怎么会钱不够。

他马上去找了宋院长，跟宋院长一起赶到了财务室，谁知小王还是那么云淡风轻、镇静自若，道："可能是对公转账要耽误几天嘛，我们还没有收到这笔款。"

宋院长狐疑地说："厅里前几天打电话，说国家拨款也到了。"

小王耸耸肩："那我也不知道。"

两个院长离开了财务室，越想越不对。付团长亲自去银行查账，不查不要紧，一查吓死人。

整个南方歌舞剧院的账上，只剩下一万两千三百五十六块八毛七分钱。

付团长马上回到剧院，跟宋院长汇报。宋院长如五雷轰顶，马上向公安局报案。

案子倒是不难查，正是小王挪用了将近四百万的公款，给自己的男朋友还赌债去了。

小王被判了刑，财务主管免职，宋院长在即将到来的花甲之年，到底没有"平稳落地"，背着处分退出了南方歌舞剧院的历史舞台。

可是大家还来不及黯然神伤，这件事情的"后遗症"就显现出来。

先是在谭城的演员们不干了，他们集体拥到刘丽颖的宿舍，有的说："我们在这里够辛苦的了，不能白跳啊。"有的说："三个月没发工资了，再这样我们就不跳，明天就回家。"

众人附和着："对，明天就回家。"

刘丽颖也深知演员的难处，西江省在南方，这个时候也是树木葱茏，谭城是北方，此时已经冰天雪地了，演员们不习惯异地的气候，常有感冒发烧的。住宿条件又那么简陋，每天演出两场，演员们确实也够累。而且在西江的时候，好多演员晚上"跑场"，赚点额外的收入。一到了这里，谁都甭想"跑"了，全靠那点演出费，这演出费发不出来，都上火。

刘丽颖咬咬牙，对大家说："你们放心，明天我一定把演出费交到每个人的手上。"

施歌暗暗地纳罕："想不到她竟有这个担当，恐怕终究还是空话。"

刘丽颖作好作歹地把演员们安抚了，让他们都回到各自的宿舍，唯独把张东健和施歌留了下来。

张东健问："怎么办，给付团长打电话吧？"

刘丽颖说："给他打电话打了多少个了，有什么用，他也变不出钱。你们跟我一起去找陈总。"

陈总正是谭城文化公司的老总，把队伍请过来的人。他看着眼前三个年轻人，有点儿疑惑："我全是按合同办，该打的款一次没少打啊。"

施歌嗫嚅着："我们是想……"

刘丽颖打断他："陈总，现在南方歌舞剧院出了点事情，我们想预支一些演出费。这几个月演员的辛苦您都看见了，如果不是实在没有办法，我们也不会找您帮这个忙，其实帮我也是帮您自己。演员们今天都去找了我，他们说，再拿不到工资，明天都回西江省了。如果他们真的走了，最终的损失还是陈总。实在非常抱歉，但是眼前，这是我能想到的安抚演员的唯一办法了。"

陈总沉吟着，看着眼前这个口齿伶俐的西江妹子，点了点头："我有一句话，两位兄弟要不要回避一下。”

张东健先绷紧了神经："不行。"

刘丽颖说："没事，我们都十几年了，有什么都可以当着他们的面说。"

陈总冲着张东健："东健，你误会了。我只是想说，像刘队长这么能干的女孩，留在南方歌舞剧院是不是可惜了，到我公司吧，薪水你开。"

刘丽颖摇了摇头："谢谢陈总，对不起了。"

陈总有点儿遗憾地说："这段时间，你的管理能力我是看在眼里的，我们公司未来的方向是文化产业，非常需要你这样的人才。这样吧，我同意预支，但算是帮你刘丽颖的忙，以后项目上有需要的时候，希望刘队长也能够给予帮助。"

刘丽颖得体地回道："只要是团里允许的情况下，我在所不辞。"

第二天，刘丽颖如约将演出费发到了演员们的手上，解了燃眉之急。

尽管如此，南方歌舞剧院还是迅速地凋敝下去了。巨大的亏空让剧院只能拆了东墙补西墙，勉强维持运转，西江交响乐团首先停止了排练，然后这样的情况像瘟疫一样蔓延。一扇扇的门都锁了起来，往日特别紧张的舞蹈团排练场，也绕上了几圈铁锁，开始整日整日地沉寂。

舞蹈演员们刚刚结束了谭城的驻场演出，就作鸟兽散，原来"跑场"的地方，还缺人的，就还回去，被顶了的，就得重新找。

刘丽颖和施歌、张东健一起去了一家酒吧，其实就是早几年的"醉玲珑"歌舞厅。"醉玲珑"跟随时代潮流，扩建了店面，重新进行了装修，现在改名叫六六酒吧。

舞台还是那样小，施歌和张东健戴着夸张的假发套，赤裸上身，胸前扣着两个椰子壳，腰上系着花花绿绿的草裙，跟随音乐夸张地扭动，是扭动而不是舞动。刘丽颖也是差不多的装扮，跟他们一起扭动。

酒吧的客人大部分时间都在自顾自地喝酒、调情、掷色子，没有太过分关注他们。可是也有找别扭的客人。有一次，一个大腹便便的秃头拿着一瓶啤酒，指着刘丽颖说："来，跟哥哥把这瓶酒干了。"

刘丽颖说："对不起啊，我不会喝酒。"

秃头不依不饶地说："不会喝酒你到这儿来干吗，干了，必须干了！要不我让老板炒你鱿鱼。"

张东健挡在刘丽颖身前："我替她喝。"

秃头说："你喝必须喝一件。"

一整件啤酒摆放在了张东健的面前，他二话不说，开始一瓶接一瓶地喝酒。

回去的路上，刘丽颖和施歌搀扶着张东健，他一路吐，刘丽颖一路哭，是为了他，也是为了自己。

梁若伊恢复得也差不多了。起初跟着他们"跑"过一次场，刚去，就遇到一个中年男人，看上去也是相貌堂堂的。他从梁若伊上台开始就盯着她看，看到后来就走过去，冲着她喊："美眉，美眉……"

梁若伊到处看看，确定是在喊她，就问："怎么了？"

中年男人说："你下了班我请你喝咖啡吧。"

梁若伊摇摇头："没空。"

中年男人说："哎呀，给个面子，就当交个朋友嘛。"

梁若伊不想多说，转身就走，中年男人一着急，拉住了她的裙子，梁若伊回身一个响亮的耳光扇在了他的脸上，接着还飞起一脚踹在了他的肚子上。

施歌赶紧把梁若伊拉出酒吧："你也太冲动了。"

梁若伊气不打一处来："什么？！你明明看见他……我还想再踹两脚呢。自己女朋友被欺负，你倒帮着别人说话，怎么想的？"

施歌说："这也不是剧场里的舞台，这是在酒吧，你要'跑场'，有些事情就得知道怎么处理才最合适。"

梁若伊怒吼："我不知道怎么叫合适，我不跑场了，永远也不再跑场。"

梁若伊一气之下走了，施歌望着她的背影，自己点燃了一根烟，深深地叹口气。刘丽颖这个时候也从酒吧出来，从施歌那儿拿了根烟，点燃，开始抽。

良久，刘丽颖开口道："我知道你比谁都不愿意这样。"

施歌吐一口烟气："谁愿意这样啊，不男不女地糟蹋自己，也是糟蹋舞蹈啊，你看那男的那样儿，我想飞个菜刀砍过去。"

刘丽颖忽然大笑不止，施歌倒是挺疑惑地说："有什么这么好笑？"

刘丽颖说："我想起来前几年你跳的一个剑舞，舞台上就看见你衣袂飘飘，银光闪闪的，真是个玉树临风的美君子，再想想你手拿菜刀的样子，忍不住觉得好笑。"

施歌也被说得歪了嘴角："不复当年，不复当年啊。"

两个人都不说话了。他们身后是酒吧一条街，街上一个挨着一个的招牌个顶个闪烁着变着花样的霓虹，霓虹灯下红男绿女正是喝得玩得酣畅尽兴的时候，男人扶着女人，女人缠着男人，跌跌撞撞地从不同的门里相互搀扶着出来，带着暧昧的眼神去向各自的目的地。不时有男人粗犷的淫笑和女人尖利带着娇嗔的浪笑传来，那笑声都是旁若无人的、肆无忌惮的、似醉似醒的。

远处的江水却平静地流淌，仿佛是见惯了上千年的灯火气与烟火气，只管向着大海的方向奔，不知道是没有愁还是见证了太多的愁，就那么默默流着。

施歌苦笑道："年轻的时候，光想着怎么把舞跳好就行了。我还记得刚到团里，身上一共才两百块钱，自己买了点日用品，剩下的买了一箱子方便面，吃了大半个月，团里才发了工资。可那个时候呢，吃泡面也吃得开心，不觉得苦。"

刘丽颖说："就是就是，而且那个时候，不管是团长是院长还是别的领导，你觉得不服气就直接顶回去。"

施歌长叹一声："现在不行啦，我吃泡面没啥，总不能让若伊跟我一起吃泡面吧，谁不想挺直了腰杆生活，看不上的就扭头走人，说不拢的就抡刀开打呀。"

刘丽颖说："你跟她再好好说说，她应该也能理解。"

施歌说："算啦。她不想跑场，就别跑了，这里也不适合她。"

刘丽颖说："啊，不适合她，倒适合我。"

施歌解释道："不是这个意思，你一向都把现实看得很清楚。"

两个人还想再聊聊，张东健却匆匆地跑出来："回去了，回去了，好不容易才把那人稳住了，都等着你们上台呢。"

刘丽颖只有跟着施歌赶紧进去接着跳了。

梁若伊气得跑回家，几天都不接施歌的电话。

她想来想去，越想越想不通，干脆约了李楠和钟晴一起喝咖啡。她一边喝一边把这件事情原原本本地说了，脸上还按捺不住气愤。

钟晴把最新款粉红色的翻盖手机放在桌子上，从爱马仕包里拿出迪奥口红，对着小镜子擦口红，完了抿抿嘴，劝梁若伊："我看是你太激动了，还没喊你跑'花场'呢，这点事儿都受不了。"

梁若伊疑惑地说："'花场'是什么？"

钟晴把镜子一合，不屑一顾地说："你在舞蹈团待那么多年，真连这个都不知道吗？装的吧。"

李楠说："我了解她，她真不知道。'花场'就是客人看哪个女孩跳得好，就给送朵花，谁的花最多，挣钱最多嘛。"

梁若伊说："就这样？"

钟晴补充了一句："送花的时候保不定摸一把抓一把嘛。"

梁若伊忍不住说了脏话："靠！"

李楠说："得了，你不喜欢不去就得了。"

梁若伊不满地说："可是施歌天天都跑得起劲。"

钟晴翻翻白眼："要生活要挣钱要过日子要面对现实嘛。你以为都像她，高干子弟，吃穿不愁。都像你，舞蹈艺术世家，名导之后。"

梁若伊对"名导之后"这个名头一时没有反应过来，不由得问："啊？"

钟晴却不管她，接着说："就说我吧，爸爸妈妈都是乡下种地的，连我的学费都是自己到镇上卖鸡蛋挣的，你知道吗？卖鸡蛋、卖菜，我爸拉车，我就坐在车上跟着去。要不是一次文艺会演被县上一个舞蹈老师看上，我这会儿肯定在家种地呢。"

梁若伊说："从来没听说过你这些事儿。"

钟晴撇撇嘴："这有什么好说的，哪儿有八卦精彩呀。我要是现在还在团里，不是一样得跑场吗，'花场'该跑也得跑啊。我反正过够了那样的日子，趁着年轻，能享受好好享受，管它老了以后怎么样呢。"

李楠看看时间，站起来："得了，我明天的早班飞机，现在先走了，你们慢慢聊吧。"

梁若伊拉住她："你要去哪儿呀，每次约你都不出来，这次好不容易愿意赏脸了，怎么没说两句就要走？"

李楠还是站着："我明天去首都舞蹈学院报到，真得走了。"

梁若伊和钟晴同时吃惊道："啊？！"

李楠依然是那副高冷的样子："我考上了首都舞蹈学院编导系嘛，有什么好大惊小怪的，难不成就在盆地窝一辈子？在南方歌舞剧院，稍微出点头，就有人恨不得八只脚踩死你！那个小天地里的人，他们的精力有一半用在业务上，倒有一半用在这些人情琐事上面了，我年纪轻轻的犯不着跟着内斗跟着耗。要不是明天走了，今天我也不来跟你们喝咖啡。"

李楠也不多说，留下瞠目结舌的梁若伊，走了。

倒是钟晴，还是那么热情，叽叽歪歪地说了一个下午，末了还非得送梁若伊回家。

梁若伊跟着钟晴走到停车场，就看见了她那辆崭新的宝马。

梁若伊一边赞美一边问："呦，好漂亮，原来那辆雅阁卖啦？"

钟晴嘴又一撇："就周立涛那个抠门儿的样儿，哪舍得卖呀，准备留着当传家宝呢。"

梁若伊不好多问了，但是又开始担心，听钟晴的口气，是对周立涛有点儿不满有点儿不屑了，再想想上次周立涛说的话，她越发觉得自己不能再置身事外。

她想给周立涛打个电话问问，这个时候才发现，根本没有他的电话号码。传呼和大哥大早就淘汰了，人们都换了手机，这么久没有主动跟他联系，都不知道周立涛的手机号是多少，他去医院看望自己的时候，光顾着说别的也忘了问。

梁若伊又犹豫了几天，思考该不该多管这个"闲事"，可是作为他多年的老朋友，确实也该去问候一下。她最终下定决心，在一个傍晚下班时间去了周立涛的单位找他。

见了面，还没等梁若伊开口，周立涛就苦笑着："我跟钟晴离婚了。"

两个人找了家环境不错的川菜馆，边吃边聊。

周立涛说："钟晴太能花钱了，我一个拿死工资的公务员，真是应付不了。前几年还行，公务员工作又稳定，收入也算可以，这几年再一看，真是实在算不了什么了。一双鞋几千块，不买她就甩脸子，不给好脸儿看，我妈看不下去说几句，她就更不乐意。房也觉得破，车也觉得破。"

梁若伊脱口而出："我前两天看见她，还开辆新车。"说完这句，她又后悔觉得不该提。

周立涛倒觉得没什么："我不给买，自然有人给买嘛。上次不是就跟你说过，天天晚上不回家，我原来只是觉得她还年轻，玩心大，没事儿喜欢泡个吧什么的，现在才知道，是约会去了。要是别的事儿不能这么快离，我妈也不能同意，他们那辈人的思想，就是凑合着也得过一辈子。可是遇到这个事儿，到了这个地步，再一起生活真是没意思了。这段时间我真是郁闷——你说，是不是吃亏的总是老实人。"

要是别的女孩儿，梁若伊肯定就开口帮着他骂几句了，偏偏是钟晴，梁若伊反而不好说什么，本来是想约着周立涛劝和他们两个的，没想到他们已经不声不响地分开了。

她只能有意地岔开话题，说人生总是有很多意料之外的事，自己前段时间受伤，还以为再也站不起来了，没想到如今全好了，又感谢周立涛帮自己请的名医。

周立涛说："你那个时候退学也要跳舞，肯定连老天爷也被你感动了，不忍心抢走你的舞蹈。"

周立涛又告诉梁若伊，他想着辞职出来。梁若伊就问："为什么？是因为钟晴吗？"

周立涛摇摇头："你说我们公务员吧，就是那些工资，福利虽然挺好的，可是也只能说饿不着、吃不饱，即使我苦熬慢熬，熬到一定级别了，又能怎么样，除非有灰色收入，要不跟现在差别能有多大。何况我现在都能看见二十年三十年以后的生活，有时候想想，还是挺可怕的，天天生活得挺苦闷的。"

梁若伊想了想："人生那么短暂，要是天天都挺苦闷的，不就成了苦闷的一生了吗，有的时候，放手一搏，也不一定是坏事。"

周立涛点点头："对呀，最坏的情况就是我穷困潦倒了嘛，又能怎么样？鱼翅鲍鱼是一顿，馒头大饼一样是一顿，像你说的，不如放手一搏。"

梁若伊说："我也不知道我说得对不对，你还是自己考虑好。"

周立涛说："我现在有点儿羡慕你当初退学考南方歌舞剧院了，人呢，能追求个梦想挺好的。"

梁若伊苦笑一下："我追梦想，梦想也看不上我，不是都说嘛，现实挺骨感的。"

周立涛也苦笑，犹豫半天，才开口："你跟施歌……快结婚了吧？"

梁若伊笑笑："还没说到这儿呢，只是商量着见家长。不过他老家在外地，爸妈还都在上班，不知道什么时候过来呢。"

周立涛说："好事儿啊，施歌兄弟有福气，追到你了，不像我……"

梁若伊说："哪儿呀，他总说我脾气不好。现在这情况他准羡慕你。"

周立涛问："羡慕我什么？"

梁若伊笑笑："你拥有整片森林，他对着一棵歪脖子树。"

周立涛也被逗笑了，笑了一阵，忽然停下来，看着梁若伊："拥有整片森林有什么用啊，弱水三千，我只想取一瓢饮。"

梁若伊说："那我给你找个瓢去。"

周立涛又笑，后来又说到南方歌舞剧院，两个人唏嘘了一番。

梁若伊谈起剧院的凋零和自己的困境，周立涛鼓起劲安慰她："我希望有一天，咱俩再见面，不是看谁更惨，而是看谁更牛。"

梁若伊用力点点头："嗯，敬未来牛逼的我们！"

两个茶杯在空中"叮"的一声响，在闹闹嚷嚷的饭馆，倒是有点儿苍凉和悠远的意味。

第十章

这次见面结束以后，两个人并没有保持联系，而是各忙各的去了，本来嘛，二十一世纪了，大家都各自加快了脚步，朝着选择的方向奔跑，只在有项目、有工作、有切实需要的时候才会聚在一起。闲聊成了奢侈品，没事儿的时候一年能见一次面的朋友都是真爱了。

南方歌舞剧院还是那个凄凉的样子，偶尔有一两场演出，都是团拜会什么的，收入也不高。

演员们有的"跑场"，跑着跑着，就再也不回来了，觉得还是那个赚钱多，还比在舞蹈团当演员自由。有的就开起了舞蹈培训班，教教小朋友，教教有这个兴趣小时候却没有机会学的大妈大爷，主要还是大妈。有的就在外面"接活"，帮着有需要的机关企业编排节目，排着排着倒有一些人把自己排成了导演。

这期间有过一个院长被调到南方歌舞剧院，来了发现是这个样子，就请调，没有批下来，他就直接请辞，到市场经济大潮里游泳去了。

再有院长出现，演员们就猜，到底能待多久，三个月还是五个月，后来大家在外面做自己的，多久不回院里一次，有没有院长都没人关心了。

这期间，施歌的父母从北方老家赶来，跟赵晨见了一面。这次的会见特别顺利，施歌的妈妈本来就是一所中学的舞蹈老师，早就听说过赵晨的大名，一看见她，就热情地握着她的手说："赵导啊，我几年前就带着学生排过你的节目，编得好啊，太棒了。没想到，咱们要成一家人了。哈哈哈……"

施歌的爸爸也是中学老师，教美术的，很快就跟赵晨聊起了美术与舞蹈的共通之处。家长见面，倒搞得像粉丝见面会和学术交流会。

既然见了家长，梁若伊和施歌很自然也就向着谈婚论嫁的地步继续发展。

其间梁若伊努力了几次，想调回舞蹈团，毕竟在文艺院团，行政人员就有点儿圈儿外的感觉，可是领导层没有稳定下来，她这事儿也就拖延下去了。

这一天，梁若伊又在剧场二楼的大办公室里戴着袖套油印东西，玻璃门"咣当"一响，一个中等身材、白净面庞、戴眼镜的年轻人走进来，四周看了看，发现偌大一个办公室，只有梁若伊一个人。

年轻人说："你好，我姓姚，请问院长办公室在哪里？"

梁若伊向着里边指了指。年轻人就走进去，一直没有出来，梁若伊办完了手上的事儿，准备自己回家，看看里边没有动静，只有走进去，对着他说："我准备回去了。"

年轻人正在桌子前收拾着东西，头也不抬地说："哦，那你就下班吧。"

梁若伊心里觉得纳闷，忍不住呛了一句："你也得离开这里，我还要锁门呢。"

年轻人停下来，抬起头认真地看了看梁若伊，忽然笑了："我进来的时候，看见大门旁边的通知栏贴了通知啊。"

梁若伊带着疑惑站到了通知栏前，上面贴着个文件，写着："经组织研究决定，调任姚国伟同志到南方歌舞剧院担任院长。"日期是好几天以前的。

梁若伊心想，直接说自己是院长就得了嘛，绕什么弯子。她就以这样的方式认识了南方歌舞剧院新任院长姚国伟。

姚国伟本来是西江省佛市人，大学毕业就在佛市六顺区委书记身边做秘书，因为肯干能干，很快升任了六顺区委组织部部长，到剧院的时候不到四十，在正处级干部里算年轻的。后来他经常说的一句话是："人生就像打麻将，和牌太早后面就不开和了。"

姚院长到了南方歌舞剧院以后，先做了个摸底调查，最后得出了一个结论，剧院目前最大的问题还是没钱，没钱发不出工资，留不住人心。要想改变这样的状况也只有去找钱。

他找到付团长恳谈："我们这个有着快六十年历史的院团，怎么会到这一步呢，那么多优秀的演员就是宝库，要增加演出的场次。"

付团长直言不讳地说："你也太不懂了，我们本来就是省级院团，政府的演出属于行政命令，根本没有多少演出费。"

姚院长说："那就想办法增加商演。"

付团长摇摇头："说得容易，哪有项目找我们？"

姚院长说："现在国家提出了全国文化体制改革，推进文化产业发展，我们可以成立营销中心，主动去市场上找项目。"

付团长表面答应着，下来该干吗干吗。他心里其实是有一些不满。他心想，我在歌舞剧院苦熬了大半辈子，要经验有经验，要业务有业务，轮也该轮到我了，谁知道来了一个年纪轻轻的毛头小子，什么都不懂，看你能在这咋呼几天嘛。

姚院长只有自己去物色人选，到底还是把这个营销中心给建立起来了。

因为姚院长的到来，梁若伊渐渐开始忙了起来。她先接到了写方案的任务。

姚院长说："你去写项目申请，先做这个吧——交响音画，创意构思是这样的……"然后说，预计申请资金多少多少，申请拨款多少多少，自筹资金多少多少。接着说："做完这个再做一个民乐团的《国乐飞扬》，然后做一个大型音乐舞蹈晚会《锦绣西江》。这三个项目的申请，写完了拿给我看。"

梁若伊边听边记，完事抬起头，委屈地说："姚院长，我是舞蹈演员，因为受伤才到办公室的，现在伤好了，我想回舞蹈团继续跳舞。我也不会写项目申请。"

姚院长叹口气，说："你不是大学生吗，把以前的报告找出来看看，这几个写好了，就回舞蹈团。"

这一下梁若伊高兴了，欢天喜地地抠脑壳写方案去了。

姚院长这边向梁若伊交代了工作，那边又去约他的发小邱小东。邱小东跟姚国伟小时候一起在岷江里游泳摸鱼，长大了一起看哲学书，经常探讨新托马斯主义、新黑格尔主义这样带"新"字号的世纪难题。姚国伟毕业以后从政，邱小东从商，都一帆风顺。

特别是邱小东，胆大心细，最初一无所有的时候就敢提着个皮包，去跟人谈业务，一张说破天的嘴、一副无比诚挚的面孔，再加上满足客户的一切需要，一来二去还真就拿下了几个工程。他再拿着工程去找执行的下家，一转手，一大笔，一转手，一大笔，很快成了先富起来的一部分人。脑子活络的邱小东不满足于小富即安，又看上了房地产，自己的原始积累加上大笔的银行贷款，几年间财富就好像吹气球一样膨胀起来。他本人也成为西江省赫赫有名的企业家——气派房产公司老总。

可是他虽然生意兴隆，心理上却有点儿不太健康。起因是有一年邱小东酒后驾驶，撞死了路人，虽然破财免了牢狱之灾，但是从此患上了抑郁症，性格也变得怪异乖张。

邱小东看着找上门的姚国伟，数落着："你说你去当什么院长，操心操力的，有灰色收入吗？"

姚国伟说："哪有啊，文化单位，清水衙门。"

邱小东不相信地说："得了吧，跟我这当海瑞来了。"

姚国伟大笑道："跟你更没必要说假话呀，要是那么有油水，我还到你这化缘干吗呀？"

邱小东推了姚国伟一把："你小子，无事不登三宝殿。说吧，多少？"

姚国伟说："一百万得了。"

邱小东心里不高兴了。他心想，这小子，不够意思，我是有钱，可我的钱也不是大风刮来的，还不是我起早贪黑挣来的，一二十万也就算了，一张嘴一百万，当我是冤大头嘛。这些钱我扔水里还响一声呢，扔南方歌舞剧院，声儿都没有。

邱小东不满地说："你这小子，狮子大开口，抢银行啊，你要不是发小我马上把你轰出去信不信？前几天我遇到个不讲理的，直接喊了几个保安提着手脚把他扔出去了。"

姚国伟说："我信我信，我还不知道你呀。是有点儿多，算赞助嘛，团里演出直接拉横幅'鸣谢气派房地产公司'，节目单也打。这也是宣传，也是邱总的企业文化。"

邱小东说："我再考虑考虑。"

邱小东考虑的方式有点儿特别。他隔三岔五地喊上姚国伟，半夜两三点让他陪着暴走蓉市，一边走一边谈人生、谈理想。

姚国伟也对赞助的事儿绝口不提，有请必到，像学生时代一样，跟他谈哲学、谈美学、谈人生在世的意义。

后来邱小东在家里砸东西，家里人也直接给姚国伟打电话。姚国伟也得处理南方歌舞剧院的工作，自己也有家，自己家里也一堆事儿。但是他没有办法，除了在省厅开会或者其他实在走不开的情况，他只能随叫随到。一去了连哄带劝的，又陪着邱小东暴走，走通宵的时候也有。

四五个月的时间里，两个人几乎把西江省蓉市大街小巷走遍了。第六个月的一天，邱小东在一次暴走的时候对姚国伟说："人生就是一场沉重的负担啊。"

姚国伟劝他："你就把人生当成是一场修行吧。"

邱小东点点头："修行，这个词好。你在南方歌舞剧院也是修行吗？"

姚国伟说："是啊，有一种说法，说中国人做事就像打麻将，顾着上家，防着下家，盯着对家，只顾自家。我现在，四面楚歌，上面的人要看我的成绩，旁边的人要看这个位置，下面的人想看我的笑话啊。"

邱小东说："得了，别让人看了笑话。我这有一辆商务车，你不嫌弃就开到剧院去吧，说起来是个院长，连个办公用车也没有，你说你这院长当的。你那大窟窿一百万能管用吗？一百五十万吧。明天你派人跟我的财务联系，算赞助了，我们公司名字你爱打不打，就你那乐团舞蹈团，演出的时候有多少观众看，拉不拉条幅有什么意思。"

姚国伟讪讪地说："哎，赞助单位还是要打出来的。"

梁若伊不清楚背后的这些事情，但是她终于收到了拖欠很久的工资，演员们也收到工资，陆陆续续地回到了团里。

南方歌舞剧院那台老式油印机淘汰了，新添置了打印复印一体的打印机，又买了十台电脑，改善了办公条件，外债也还了一部分。

这一下剧院就一改往日的惨淡，焕发出了新的气象。

梁若伊和演员们都为这样的改变而高兴，可是付团长一点高兴不起来。他把这一切看在眼里，心想，时代真是变了，这个小年轻儿，还真是能找到钱。他走出南方歌舞剧院，看见旁边都已经是高楼林立了，原来监狱的那块地上，竖起了几座三十层的高楼，楼下高档商场、大超市一应俱全，繁华热闹，越发显得东大街 79 号院儿有点儿局促和寒酸。二环路外边原来全是稻田，走过去都觉得是郊区中的郊区，结果现在都快成市中心了。再看看外面，手机三五个月出个最新款，楼房不知不觉越来越高。

付团长心想："时代变了，全变了，我是不是也应该变一变呢，一辈子在南方歌舞剧院，懂演员、爱演员，替他们争取，可是谁替我争取呢？本来以为宋院长快退的人了，总能熬得过他，结果他走了，换来换去也没有考虑到我。得了，我替自己考虑考虑算了。"

付团长这么想着，骑着他的电瓶车回家了。

有的时候，也许人生就是一种错位的荒唐。想平稳落地的，磕磕绊绊地离开；不想被人看笑话的，终究还是闹了笑话；想替自己考虑的，千虑终有一失；努力追求梦想的，梦想却不想追求他。

人来人去，吵吵嚷嚷，东大街 79 号院，以它一贯的沉稳，默默见证着这些繁华和落寞，喜悦和忧伤。

第十一章

时代真的变了，整个西江省蓉市，大大小小的文化公司如雨后春笋一样相继成长起来，达到了一千四百多家。不知道是姚国伟拉来的资金注入了血液，还是全国文化大发展大繁荣的春风吹进了东大街 79 号院，南方歌舞剧院也重新忙碌起来了。

舞蹈团排练场又传出了热闹的音乐。今天做四海集团十周年庆典，明天做德望市的新春晚会，后天做某某企业职工代表大会……有些是同样的节目轮番上演，有些是不同的节目现排现演。

姚院长培养了一批年轻骨干，施歌与刘丽颖都在其中，他们开始担任这些商演的导演，渐渐地从舞台上退了下来。企业文艺演出，更大的比重本来就在于节目的功能性，传递企业文化、鼓舞职工干劲，有些也是总结过去，用艺术的形式向领导汇报工作等，所以年轻人排出来的晚会，倒也是颇受好评。

任可、吴姝对这样的情况难得保持了沉默，有时候还会感叹几句："省里文艺人才断代的情况非常严重啊，现在这些年轻人，太浮躁，沉不下心来做事情。"商演占据了导演们大量的时间和精力，让他们也无暇像之前那样"投入"地关注南方歌舞剧院。

导演们更愿意做"外面"的事情，做预算的时候能按照市场价报导演费，大部分时候还是"统盘子"——整个舞台演出都由导演负责，由导演搭建创作团队，负责整台演出的创意到实施部分。团里的业务，属于工作职责，操的心劳的力一样，反而没有"外面"的活路收入高。账谁都会算，一算之下轻重自明。所以这段时间剧院"大腕"之间的冲突反而日渐平息，又恢复到了"面子上过得去"的平静。

赵晨的培训班也开始红火起来，物质的逐渐富足带来的是人们对精神文化的更多追求。以往她的生源是最大的问题，现在赵晨根本不发愁了，原来的老旧场地老早就到期不租了，转而租了写字楼的一个整层，做了三个铺着地胶的正规排练场。培训班也正式扩大为赵晨舞蹈培训学校，学校设置了五个少儿舞蹈班、两个拉丁舞班、一个现代舞班和一个成人舞蹈班，最多的时候学校有三百多个学生。她终于可以按照艺术规律和自己的意愿合理设置课程，不用再受到误解和冷眼了。赵晨自己在学校教一些课，还在舞蹈团和其他文艺院团请了一些舞蹈老师，兼职教课。工作的忙碌加上她想远离是非，她几乎又在南方歌舞剧院消失了。

昔日剑拔弩张的刘丽颖和梁若伊，也到了"分久必合"的阶段。

刘丽颖已经"退下来"了，要专注于行政事务，还要担任有些晚会的导演，在工作上跟还是演员的梁若伊没有了什么必然的利益冲突。人和人之间，一旦没有了利益冲突，基本上就不会有太大的冲突了。

至于情感上，刘丽颖也接受了张东健，两个人风风光光地办了婚礼，然后开始共同生活。团里他们这一批的演员，都是快三十的人了，年轻时候的那些情情爱爱，似乎都变得遥远，变得淡漠和稀薄，无须计较也无从计较。

梁若伊跟施歌，最终还是走到了一起。梁若伊本意是不办婚礼，来来回回的太操心。但是施歌妈妈非常坚定地说："若伊呀，你是个心大的孩子，不计较这些，但是我得让人都看看，我家施歌娶了个这么好的姑娘，也是给你和赵导一个交代。毕竟一生就这么一次，我不能委屈了你，让你悄悄地到我家来。这样，一切都交给我，正好暑假我有空，我帮你们请一个专业的婚庆公司，好好地为你们策划一下，把婚礼办完我再回老家。"

施歌妈妈热情地东奔西走，对比了好多家婚庆公司，最终敲定了一家。她一再强调："这家好，虽然是新开的，但我看那个负责人，相貌堂堂的，挺不错。你们两个改天跟他见个面。"

梁若伊和施歌拗不过，只有定了时间跟婚庆公司的负责人见面，一见面却发现，是周立涛。

周立涛坐在梁若伊和施歌的对面，首先笑了："没想到，是你们哪，这次婚礼我帮你们做，所有的费用全免。"

梁若伊赶紧推辞："不行不行，一码事儿是一码事儿。"

周立涛说："都那么熟悉了，就当我包的红包嘛。"

施歌也赶紧说："我们不能这么干。"

周立涛说："得了，别说这些了。我反正把一切都安排好。"

见面以后，周立涛就开始联系场地、鲜花公司、摄像等部门，还详详细细做出了婚礼仪式的方案。

到了正式举办婚礼的前一天，他主动让梁若伊和施歌去"彩排"一次。梁若伊和施歌本来就是演员，很顺利地掌握了这套流程。

回到家，梁若伊忽然想起有东西落在现场，施歌就跟她说："现在这么晚了，你在家吧，我去帮你拿。"

施歌折返即将举办婚礼的酒店，正看见周立涛跟几个工人一起在摆花，看见他戴个大手套，席地而坐，手上拿着一朵玫瑰，剪去多余的枝枝叶叶，然后放在一边。

施歌想了想，走过去："这么晚了，真是辛苦各位了。"

周立涛看见他，就站起来迎上去："怎么又回来啦，还有什么需要准备的，直接给我打电话就可以了呀，还跑一趟。"

施歌举起手上的手机："若伊手机落在这儿了，主要因为明天的婚礼，从一大早就有好多要联系的事情，所以特别来取。"

周立涛说："哦，那你回去早点休息，这边都交给我，你放心。"

施歌看看地上那些人，悄悄地对他说："这么晚了还在弄这个，你也回去呗，让他们做就行了。"

周立涛笑了："这鲜花不能提前拿来，要提前送过来婚礼的时候就蔫儿了，早了酒店有其他客人，也不让弄这些，只能这么晚才开始。他们就是花匠，别的事儿都不管，我只是看见了帮一把，在这边还有好多要连夜弄好的事儿呢。"

施歌倒有点儿不好意思："那么麻烦你，让你太辛苦了。"

周立涛连连摆手："不辛苦，这行就这样，经常需要熬夜，也习惯了。实话跟你说，现在都好多了，刚开始在写字楼里挨家敲门，问人要不要做活动，被人轰出来的时候也有。能轰出来都是好的，有些写字楼，根本就不让进，保安就先把人拦下了，有些还好好说，有些就……简直了……"

施歌就把手放在周立涛肩膀上，拍拍："没想到这么艰难。现在是专门做婚庆吧？"

周立涛摇摇头："不是。什么都做，婚礼策划只是一部分，别的品牌发布、企业晚宴、楼盘开盘……这样那样的，能接下来的都做。"

施歌忽然想起什么："现在我也在往编导转，搞创作这块，排个舞蹈这些，有些不知道的朋友，也问我要不要做路演庆典什么的。那些其实不是我的专业，再说我现在还没有完全下来，也要上台跳，杂七杂八的事情很多，没有精力。你要是不嫌弃，我就推荐给你。"

周立涛说："那我先谢谢了，现在我这边刚起步，哪有资格嫌弃这个嫌弃那个的，积累是第一步，不管大小都接。等以后公司有了发展，说不定也得麻烦你们呢。"

施歌说："别客气了，要说谢，这婚礼我得好好谢谢你呢，完事儿了我跟若伊请你吃饭。"

周立涛笑笑："我请你们——对了……我说这些……你不用告诉若伊。"

施歌点点头："她是个理想主义者，跟她说了，她也不一定能理解，之前为了我跑场的事儿，跟我吵架好几天没理我呢。"

周立涛："你好好跟她谈谈，说起来都是鸡毛蒜皮的小事儿，日积月累，也影响感情。"

施歌叹口气："唉……不想解释呀。"

花匠里有人喊周立涛，问他剪好、插好的花儿摆在哪儿。两个人就结束了谈话，一个回家，一个继续忙碌去了。

婚礼照例笑语喧哗,他们把南方歌舞剧院该请的都请到了。钟晴也到了现场，这个时候已经是大了肚子。她看见周立涛在那忙前忙后的，还故意赶上去一拍他肩膀："哟，爱人结婚了，新郎不是我。"

周立涛在忙碌中抬起头，看见是她，也挺意外的："你怎么在这儿？"

钟晴说："你能在，我就不能在啊，你真是高风亮节啊，亲自操持心上人的婚礼，一般人肯定做不到。"

周立涛皱皱眉头："瞎说什么！"

钟晴一撇嘴："别人不知道，我还不知道，你心里一直都装着梁若伊。"

周立涛不满地说："多久以前的事情了。"

钟晴说："我不跟你争，你自己心里的事儿，自己知道。"说完撩撩头发，让手上大钻戒反射的光刺进了周立涛的眼睛。

周立涛装看不见，反而问她："这个样子了，还穿高跟鞋？"

钟晴抽出一根烟点燃："女人，不管什么时候都得美美的。"

周立涛一伸手把她嘴里的烟抽出来，在旁边掐灭扔进了垃圾桶，指指她的肚子："怀孕还抽烟，你不觉得什么，可别把他呛坏了。"

钟晴翻翻白眼："哪有那么严重，我奶奶一辈子抽烟，还活到九十多岁呢，生了我爸不是照样健健康康的。"

周立涛说："回去把高跟鞋换了。"

钟晴不屑一顾地说："你是我什么人哪，管得着吗？"

然后腆着肚子，扶着腰，袅袅娜娜地转身走了。

周立涛看着她的背影，有点儿无奈，也有着被说中了心事的心疼。梁若伊在推杯换盏之间，看到周立涛落寞的背影，心里也有一种说不清道不明的滋味，几次想走近他，最终还是放弃了。

倒是施歌，酒酣耳热之时端着酒杯走到周立涛的面前，搂着他的肩膀说："谢谢你啊，这次婚礼太麻烦你了，我和若伊都非常的感谢，来……咱们干了这杯，干了。"说完一饮而尽。周立涛也只有陪着他喝了，之后向着梁若伊抬抬酒杯："祝贺。"

办完了婚礼，梁若伊终于回到了舞台，可是回去以后，她又有一点茫然。她一直以为自己是有梦想、爱梦想的人，可是这梦想到底是什么呢，如果说仅仅是在舞台跳舞，那她不是已经跳了很久吗？

但她的梦想似乎又不止于此，想来想去自己其实一直也没有想清楚。她依然想去参加比赛、拿奖，可是连续几年的全国舞蹈比赛，南方歌舞剧院都铩羽而归。唯一的一届在西江省蓉市举办的赛事，剧院占了东道主的先机，出了两个获奖节目，但都是群舞。个人想崭露头角，似乎是越来越难了。

梁若伊转念一想，即使像刘丽颖那样拿了金奖、银奖，又能怎么样，待遇并没有高多少，知名度也仅限于圈儿里人，毕竟舞蹈演员不像歌手、演员，遇到什么机遇，就能全国皆知的。

她开始羡慕李楠，李楠总是向着一个明确的目标努力。当演员的时候就明确地知道自己要转编导，报编导班，努力学习、思考、创作。她小有名气了以后没有沾沾自喜，而是明确地知道自己想去首都舞蹈学院。最近听说她作为学院编导系的优等生，被选派到美国进行为期一年的艺术研习交流活动了。

至于同事之间的交往，远远近近、冷冷热热的，梁若伊这个时候也算是看透了，在这团里，哪有什么真正交心的朋友，不过就是利益罢了，不必太较真。别人远离自己，自己也没有必要去凑近乎，别人忽然又热情了，也不用太当真，面子上热络着就行了。

所以，她跟刘丽颖也开始保持"面子上过得去"的状态。熟悉肯定是非常熟悉，这么多年朝夕相处，但也因为之前的嫌隙，这些无比熟悉的人不可能变得无比亲密。

此时的南方歌舞剧院，导演和演员们平静下来了。领导层却开始不动声色地剑拔弩张。

付团长比姚院长年长了十几岁，资历老、资格老，有时候就没太把他放在眼里。有时候接到了业务，自己就组织创作人员把前期工作做了，然后带着演员去演出。有一些演员的奖惩、聘用，自己就签字决定实施了。

姚国伟搞组织工作出身，把这些看在眼里，先是不说什么，忍让。他知道的项目，有些就直接交给民乐团的团长翁青去做，翁青就喊上施歌、刘丽颖这几个老演员，一样开创作会，出方案，写音乐，设计制作舞美、服装，然后排练演出。在节目的设置上侧重民乐表演，把舞蹈作为补充。

这样一来，付团长的项目，就不太喊着施歌、刘丽颖，而是请郑涵山和宋松做执行导演。这两个人也是老演员了，在剧院的时间都比梁若伊还久，专业上一点不比施歌和刘丽颖差，也都是拿过表演奖的，做事情各有千秋。郑涵山是大高个，椭圆脸，特别聪明又脑子活络，会说话又能办事。

宋松是高个儿，瘦脸，脾气有点儿拧，高兴起来的时候怎么都好，不高兴的时候可以一秒钟翻脸不认人。他业余时间在赵晨的舞蹈学校教学生，有一次不知道有了什么不愉快，站在排练场就开始埋怨，第二天又跟没事儿的人一样，该去又去了，该教还接着教。

宋松还喜欢养狗，可能是为了排遣孤身一人的寂寞，他的父母都在外地，自己老大不小了还一直没有女朋友。跟他差不多年纪的人陆陆续续早都搬出了演员宿舍，像梁若伊就跟施歌住在了单位分的房子里，刘丽颖用积蓄贷款买了商品房，有了真正意义上自己的家，只有他一直住在这儿。他觉得热闹，好玩，没事儿可以跟大家说说笑笑。

宋松养狗又没有时间好好照顾，他在舞台，自己要排练，又要给别人排练，还要教学生，经常没个几天，养的狗就跑了，跑不脱的就只有死路一条。郑涵山老说他："你这是造孽知道吗？你没有时间就不要再买狗了。"每次他都委委屈屈地说："我知道了，下次再也不买了。"说是这么说，可没两天，他又不知从哪儿抱着狗狗回了宿舍。

他甚至动过养孩子的念头，还着力打听了一番，不知听谁说的，国外不但可以代孕生子，还可以自己挑选，比如想要蓝眼睛红头发的女孩，还是想要绿眼睛金头发的男孩，当然，也可以要黑眼睛黑头发的孩子。郑涵山知道以后，特意约着他苦口婆心地恳谈了好几次，总算打消了他这个念头。

宋松因为自己的拧脾气，跟演员虽然是照常玩，却也是"面子上过得去"，只跟郑涵山走得近，最听他的话。再者，他跟张东健也聊得来，但是这两人是比较纯粹的酒肉朋友，都爱喝酒。其实到了这个年纪，大家都渐渐地成熟稳重了，有好些都当了爸爸妈妈了，年轻时纸醉金迷的生活也逐渐地淡了下来，如果不是工作需要或者特别的聚会场合，就不再大饮特饮了。可是宋松和张东健就好像两个没有醒事儿的孩子，特别单纯，对周围的一切没有过多的思考，有事没事就凑在一起推杯换盏。

刘丽颖空了的时候就对自己的老公说："你没事别老跟宋松凑到一起喝酒。"张东健疑惑地问："那怎么了？"

刘丽颖指点着他的额头："你怎么这么笨呢，宋松现在跟付团长走得那么近。"

张东健："团长安排的事儿，能不做吗？要找我，我也得干呀，什么远了近了的。"

刘丽颖急得直跺脚："你怎么这么傻，现在姚院长对付团长不满意，你看不出来？"

张东健苦思冥想了一会儿，摇摇头，笃定地说："没有，我上周找院长报销签字，还看见他们两个在那商量旅游演出的事情呢，很和睦啊。"

刘丽颖点着张东健的额头："你个木头，木头啊，让你离宋松远点，你就离他远点。"

张东健摇摇头："我不。那你陪我喝酒啊。"

刘丽颖气得直咬牙："喝什么喝，正事不做，天天就是喝酒。"

张东健无所谓地说："我有什么正事，不耽误排练就得了嘛。"

刘丽颖牙齿都要咬碎了："还说自己没有正事，我让你帮着管一下服装，你倒好，把衣服往那一堆，再拿出来都生霉了，还得我火急火燎地想办法处理。就你这个样子，自己又能干什么正事？"

张东健不急不躁地说："那衣服裙子叮叮当当的，一套一套地挂太麻烦，本来就是女人干的活，你找我干吗？再说我现在也挺好的，谁都像你似的，要当队长。"

刘丽颖紧闭着眼睛，强压着火："这队长又算得了什么？我跟你说话，真是要被气死！"

连刘丽颖都看出来的情况，赵晨自然也风闻了。她空了的时候就问梁若伊："你最近是不是跟姚院长走得挺近的？"

梁若伊说："啊，就是他有的时候还要找我写汇报方案。"

赵晨点点头："嗯，该做的工作要做好，平时也别跟哪个领导走得太近。"

梁若伊无奈地说："妈，你说什么呢，近了远了的，我就是做自己手上的事儿。"

赵晨叹口气："有些事情，你不懂，反正在南方歌舞剧院，你跟谁都保持适当的距离就对了。"

梁若伊满不在乎。

赵晨又说："你到团里有几年了，该评的职称要去评。"

梁若伊说："好麻烦嘛，还要去考计算机，关键那题都是变态，还只能按照规定的答案答，它要让复制粘贴文本，我只能用那规定的快捷键去做，要是用鼠标都不行。哪有这么出题的，你说我跳舞，跟计算机有什么关系？"

赵晨说："那人家都是这么考过来的，怎么到你这，就这样那样的？"

梁若伊说："你看看，又是人家。人家怎么样，跟我有啥关系。我大学一同学，毕业以后去了技术部门，我每次看见她，她都愁眉苦脸的，一问，她就说要考试，考职称。"

赵晨说："对呀，你看，那不是一样要考职称吗？"

梁若伊说："那不一样，他们职称高一级，工资涨三千块钱呢，这南方歌舞剧院，才涨多少钱呢。有没有职称，不都一样嘛？"

赵晨苦口婆心地说："不一样。怎么会一样呢？"

梁若伊说："那我再想想吧。"

梁若伊对评职称，是有点儿不太上心，对领导层的关系，也毫无察觉。

她看到的，就只是南方歌舞剧院要跟一家旅游公司合作，准备在西江省著名的景区峨山打造一台旅游晚会，驻场演出。姚院长和付团长为这事儿有商有量的，看起来关系也缓和了。

到了后来，在演出方面，这台晚会以无限美好的希望开始，以演员始终多于观众的情况黯然收场，只留下了一些传说。

传说旅游公司的女老板是一位年轻的美女，女老板不仅亲自上阵，半夜去敲姚院长的门，还让自己几个美女手下去敲付团长的门，敲郑涵山和宋松的门，敲其他中层的门。据说敲门的结果是，美女们都吃了闭门羹，这让传说里的桃色意味变得寡淡和怅然了。

传说晚会的最后一个节目，是在远处山中林间，缓缓升起一座金光闪闪的大佛，可是在焊接大佛最后一根钢条的时候，电焊光的火花引燃了佛体。付团长看着国家级自然保护区里满山的原始森林，吓得跌坐在地上。万幸的是，大火烧光了佛像，却没有殃及周围的树。再次施工的时候，付团长就带领所有的创作执行人员，向着峨山上的佛像焚香行礼，方才平安完工。

传说南方歌舞剧院项目应得的创作演出费，又一次不了了之。

第十二章

领导层之间的关系，表面上相安无事，其实在暗自较劲。一来二去，该爆发的到底是爆发了，导火索是一个演员的任用问题。

郑涵山跟着付团长做了数台晚会，"跟着他"的时间也有两年多，两个人结下了仿佛带兵打仗的将军与自己的士兵之间的友谊。郑涵山有个女朋友小影，是西江省一个市里院团的聘任演员，两个人在排练中相识、相爱、相恋，也就到了谈婚论嫁的时候。女孩想到省里南方歌舞剧院，郑涵山也觉得老是异地总有不便。

郑涵山得空的时候就跟付团长提出来，把小影先聘到团里，慢慢再给她解决编制问题。付团长一口答应下来，拍着胸脯说："没有问题，舞蹈团现在事情多，需要人，我这就跟他们那个团的王团长联系。"

谁知道这小影听到了消息，以为必要高飞了，自己团里排练就推三阻四找了借口缺席，有时候还跟演员们抱怨市里院团待遇差、没前途，说南方歌舞剧院前段时间统一给演员涨了工资，跳得好的一个月有七八千了——"谁还在这要垮的团里窝着"。说来说去，搞得整个团里人心浮动，硬是有几个演员觉得继续待下去不是长久之计，纷纷托关系，转行的转行，调动的调动。

小影所在院团的王团长只好一个电话打给了姚国伟，一开口就说："我说姚院长啊，你要调走小影，我没有意见，能不能不要搞得我这团里鸡飞狗跳的呀？"

姚国伟愣了半天才问："谁是小影？"

王团长原原本本把事情说了，末了说："这个人，反正我们是不打算要了，你自己看着办吧。当初她刚到团里就受了点伤，我看她要是回去休息了，没有工资也是恼火，特意安排了一个演员培训的岗位，让她每天就带着演员练练功。现在倒好，一口气说走了我们五个人，真是巧舌如簧啊，我这小团，不像你们南方歌舞剧院，一共有多少演员哪，经得起这么搞吗？我还真是……"

王团长在电话里气得够呛，这姚国伟放下电话也气得够呛。心想，这付团长，团里演员的聘用不经过院领导的批准就自作主张。再说这个小影，做事怎么样先不提，做人还是有欠缺吧，这样的人能要吗？

没有几天，付团长拿着份文件请姚院长签字，轻描淡写地说："现在团里业务忙，需要人，这个女孩我们考察了很久，跳得好，准备把她聘过来，这姑娘该办的手续也都办得差不多了，只差个院长签字了。"以往遇见这种情况，姚国伟都不多问，有些走个流程的签字，他看看就签了。

这次他却不动，只是说："哦，团里招聘演员都有统一的考核，让她来参加我们的统一考试吧。"

付团长说："之前发了演员招聘的公告，该安排的考核我也安排了。"

姚院长说："哦，是这样。我马上要出去办事，这个要签字是吧，先放这，我先了解一下再说。"

这一放就放了一个来月，郑涵山心里着急，就去催付团长，付团长就又去找姚院长。

姚院长说："哦，这个事情啊，上次我去厅里开会看见王团长了，他跟我说起这个姑娘，好像是有些品质上的问题。"

付团长急了："人家好好的女孩，品质上有什么问题？因为业务好，原来的团里不愿意放她走，这也是正常。要不这些手续放一放，让她先来上班吧。"

姚院长说："那可不行，现在全国都在倡导文艺院团改革，按照市场规律办事，劳动合同是越来越规范了。付团长，我觉得你也不要着急，这个事情以后再说。"

付团长碰了这不软不硬的钉子，越想越气，心里想，久居人下到底是不行。

没有几天，一封对姚国伟的举报信就送到了省委，说他以权谋私、贪污腐败、挪用公款为自己购房。

姚国伟知道了这个消息，很愤怒。他调到蓉市的时候，爱人辞去了国企的工作，带着孩子跟他一起来。当时一家三口租的老旧居民楼，条件差不用说了，还闹白蚁。白蚁把门窗家具咬得伤痕累累的，连他的书、光碟都不放过。有时候他拿起一本书，一打开，里边破破烂烂都不成页数了。后来他的爱人重新找了份工作，因为聪明能干，两年间就升到了企业的中层，收入也不错。这个时候他下决心付了首付，跟银行贷款买了套商品房。

他心想，现在随便一个年轻演员都要在外面买房，我工作了半辈子，还是贷款买的，怎么就成了把柄了。

举报信的事情，上级专门派人调查，查来查去结果是姚国伟的行为都符合相关规定，没有违法乱纪。

这下轮到姚国伟暗暗地查了。他很快就知道这举报信是舞蹈团的演员写的，而指使他们的，就是付团长。

姚国伟这下打定了主意。他派人去跟几家企业联系，很快收集了付团长私盖公章，以剧院的名义私接演出的证据。

梁若伊这段时间一直有点儿闷闷不乐，跟她同龄的女演员都退得差不多了，她还在坚持跳。演员中就传出风言风语了，说她那么大年纪了，还占个位置，该下来给年轻人让位了。

施歌也劝她："别跳了，在家里安心地养好身体，要个宝宝吧，你之前本来就受过伤，没有必要还在舞台上扳，出力不讨好，万一再出点问题可怎么办？"

梁若伊就说："当初还是你说的，国外跳到五六十还在跳呢，现在我还不到三十呢。"

施歌说："情况不一样嘛，老大不小，生晚了对身体也不好。你要不想闲着，就帮我排节目也行，我现在外面也开始有'活路'了，管他是单个节目还是个小晚会，你帮着排一下也挺好的嘛。"

梁若伊头摇得像个拨浪鼓："我喜欢跳舞，我就想一直在台上跳。"

施歌说："你一直就理想主义，现在不想想以后，跳不动的那天也得想，到时候更晚了。"

梁若伊有点儿纳闷，当初她认识的施歌，也是一个有理想、有抱负、骄傲自负的青年，怎么现在说起话来，满口的规劝指责，他不是更应该了解和支持自己的梦想吗？

这天晚上，梁若伊跟施歌又为这事儿吵了一架。她回到赵晨那边住了一夜，跟妈妈敞开心扉地好好聊了一次。

赵晨就说："当初让你去拿个本科文凭，你不干，那个时候你要是有这个文凭，现在考个舞蹈系的研究生不是也挺好的吗？"

梁若伊委屈地回答："那当初谁能知道现在呀？"

赵晨继续劝说："就是每次你都不听。要不你就直接去首都舞蹈学院，读一年研修班吧。暂时离开这个环境，让自己沉淀沉淀，仔细思考一下到底想要什么。现在都信息时代了，打电话、发短信、QQ 聊天，怎么也不会耽误了你跟施歌谈情说爱吧？"

梁若伊不由得感叹："都快成老夫老妻了，还谈情说爱呢。"

跟妈妈谈完，她半夜三更给正在美国的李楠打了越洋电话，那边倒恰好是白天。李楠说："你妈妈说得对，你该出来看看。别老窝在那个小圈子里。圈儿里人，圈儿里人，正是这个圈儿，框出了个范围，划出了个界限。你看剧院那些前辈高人争来争去的，不也是因为这个圈儿太小了吗，都在'一口锅里舀饭吃，不争不抢吃不饱'。走出去吧！走出去海阔天空。"

清早，梁若伊想着这些，从赵晨的住处赶回剧院。一走进东大街 79 号院的大门，铺天盖地雪白的纸片天上地上到处飞，她捡起一张，上面写着："付团长长期以权谋私，私盖公章，以剧院名义私接演出，非法所得装进自己腰包。长期跟某某女演员有染，私生活混乱奢靡……"

梁若伊在一瞬间头脑里闪现出"文革""大字报"这样的词汇，她没有经历过那些，但是此时此刻的景象还是把她惊呆了。

她到了排练场，刘丽颖正在喊演员签字，两张纸，上面一张白纸盖住下面有字的一张，签字就让签在下面一张上，签一个名字发两百块钱。

演员们有的不明就里地就签了，有些犹犹豫豫地不知所措，有的甚至被吓得躲进了厕所。

刘丽颖看见梁若伊进来，喊她也签，梁若伊问："是什么？"

刘丽颖说："喊你签字就签字，问那么多干吗？"

梁若伊猛地掀开上面的白纸，看到下面纸上的内容，跟传单上的差不多，只是更加翔实，真假不知，但是非常生动，还增加了演员集体请愿免除付正同志副院长、团长职务的内容。

梁若伊说："这个我不能签。"

刘丽颖说："不签你就是付团长的人。"

梁若伊说："我是南方歌舞剧院的人。"

让施歌签字的时候，施歌说："我不知道付团长怎么了，但是当初是他把我招进剧院的，至少他对我很好。"

张东健也说："他对我也不错。"

刘丽颖气得跳脚："你们两个笨蛋，大笨蛋。"

这样的事情搞得演员人心惶惶，连原定的排练也草草了事，有些平时跟付团长走得近的，感觉好像要大难临头了。有些平时就跟他有嫌隙的，就有点儿暗暗地幸灾乐祸。更多的人还是抱着一种事不关己的看热闹心态。

付团长跟姚国伟的较量，就这样以惨败告终。他跪在姚院长的面前，声泪俱下地忏悔，请求姚院长不要把他告到法院。

这一场不大不小的"好戏"，以付团长退出南方歌舞剧院舞台的方式而落下帷幕。

郑涵山、宋松和其他被牵涉的人，或是主动，或是被动，退还了几个项目的导演费。郑涵山干脆就打了申请，离开了南方歌舞剧院，自己去外面闯荡了。

宋松本来就单纯，也没觉得怎么样，剧院喊退钱，他就取了钱交到财务去了，然后还是一如既往地跳舞、编舞、教学生。

刘丽颖找过姚院长几次，主动提出担任舞蹈团团长这个职位。姚国伟看见了她的"手段"，没人的时候暗自琢磨，这个女孩年纪轻轻的，权力欲望倒是挺大，谁知道会不会有一天看上了院长的职位，也用同样的手段对待我，罢了罢了，谨慎从事，从长计议吧。

南方歌舞剧院舞蹈团团长的职位，就一直空置了下来。

梁若伊下定决心离开南方歌舞剧院一段时间，去首都舞蹈学院进修一年。她跟施歌商量了几次，提出了自己的看法。

施歌就劝她："你现在都老大不小了，还抛家舍业地跑那么远，人家李楠是正经读书，毕业还有出路。你这只是进修，只有一年时间，如果那边不能学有所成，这边团里也没有你的位置了，到时候回来还是不上不下的。"

梁若伊马上拉下脸："你说的这是什么话？怎么别人叫正经读书，我就不正经啦？你怎么知道我不能学有所成？我换个环境，眼界也不一样，想法也会有转变，业务提高还多接触点人脉资源不好吗？"

施歌说："不是什么事情都是你想得这么简单，何况你一个女孩儿，在那边一个人也不认识，生个病什么的都没有人管。你又是那个性格，自己把人得罪了都不知道，我可不放心。"

梁若伊说："我已经下定决心了，你别充当我梦想之路上的绊脚石。"

施歌无奈地说："我是担心你，怎么成了绊脚石，总之我不同意你去。"

商量来商量去，施歌都不同意。

梁若伊干脆背着他自己开始办理手续，先去网上了解招生情况，然后交钱、报名、考试。因为只是短期的进修，再加上她本身文化成绩和业务成绩都好，很快就收到了学校的录取通知书。

赵晨就开始帮她收拾东西，准备送她远行，母女俩边收拾边聊。

赵晨问她："团里你都说好了吗？"

梁若伊说："我跟姚院长说了，出去这一年没有工资，职位保留。"

赵晨听她这么说，就把手里正叠的一件衣服一放："啊？你就这么说好的，工资没有，那你这一年怎么生活呀，只能靠施歌啦？何况你在团里有什么职位，这不成了辞职了吗？"

梁若伊不耐烦地说："哎呀，不是辞职。"

赵晨无奈，继续叠手上那件衣服："那这个情况施歌怎么说啊？"

梁若伊说："他还不知道我考上了。"

赵晨大吃一惊："啊？！你这都快走了，怎么他还不知道？"

梁若伊闷闷不乐地说："他不同意我去。"

赵晨气得用食指点着梁若伊的额头："你呀你呀，你跟你妈先斩后奏，怎么跟你老公也这样。他不同意，你好好跟他说，要不晚点去，你这是……你要气死我呀。"

梁若伊赌气走开了，东西也不收了，一屁股坐在沙发上："跟他说，说得通吗？等他想通我都八十岁了，还去个屁！"

赵晨火气也上来了："两个人过日子，那就不是你一个人的事儿了，前段时间为了你退下来的事儿他就不高兴，你再来这么一下子，我看看你怎么收场？"

梁若伊说："什么我怎么收场？明明是他的问题，你数落我干什么？"

赵晨生气道："你就每次都把问题推到别人身上，怎么不想想自己做事冲动没谱？"

梁若伊说："怎么没谱了？还是你劝我去进修……"

一句话把赵晨噎得说不上来话，半天才答了一句："我让你去，我让你不跟家里人商量自作主张了吗？"

梁若伊换了个样子，挨到妈妈身边，涎着脸："你就是我家里人，我跟你商量一样。"

赵晨也是拿她没办法，一把推开她："行了，你跟我这摆这个样子有什么用？赶紧想想怎么跟施歌说吧。机票买好没有？"

梁若伊嘿嘿地笑着："买的火车票。"

赵晨叹气，说："省钱也不是省在这上面的，那火车十几个小时，那么着急……"

梁若伊赶紧打断妈妈的话："我就喜欢路上看看风景。"

赵晨不好再多说什么，就帮她把可能用到的物品都装进了行李箱里，需要买的东西写了张单子，嘱咐她空了去买上。

梁若伊把妈妈安抚了，就考虑是该跟施歌谈谈了，总不可能到了那边打电话回来说。

晚上的时候，她就约施歌排练完了一起吃火锅。席间，梁若伊先找点他关注的话题，问他昨晚的球赛结果怎么样。这一下施歌就打开了话匣子，说他最喜欢的一支球队踢输了，然后侃侃而谈，战略战术要是怎样怎样就好了，某某球员在关键的时刻出现了失误，本来应该怎样怎样，说得手舞足蹈，就差站起来比画几下子。

梁若伊看看情绪差不多，就说："我最喜欢吃的就是火锅，可是火锅跟你的'水煮鱼'比，还差一大截。那个时候最高兴的就是跟刘丽颖他们去你家吃水煮鱼了。"

施歌连连点头："那当然，我是专业水煮鱼烹饪师，业余舞蹈演员，哈哈哈。"

梁若伊又说："水煮鱼下啤酒，真是一绝，说得我想喝两口了。"

施歌就招手，喊服务员来两瓶冰啤。

两个人就你来我往地喝起来，喝得带着二三分酒意的时候，梁若伊就说："一年吃不上这火锅和你的水煮鱼，我得憋坏了。"

施歌端着杯子正要喝，手停在半空："什么意思？"

梁若伊说："就是有个好消息我还没有来得及跟你说——我考上首都舞蹈学院了。"

施歌把手里的杯子重重地拍在桌子上："不是说好了不去吗？"

梁若伊说："是你说不要去，我可没说。那现在都考上了……"

施歌拿起啤酒瓶子咕嘟咕嘟地一阵灌。梁若伊努力挤出来的好脸色就渐渐沉下去："你这是干什么？有话说话。"

施歌放下啤酒："我说的话有用吗？啊？赶不上放屁！"

梁若伊气得把筷子一放："说那么难听有必要吗？我是早想跟你说，你看看我说了以后你这张臭脸！"

施歌说："对，反而是我的错，你爱走就走，别说一年，一辈子不回来我也管不了。"

梁若伊气得站起身就走。施歌也不管她，给张东健打了个电话，就着吃到一半的火锅跟他一起接着喝酒。

梁若伊回到家，就觉得胃痛，吐了两阵，自己想着辛辣的火锅加上冰冷的啤酒肯定是冲着了，也没有在意，洗漱完直接睡觉去了。

谁知道她躺在床上胃里还是翻江倒海地痛，忍不住又吐了一次，吐完还得强忍着难受自己收拾。她想到自己一心要做出点成绩，这施歌不但不支持，吵了架反而连家也不回，自己这么困难，身边连个照顾的人也没有，不免觉得又委屈又伤心，然后便哭起来。哭了一会儿，就在床上昏昏沉沉地睡去。

施歌挺晚才回来，回家也不上床，在外头沙发上睡了一夜，第二天一早就出门了。

梁若伊更生气，自己煮了点粥，谁知道吃完又吐了。她怕拖下去影响去首都，只能换了衣服，也不跟施歌说，一个人扶着墙，一步一步地挪到街边，打了个车去了医院。

医生先给她做了个胃镜，检查结果是一切正常，之后又给她开了内分泌方面的检测单。梁若伊都自己等着，取了检查结果又拿给医生。医生看着化验单："你挂个妇产科再检查一下。"

梁若伊说："我吃火锅吃坏了肚子，挂妇产科干吗？"

医生就问她："上次例假是什么时候来的？"

梁若伊努力地回忆了一下："有点儿久，但是我一直都不太准。"

医生指着化验单："这两项的数值偏高，不排除是怀孕引起的。"

梁若伊大惊失色："什么？！"

梁若伊昏昏沉沉地挂了妇产科，做了个 HCG 检测，又做了个 B 超，结果确定是怀上了。

回到家，梁若伊还有点儿将信将疑，一把买了十个验孕棒，自己又测了几次，根根都显示的是两根红线。

她心里说不上是喜悦还是痛苦，是希望还是失望，呆呆地坐在沙发上，两行眼泪流了下来。

施歌回到家看到她这样，还以为她是为了前一天的争执而生气，加上他也在赌气中，就不理她，该干吗干吗。

等他去了趟卫生间，发现垃圾桶里显示为阳性的验孕棒，马上明白过来。他冲出厕所，欣喜若狂地抱起梁若伊转了几圈，忽然又想起了什么，小心翼翼地把她放回了沙发上。

第十三章

梁若伊走出去的心还在，脚步却迈不开了。

赵晨劝女儿："此一时彼一时，无牵无挂的时候，走出这个环境去外面看看，就很好。可是现在你肚子里有了宝宝，可不能再任性了，再说，短期进修，早一年晚一年都是一样的，等孩子生下来再去也不晚。"

施歌跟姚院长汇报了这个情况，院里又一次把梁若伊调到了办公室。

梁若伊简直开始痛恨这间屋子了。偌大一个办公室，被隔板分成一小块一小块的区域，每个区域有一张办公桌，可以面对面坐两人。她的对面，是院长司机吴师的座位，大部分时间空着，吴师在的时候，就看报纸。日复一日，对面桌子倒成了专门放报纸的地方。其他座位上，临近退休的几个叔叔阿姨，整日地嗑着瓜子谈论白菜比黄瓜贵了两毛，还是黄瓜比白菜贵了两毛，装了电脑以后，这样的谈论虽然很大一部分改为在线看电影，可是整个暮气沉沉、不思进取的氛围是一点没变。

何况这办公室虽小，是非却多。某个时候是谁谁看上了办公室主任的职务。梁若伊留心观察，目前的办公室主任，每天除了背着相机在领导开会的时候拍拍照，就是在需要的时候给领导茶杯倒满水，并没有实质工作啊。某个时候又是谁谁贪污了公款，去院长办公室下跪了。梁若伊后来才知道，演员每次出国需要填的一种申请表，是全英文，办公室负责办理外事业务的老师，就花钱请人去填表，两百块钱一张，他回来报账四百块一张，每次出国几十人，几次下来，竟然从中吃了几万块的差价。

梁若伊心里像吞了苍蝇一样，一心要离开这个环境。现实却不允许。她肚子像发酵的面团，日渐大了，这个时候想回舞台肯定是不可能，回家休息吧，姚院长不同意。他恳切地对梁若伊说："现在院里有几个比较重要的报告，你做完了再回去休息。"

之前写的三个项目申请，资金是否批下来梁若伊不知道，但是项目的的确确没有启动。

现在，姚院长又指派她做另一个项目申请——合并西江交响乐团和西江爱乐乐团。梁若伊经过跟乐团团长反复地沟通，磕磕绊绊地把申请书做好了。

申请书开篇就说，西江交响乐团是经省文化厅报省编制办公室批准，在南方歌舞剧院增挂西江交响乐团牌子的基础上成立的，现有演奏员 62 名，在岗人员 45 名。2003 年剧院重组领导班子后，西交取得迅猛发展。2004 年 6 月开始推出每周一期"交响乐系列讲析音乐会"，今已成功举办到第十六期。然而，由于特殊的历史背景，西江交响乐团现仍属南歌一院三团中的二级团，属于无法人资格的 80% 差额拨款专业艺术表演团体，实行团长负责制度。为完成正常演出，不得不长期向音乐学院和兄弟院团借人来达到 75 人的准双管编制的基本演出阵容……

梁若伊看着自己写的这报告，心想，哦，好像西江交响乐团有一段时间，是有每周一期的音乐会。可是也有传言，说每周一期音乐会不符合艺术规律，乐团排练时间根本不能达到专业音乐会的演奏水准。而且音乐会全靠赠票，剧院也是一直在垫钱支撑……

传言真假梁若伊不知道，她也不关心。她经常人坐在办公桌前，心却开始四处飞舞，有时候是飞回了大学时代。在大学的寝室里，她与室友们畅想未来，那个时候，大家都觉得未来触手可及、梦想触手可及——年薪百万易如反掌，带领团队进行国际贸易轻轻松松，当个外交大使轻而易举。梁若伊也觉得她很快就能成为世界知名的舞蹈大师。现在回过头看看，她忍不住感叹，年少轻狂啊，年少轻狂。

　　有时候她的心飞回了不久前，如果不久前没有怀孕，这个时候自己应该已经在首都了，说不定会在那边找到机会，不再回西江省了。可是如果不回来，跟施歌又该怎么办呢？

　　她就那么不着边际地胡思乱想，在心里反复无数次进行"如果"这样的假设。有时候她又想，也许跳舞确实不能跳一辈子，是不是我也该思考一下以后的路了？要不也像施歌、刘丽颖那样转导演。可是导演也是要靠作品说话的。前辈里边，吴姝、任可都给院里报了几次项目，都没有批下来。梁若伊琢磨，连他们的都没批，恐怕我就更没有机会了。

　　剧院虽然做了几个项目，也都还是晚会，有些跟企业合作，最终不欢而散。有些外请导演，做之前信誓旦旦地说要走赛场、又要走市场，最终演了也就演了，在赛场、在市场实际都是寂然无声。

　　梁若伊每天在胡思乱想里度过，再就是做点千篇一律的报告，定期做产检。

　　有一次她去医院，意外地看见了钟晴。钟晴肚子还是大着的，旁边还跟着个上了年纪的女人，女人怀里抱着个孩子。

　　梁若伊就逗弄着："哎呀，好乖的妹妹，上次看见她才刚出生，小脸儿皱皱着，现在可是越长越像你，这么大点就这么漂亮，七八个月了吧？"

　　钟晴说："刚一周。"

　　梁若伊知道，钟晴说的是一周岁的意思，接过话："那么说我们也一年没有见了。真是巧，你也来做产检呀？"

钟晴有点儿尴尬地说："没有，我这次还在天使医院生。"

她口中的天使医院，是西江省时下非常火爆的私立医院，出了名的贵。

钟晴又补充说："老大感冒了，我这身体不想往远了跑，顺路带她来看看。"随后对身边的女人说："阿姨，你先把她带到车上等我，能找到停车的地方吧？"

阿姨说能，接了钟晴的车钥匙，把老大先带走了。

钟晴还是那么能说，也顾不得两个人都大着肚子，都站在忙忙乱乱的医院里，就站在那儿拉着梁若伊说个不停，仿佛是多久没人跟她说话的样子。她问南方歌舞剧院怎么样了，有没有新的八卦绯闻，问施歌、刘丽颖怎么样了。

这一来，梁若伊就有点儿尴尬。她最近脚肿，站一会儿就觉得累，看着眼前的钟晴，她想起了以前在演员宿舍的"乖妹妹"。现在钟晴还是乖，可是厚厚的化妆品也掩盖不了她的大眼袋、黑眼圈，她一笑的时候眼角有几条细纹游动，显得憔悴和疲惫的样子。

梁若伊埋怨她："怀孕还化浓妆？"口气里是三分责怪、七分怜惜。

钟晴笑笑："没事儿，哪儿有那么多讲究，我怀老大的时候还抽烟喝酒呢，这生出来不是好好的？"

梁若伊不知道怎么回答，趁空就说改天再聚。钟晴却认真起来："就是，你婚礼上虽然见了一面，你忙着也没有说上几句话。上次我刚生完，站都站不起来，顾东不顾西，你跟施歌坐不到五分钟就走了。空了到我家聚聚，咱们好好聊聊。"

说着马上给梁若伊发了自己的住址，反复叮嘱她，一定要去家里玩。

梁若伊回家以后，跟施歌说了这件事情，然后问他："要不叫上刘丽颖和张东健，我们几个一起约个时间去看看钟晴吧，也趁着这个机会聚一聚。"

施歌想了想，也就同意了。

对于梁若伊而言，工作就是工作，该办的事儿办完了也就过自己的生活去了。

可是在这期间，剧院的是是非非一点没停。她执笔的合并乐团申请书被姚国伟报上去了。之后，姚国伟又几次去厅里汇报、请示，希望能尽快地批复下来。

爱乐是西江电影厂下属的乐团，直属省委宣传部，西江交响乐团直属文化厅，两个团充其量是堂兄弟或者表兄弟的关系。

两个团涉及上百员工的利益，涉及千丝万缕的关系，哪可能凭一个报告就合并在一起呢，维持原状自然是最好的选择。

可是姚国伟却因为这件事情而焦躁起来。

其实也不仅仅是这件事情，从他刚到南方歌舞剧院的那一天起，就没少遇到糟心的事儿，最郁闷的是大家都说他"不懂"。起先是付团长当面说过"你不懂"，后来有导演当面指责过"你根本不懂业务"，再后来连舞美、演员中也有这样的说法。一个人对另一个人的议论，只能叫说三道四，一群人对一个人相同的议论，也可以叫舆论。

姚国伟表面上对这样的舆论毫不在意，私底下却成了音乐光碟发烧友，家里存了几千张光碟，既有著名的交响乐大师作品，也有中国的民歌民乐。他有的时候也会对比较亲近的人说："说我不懂，我家里存了几千张光碟。"好像"有光碟"和"懂业务"之间，真有必然联系似的。

姚国伟在内心里很在意这样的说法，因为在意而想证明自己，因为想证明自己而想做出点事情，可是到底做什么事情，他其实是没有认真仔细地思考清楚。

合并交响乐团，这件他想做而没有做成的事情，让他心底里一贯就有的焦虑又增加了几分。

这已经是姚国伟到南方歌舞剧院的第五个年头了，一届任满，又开始连任第二届。他看着自己乌黑的头发都变得花白了，忍不住就开始往前想。他想起了舞蹈比赛的时候，他这边在陪评委喝酒应酬，那边母亲闭上眼睛离开了人世，想起了时不时去陪伴的患抑郁症的邱小东，想起了数次给演员涨工资、让演员待遇大幅度提升……他想，我已经呕心沥血、鞠躬尽瘁了，到底该怎么做？

这样的焦躁和烦闷无处排解，姚国伟也只能长叹一声"戏子无义"啊。

他想寻找一个出口、一次契机，很快，姚国伟如愿以偿。全国文艺体制改革的大潮袭来，在全省文艺院团改革大会上，姚国伟第一个举手，主动请缨。

南方歌舞剧院，成了整个西江省第一家改革的文艺院团。

东大街 79 号院，经常是各种各样的流言满天飞，除了对男人和女人那点事儿热烈地议论，很多年以来，关注度最高的是两个——改革和拆迁。

所以，当改革的消息传来的时候，很多人都以为，这一定是又一次的虚张声势。有的人不屑地说："转企改制，改什么嘛，艺术又不是其他商品，国家要是不拨款了，到了市场上生存都成问题。"有的说："唱队的那个某某，几年前提前进入市场，开了家鞋店，我前两天去他那买鞋，看到店里挂了条横幅'买鞋免费教声乐'。"还有的说："文化改革都说了好几年了，今年再说这个，我都不觉得新鲜了。"说的人只管说，听的人听完也就一笑，大家该干吗干吗，在心里都觉得，文艺院团改制的风刮了一阵又一阵，这次的风，总会过去的。

梁若伊在姚国伟的授意下，做了一份南方歌舞剧院转企改制路线图，提出了分八步走的想法。

第一步，清产核资、产权界定、审计和评估阶段。在主管部门的指导下，对剧院的固定资产进行全面清查，在对剧院固定资产进行评估的同时，对剧院知识产权、自主创新品牌等无形资产做出评估。

第二步，成立剧院转制工作组，在省厅相关部门的领导下开展筹备工作，筹备人员学习有关文件、法律法规及典型案例，吃透相关精神。

第三步，成立南方歌舞剧院有限责任公司。通过五年的改革，分步骤、分阶段地建立起国有资本控股的南方歌舞剧院有限责任公司，建立符合艺术院团特点和艺术生产规律的企业产权关系，使公司成为自主经营、自负盈亏的企业法人实体和市场竞争主体。

第四步，土地使用权的处置。歌舞剧院经营用地及职工住宅占用土地之性质均为国有划拨地。改制时国家需将该经营用地作为资本金投入，则应将土地性质变更为出让地，土地使用权的出让金按国有事业单位改制的最优惠价格作价；职工住宅用地的出让金应予以全免。

第五步，将交响乐团剥离，保持原有事业编制，经费来源渠道不变；乐团成为独立法人后，一方面保持乐团正常业务发展，另一方面负责管理全院职工编制档案；乐团发展到一定阶段后争取政策支持，整合爱乐乐团。

第六步，整合西江大礼堂，实现资源优势互补。将有着"西江人民大会堂"之称的西江大礼堂与剧院整合，以大礼堂为载体，以剧院优秀作品为内容，打造极具影响力的标志性本土文化产业。

第七步，建立锦西乐府文化产业集群。改革后与西江省气派房产公司形成长期合作，以气派公司的"锦西乐府"项目为依托，打造新的、可持续发展的、标志性的本土文化产业集群。形成"旅游—休闲—购物—体育—文化"逐级引导的深层次消费模式。将"锦西乐府"打造成为中国文化产业集群的样板。

第八步，以资源为基础，以产业为支撑，积极寻求公司的可持续发展之路。

线路图的最后提出，在转企改制的过程中，希望政府加大扶持力度，建立乐团发展的财政保障机制，针对文艺院团普遍存在的底子薄、负担重、市场发展能力弱的问题，给予相应的财政补助及专项经费，以保障转企改制的后续发展。

姚国伟把线路图提交上去以后，就开始马不停蹄地奔波。主管部门的工作汇报必不可少而且日益密集。

同时，他又去了已经去过无数次的西江大礼堂。站在礼堂正在整修的舞台上，他兴奋地畅想着，以后，南方歌舞剧院可以在这里长期演出，我们的作品可以在这个舞台上演。

接着，姚国伟租下了市郊一个中等规模的"休闲中心"，准备着以后把它当成演员的培训基地，他带着人反复地去现场观察，边看边说："这里可以改造成演员宿舍，那里可以做一个简易的排练场"。大有指点江山，弄潮儿在潮头立的慷慨气魄。

赵晨跟吴姝、任可这几个导演一起，分别被姚国伟拉到办公室，听他畅谈未来发展。

姚国伟说，以后公司要成立董事会，到时候请几位大腕担任董事。

吴姝还是一贯耿直的做派："董啥子事啊，我才不懂这些事，我问你，姚国伟，我那个音舞诗画的策划方案你看了没有，到底做还是不做？"

任可还是一贯的低调："我都是快退的人了，还要这些做啥子嘛。"他一直想做一个舞剧，反复提了几次，院里都没有批下来，他也就照旧"外面"排晚会，私下里若无其事地跟其他人说："有事儿做事儿，没事儿我就喝茶嘛。"说是这样说，可要真是有几天手上没有事情做，他一定会坐立不安。

赵晨就更不理会这些，她只是说："姚院长，改革是好事儿，但是若伊现在怀了宝宝，你看能不能给她放个假？"

几个有资历的"老人"都不甚热情，下面的年轻人就更不关心这些。姚国伟就像没有了观众的演员，喜悦之余也有点儿没有知音的落寞，他只好用更加频繁的奔波掩盖这样的情绪。

第十四章

因为赵晨的意见，梁若伊虽然没有被批准放假，工作却少了很多，她抽空约上刘丽颖、施歌和张东健，一起去了钟晴的家。

钟晴住在一座颇为气派的三层别墅里。地下室做成了储物间，一层是客厅和保姆房，二层有客房、婴儿房和一个小巧的健身房，三层整层被做成了主人的卧室。

她一打开门，就满脸的笑容，同时让几个老朋友快点进屋。施歌想换拖鞋，她一口阻止："不用了，直接进来，反正弄脏了也有人收拾。"

刘丽颖率先越过钟晴，一边放下包包一边打量四周，嘴里感叹道："豪宅呀。"

张东健一手抱着西瓜，一手拎着其他水果，看看刘丽颖又看看钟晴："这个放在哪儿？"

钟晴说："就放这儿，直接放地上，一会儿阿姨回来我让她收起来。"

张东健就把东西就地放好了，边放边问："宝宝呢，让我们看看，我最喜欢小孩儿了。"

钟晴说："让阿姨带出去了，要不她闹，咱们聊都聊不好。"

梁若伊问："你这阿姨挺能干的，又带孩子又收拾屋子。"

钟晴答："不是，请了两个，一个可干不过来这些事儿，反正我就算没有怀老二，也不会做这些事儿的。"

几个人前前后后地"参观"了钟晴的家，然后纷纷回到一楼，坐进了酱色的真皮沙发里。

茶几上事先摆了切好洗好的水果，钟晴就说："快尝尝，早上才到超市买的，澳洲提子，九十八一斤呢。"

刘丽颖说："当年的'乖妹妹'成了今天的小富婆了，你看看你这住的、用的、吃的、穿的，真是不一样了。"

钟晴叹口气："花呗，不花不知道是给谁省的。"

张东健剥好了提子，递给刘丽颖："给，你们聊，我给你剥水果吃。"

引得大家都笑起来，钟晴就说："哟哟哟，太甜了吧，老夫老妻的，让她自己剥。"

张东健大着嗓门："我又没什么本事给她买豪车别墅，这么点事儿应该的。"

刘丽颖倒害羞了："得了得了，你还没本事，你喝起酒比谁都有本事。你看施歌现在都不喝了。"

施歌赶紧说："咋不喝，上周答应陪若伊产检，结果头天陪人喝酒喝大了，到底没去成。"

刘丽颖说："你是陪客户，为了工作嘛。"

梁若伊说："得了吧，排一个节目恨不得用十次，这次是这么做，下次换个地方还是这么做。这样下去你创作早晚要枯竭，天天就只能排点企业节目、群众文化。业务上没看见什么成长，身体上看着长，把自己喝成一百六七十斤了。"

施歌被梁若伊这么一说，有点儿磨不开脸，抢白道："企业节目怎么了，歌手都能有个保留曲目，到哪儿都反复唱，我怎么不能有保留节目了？你要看不惯你自己排呀！"

梁若伊气不过："排就排，等我生完就排给你看看！"

钟晴赶紧岔开话题："得了得了，不谈工作，丽颖，你也老大不小的了，也该要一个啦。"

张东健抢着说："就是嘛，你看钟晴，都两个了。"

刘丽颖白了他一眼："有一个你够我操心了，再要一个，我带俩娃儿了。"

张东健就不太敢再说什么，倒是施歌，一语道破："她不敢要，怀孕生孩子，休息个一年半载的，一下来马上有人把她位置顶了。"

钟晴这才明白，埋怨她："你得了，一个破队长有什么意思？人家说，舞蹈团的队长，买个打卡机就把位置顶了，不就是点点名这些的吗？东健是有点儿长不大的样子，有了孩子就好了。"

刘丽颖脸色就有点儿不太好，张东健赶紧说："别说我了，你老公呢？"

这下轮到钟晴有点儿讪讪了。梁若伊赶紧又把话题岔开，几个人就只说些年轻时候的事儿，回忆一下宿舍生活，再议论一下当年的舞蹈演员现在的情况。说郑涵山离开剧院以后，不知怎么跟任可走到一起了，凡是任可的晚会，一定都有他的影子，应该是"跟着"任可了。又说早年就有点儿手脚不干净的一个叫小北的演员，到底"进去了"，进去就在监狱里边给服刑犯人接着排节目，在里边还挺受礼遇的。说着大家就都笑了。

议论别人的生活，到底比议论自己的生活轻松，这下氛围又和谐了，再加上忆苦思甜，和谐里又生出了亲切。最后话题谈论到了南方歌舞剧院的转企改制，几个人各有各的担心。钟晴是编制内的，虽然人不在剧院好几年了，国家拨款的工资是照发的，这一改，不知道是不是她的工资就得停了。而梁若伊至今没有解决编制，还是聘任，眼看着就得休产假，这一改制，不知道对她有什么影响。刘丽颖自然是担忧她的职务升迁，以后不知道有没有团长这个职务了，应该叫经理了吧，这是内部提拔还是外部聘任，说不清楚。施歌担心改制了以后，会让他像企业员工一样，朝九晚五地"坐班"，对于他这样散漫惯了的艺术家，可受不了那样的拘束，再者他现在的主要收入，反而靠外面的"活路"。只有张东健，得过且过，一副天塌下来"与我无关"的神气，边聊边把茶几上的水果解决了大半，让刘丽颖觉得又好气又好笑。

离开了钟晴的家，张东健还是懵懵懂懂的，他跟刘丽颖边走边聊："老婆，咱俩是该要个宝宝了。"

刘丽颖说："这个节骨眼上，我能休息吗？先看看改制结果再说。"

张东健又问："你刚才踢我干吗？现在还疼着呢。"

刘丽颖又用手指头戳他脑门："你问什么不好，问钟晴的老公，她哪来的老公？"

张东健茫然地说："都有两个孩子啦？"

刘丽颖说："你这木头脑袋。听说那个男人是沿海那边的，靠着老婆娘家的支持才发家，当着老婆面不敢乱来，跑到这么远来偷腥。这钟晴也是，现在还年轻，以后怎么办？"

两个人聊着一路走回去了。

梁若伊刚刚跟张东健夫妇分开，就气哼哼地一个人直往前冲，施歌在后面紧追着："你怎么回事，我又哪儿惹到你了？"

梁若伊停住脚："不用等生完，我现在就去排个节目让你看看。"

施歌说："你当着他们的面，数落我那么多，我就回一句你就受不了。"

梁若伊："我没有受不了，我说真的。"

施歌说："行了，别吵架了，对孩子不好，赶紧上车回去。"

梁若伊还在生气，但还是进了不久前两个人才买的一辆福特里，一路上还是气哼哼的。

看起来和谐融洽的一次聚会，实际上也就不欢而散了。

梁若伊怀胎足月，顺利地生下了一个男孩，取名施宇。她忽然被淹没在了夜奶、尿不湿、婴儿啼哭和晨昏颠倒的作息时间里。施歌起初还帮忙，一两个月以后又开始忙工作了。赵晨空了就来，但终究不能时时刻刻地陪着。

梁若伊陷入了空前的抑郁之中，常常大半夜的刚喂了奶没一会儿，孩子又哭了，她就赶紧起身看看是尿了拉了，还是没有吃饱。白天趁孩子睡了，抓紧时间给自己做饭，常常刚做了一半，孩子又醒了，她只好冲回房间，继续哄宝宝。她现在连上个厕所都心惊胆战的，要不就抱着孩子一起，要不就速战速决。有一次，她看孩子睡得香，想着自己抓紧时间洗个澡，谁知道出来以后就看见小施宇不知道什么时候翻到了地上，哇哇大哭，后脑勺还磕了一个大包。施歌回来以后，还把她说了一顿。

每天二十四小时精神紧张，加上睡眠不足，梁若伊觉得自己要崩溃了。时间对她来说好像停止了，她沉浸在了无限循环之中，生活的内容只剩下喂孩子、哄孩子、抱孩子，出太阳了要带着孩子出去晒太阳，天凉了要给孩子加衣裳，孩子发烧了带着他去医院，然后白天黑夜地守着。

梁若伊像所有的妈妈一样爱孩子，甚至更加爱，但是她惊恐地发现，自己不见了。那个翩翩起舞的身影没有了，那颗梦想着惊艳世界的心也变得沉寂，不知道是被现实打击还是已经被琐碎磨灭。她想在家里看个电影放松一下，结果一部电影整整看了十天。每次都是看了一小会儿，孩子就有了状况，她只能被迫停下来去处理。属于她自己的时间变成了无数细小的碎片，拼不出个形状。

有一次施歌醉醺醺地从外面回家，梁若伊流着泪说："离婚吧。"两个人随之而来的一场争吵，给本来就有裂纹的婚姻又插入了一颗钉子，虽然结果是没有离，可是这痕迹是留下了。

李楠结束公派的美国交流活动，回到首都舞蹈学院编导系以后，一边攻专业，一边攻英语。如今，她又考上了纽约大学艺术学院舞蹈系的研究生，继续在美国深造。圣诞假期，她回到了西江省，专门去了梁若伊家看望她。

梁若伊身上穿着宽松的大 T 恤，因为溢奶胸前还湿了两片。李楠留了长头发，穿着条背带裤，扎了马尾辫，看起来好像停留在了二十岁的年纪。

李楠兴奋地讲述自己在美国的见闻，两国的文化差异、西方的舞蹈思维和创作思维，她说："那边教的编排、设计、跳跃、表演等课程，让我在课堂学习和舞台实践方面都大有收益。现在在纽约大学，我主要以编舞为学习中心，我正思考，怎么在以东方文化为主的舞蹈语汇中，注入更多的西方现代观念和舞蹈技巧。跟你说，我创作的三台节目，都在纽约大学剧场演出了。以后我准备去参加国际舞蹈大赛，争取拿个一等奖，真正地站在主流国际舞台。"

梁若伊羡慕得都要流口水了，她一边听着李楠的话，一边哄着四处乱爬的孩子，叹口气："太羡慕你了，看看我，还是面对歌舞团那点事儿，现在加上他，更是没有别的精力了。"梁若伊就把自己的苦闷烦恼一股脑儿地倾诉了。

李楠说："你这样不行，你那么有天赋、有才华，不能就这么放弃了。不如请个保姆吧。"

梁若伊说："我在舞蹈团办公室，就那么点工资，请个保姆，全给她了，倒像给保姆打工了。"

李楠安慰她："不能这么说，有些女人安于相夫教子的生活，也喜欢这样的生活，你愿意就这么下去吗？"

梁若伊摇摇头。

李楠说："对呀，剧院半年产假算长的了，孩子六个月以后，你还是要做个决定，到底就这么一直在家里带孩子，还是怎么样，施歌是什么态度？"

梁若伊怅然地说："他呀，应该都行吧。"

李楠帮着她分析："你现在这个情况呢，孩子这么小，一时半会儿也不能离开那么长时间进修去，南方歌舞剧院现在虽然是混乱，虽然是各种你争我夺，终究是个专业院团，有平台、有机会，看来你也只能回去。"

梁若伊感叹道："怎么你总是那么容易就能实现自己的目标，我却觉得梦想越来越远了？"

李楠反驳她："这个世界上就没有那么容易就能办成的事儿，你只是没有看到我背后吃的苦、下的功夫罢了。我把人家谈恋爱、传绯闻、干私活、算计人的时间，全拿来努力奋斗去了，搞得现在还是孤家寡人一个。"

梁若伊开她的玩笑："这么多年，你就没有个看对眼的？"

李楠笑笑："追我的人倒是不少，有感觉的，也不是没有遇到过。实话跟你说吧，当初在团里的时候，有一个部队里的军官，追了我好久呢，下部队演出的时候认识的。"

梁若伊吃惊道："什么？！我怎么一点儿也不知道，你那个时候不都是专心在读编导班和准备考试什么的吗？"

李楠撇撇嘴："见面都在外头，你怎么能知道，再说也不能让团里人看见，要不又不知道怎么传谣言呢。"

梁若伊："天哪，那后来呢？"

李楠说："后来我去北京了嘛，那没有办法啊，不能为了这些，就停下我的脚步吧。"

梁若伊有点儿惋惜地说："那你在北京那么几年，有没有遇到合适的？"

李楠想了想："有是有，我后来又出国了嘛。"

梁若伊说："好好好，还是你最自由潇洒。"

李楠在国内待了没几天，又远走高飞。

梁若伊把她送到机场，看着她飞上蓝天，回头看看自己，也只能继续回到南方歌舞剧院了。

剧院提交的改革线路图大部分都没有通过，姚国伟又一次提交了改革方案。

这一次他比较务实地详细列举了剧院的人员、资产、土地情况，提出了人员安置和资产处置办法，也拉出了改革时间进度表。

与此同时，不知道是房产公司找到了姚国伟，还是姚国伟主动联系了房产公司，剧院拆迁的消息甚嚣尘上。

大家就觉得，既然改革是动了真格的，那拆迁应该也是近在眼前的事情了。有外边听到消息的人，就四处打听剧院里有没有正在售卖的二手房；之前把单位分的房子卖了的人，就暗自在心里懊悔，心里想着，真该一直把这房子留着，这样孩子好歹也能做一个"拆二代"。

赵晨得空就去跟梁若伊和施歌商量，劝他们在外面再买一套房，现在住的毕竟只有使用权，没有产权，万一真拆迁了，还不知道是个什么情况。再说这一套房又小，有了施宇以后，越发显得局促不够用了。

梁若伊和施歌本来同意，可是等他们去外面"扫"了一大圈儿，才发现，房价都涨得超出了他们的承受范围了。

赵晨就说："要不我和施歌爸妈一人拿一点，至少是够你们首付的了，你们自己慢慢还贷款嘛。"

梁若伊不同意："我们都奔三了，还跟父母要钱，有点儿不太好。再说，就算你们都出了钱了，也只够三环外买一套房的，要是在那边，我们上下班多远哪。"

赵晨说："那有什么的，你们有车，还在一个地方上班，也挺方便的。再说现在年轻人不是都这样嘛，有几个是全靠自己就能买上的。"

施歌跟梁若伊是一个看法："我们都工作那么多年了，不能再靠父母了。"

赵晨还是坚持："我们做父母的，辛苦一辈子，不是为了儿女还是为了什么？

再说你俩都是独生子女，要是有几个孩子，有心帮也没有那个力量。现在不帮，总不能拆迁的时候，你们带着孩子租房住吧？"

梁若伊就说："那不还只是传言吗，也不一定真的就马上拆，到时候再说吧。"

施歌也说："就算要拆，租房过渡一段时间也没啥，等等看看吧。"

赵晨这次却没有顺着梁若伊的意思，而是给施歌母亲打了电话，施妈妈一听，也举双手赞同。几位老人电话里边谈好了，就由赵晨出面，在蓉市物色了一套两居室的房子，定金都交完了，才把两个年轻人喊过去看。

梁若伊和施歌过去一看，虽然远了点儿，整个小区环境和未来发展都不错，他们还是挺高兴的。梁若伊就说："妈，那这钱就算我俩跟你们借的，我们给你打借条。"

施歌也说："对。"

赵晨就说："说什么呢，一家人还说这些，你们还要供施宇，还要还房贷，还得养车，借什么借呀。"

施歌说："现在都这样，虽然是自己爸妈，也得一码事算一码事。"

回去两个人到底给赵晨和施爸施妈打了借条，这事儿才算告一段落。两个人就专心等着新房交房，住还是住在东大街79号院里。

很快，南方歌舞剧院地块未来的设计效果图也被做了出来，就摆放在姚国伟的院长办公室里。逢有重要点儿的客人来，他就指着设计图说："你看，以后这块临街的一片是一个现代化的大剧院，后面这里会修三栋三十四层的高楼，有房的老演员按照现有的住宅面积置换，没有房的也可以分配住房，但是只有使用权……"

客人常常一边听一边附和着称赞："姚院长年轻有为，把南方歌舞剧院搞得红红火火。"

第十五章

南方歌舞剧院的员工们最关心的两个话题——改革和拆迁，同时成了热门，各种谣言也随之燃起。今天有消息说南方歌舞剧院要跟西江省人民艺术剧院等四个省级院团合并，全部搬迁到西江新区。明天又有另一个消息，说四个院团不是合并，只是要在新区新建个剧场，院团联合办公。今天说马上会有人员到家里走访，动员拆迁，明天消息一变，又说房产公司的人经过核算成本，发现南方歌舞剧院的地块太小，拆迁重建没有利润，放弃了。

一时之间，人心惶惶，所有的演出虽然在正常进行，却也带着一种"你方唱罢我登场"的急促感，常常是上午排一台行政命令的晚会，下午排商演，晚上又接着排第三台。

吴姝有一次感慨："这个姚国伟，到底咋回事，上次一个演员在台上把头饰掉了，他不去批评，反而表扬，说随机应变，借着一个动作把头饰踢到侧幕里去了，非常机智。机智啥子，本来就不该掉，作为演员，这不是最基本的要求吗，啊？一天到晚都在慌慌张张地忙啥子？"

种种的迹象都显示出南方歌舞剧院的忙碌。刘丽颖是忙，演出多了，她的工作自然多，除了日常督促排练、发放演出费这些事情，有时候自己编排节目。

有时候她也帮着前辈导演做演出协调，跟各个部门的人沟通联系，琐琐碎碎每天忙得团团转。

梁若伊也是忙，行政上能干事的人几乎没有，这一来姚国伟有什么工作都找她。在别人眼里，她这叫受领导重视。有些眼红的，甚至谣传她跟姚国伟之间有不正当的男女关系。梁若伊都懒得理，她既不喜欢这样的环境，又不喜欢这样的工作，提了几次回舞蹈团的想法，都被拒绝了。

梁若伊就有些情绪低落，施歌有的时候就说她："好多演员退下来都不知道做什么，你现在能到行政，不是挺好的吗？让你跟着我，你又不愿意。"

赵晨也劝女儿："你现在工作又稳定，又有了小施宇，新房也买了，安安心心地好好过日子，别想多了。"

梁若伊开始还顶几句："稳定又怎么了，我有我自己的追求。"

赵晨又劝："得不到的都是最好的，你就是不知足。"

梁若伊到后来干脆不做争辩，任凭妈妈怎么说。即使这样，赵晨还是要追着她唠叨："之前就提醒过你，别跟姚院长走得太近，你听听现在传的都是什么，施歌就算不问你，心里也会不高兴的。"

梁若伊摇摇头："这些无聊的人，自己没事儿嘛，爱怎么说怎么说，正常的工作，施歌也知道，如果连这个他都不明白，那只能说这么多年他都没有了解过我。"

就在上上下下一派繁忙景象的时候，南方歌舞剧院又一次接到了出访任务，目的地还是美国。这次是西江省政府与美国几个州政府联合举办的中美文化交流系列活动，除了文艺演出，还包含了高层论坛、图片展、旅游推介等活动，旨在推广西江省的旅游文化，让异国人民更加了解飞速发展中的西江和飞速发展中的中国。

梁若伊由于几年前不愉快的记忆，加上施宇还太小，这次本不想去，但是因为她的英语功底，还是进了出国人员的名单。

于是又是创作排练，提交资料，面签……

终于又一次坐上了飞往美国的飞机时，梁若伊开始是一种轻松与惆怅交织的复杂情绪。轻松的是她终于可以作为"自己"行动一段时间了，不用每天沉没在办公室杂务与尿不湿之间，惆怅的是不知道此行到底又是一番什么样子。继而她开始惦念小施宇，施歌虽然是留在了家里没有来，可是凭借那样没有耐心的他，能照顾好孩子吗？虽然走的时候反复交代，但他能记住一勺奶粉用多少毫升的水来冲吗，能悉心给孩子添加辅食吗？梁若伊心里没有底。

混乱的思绪加上时差，让梁若伊疲惫不堪。他们出发的时候是国内的清晨，在飞机上度过了整个白天，抵达目的地应该是国内的晚上，可是一出机场，外面却正是日上三竿。其他人乘坐大巴到了酒店，安排好房间，这一天就可以休息了，梁若伊却得跟着姚院长，与当地的接待人员对接一些工作事务，什么时候可以装台，什么时候到剧场彩排合光，什么时候演出，哪一天安排了参观的行程，等等。

等到她终于回了酒店，演员们却来找她，这个说："梁若伊，你能不能帮我问问这里怎么上网。"那个说："我的房卡忘在了房间里，你能不能帮我让前台开下门。"诸如此类需要英语交流的事情，她都马不停蹄地去解决了。

深夜，梁若伊躺在床上，翻来覆去地睡不着，生物钟提醒她，这个时候是国内的白天，不是睡觉的时间。

跟她一个房间的是刘丽颖，虽然刘丽颖跟张东健是夫妻，但是这样的场合，他们还是住在不同的房间。刘丽颖也睡不着。不知道两个人是谁先开始的，你一句我一句，后来干脆开了灯，抱着枕头天南海北地畅聊。

先是聊些张三李四无关痛痒的，后来越聊越深入。梁若伊问："你看你，那么漂亮又能干，为什么选了张东健呢，是不是因为我跟施歌……你负气的决定啊？”

刘丽颖点燃一根烟：“很多人都问过我这个问题，说实话，我也遇到过一些大老板在追求我，可是这个事情怎么说呢，有的时候他让我心疼吧。前段时间他迷上了打游戏，我工作又忙，压力又大，回到家看见他坐在电脑前面一动不动，我不知道怎么办，有的时候只有自己关在卫生间里偷偷地哭。后来我说，要不就分手吧。他把电脑从窗户扔到楼下去了，说以后再也不玩这个'方脑壳'。你看，他就是这样的人。”

梁若伊想象不出来，刘丽颖躲在卫生间偷偷哭的画面，在她眼里，刘丽颖一直都是一个坚强、有主见的人。

梁若伊就问：“那你爱他吗？”

刘丽颖吐一口烟圈：“什么是爱呢，我每天跟他一起生活，虽然有时候气得够呛，有时候也挺快乐，这也叫爱吧。你呢？你跟施歌怎么样？告诉你，那个时候我对你还是有一些生气的。”

梁若伊笑笑：“我知道，应该是非常生气吧？”

刘丽颖叹口气：“算啦，多久以前的事情了。”

梁若伊苦笑一下：“那个时候我对他是有一点崇拜的，崇拜应该是爱的基础，有点儿不管不顾，知道你喜欢他，可是爱情里不被爱的那个是第三者吧？”

刘丽颖一下子直起了脖子，把怀里的枕头砸向她：“嘿，你这个死女人，得了便宜还卖乖。”

梁若伊抓住刘丽颖抛过来的枕头，接着说：“可是也许人是会变的，我觉得他现在太现实了。”

刘丽颖手里夹着烟，指了指梁若伊：“你呀，理想主义，他现在要养活你、养活孩子，你有没有想过，也许他也有自己的梦想，但是他能不管不顾吗，不用挣奶粉钱吗？”

梁若伊愣住了："这个……我……"

刘丽颖说："你有的时候也该检讨一下自己。"

梁若伊就沉默了。

两个人不知不觉就聊了通宵。又到了早晨的时候，梁若伊就觉得头重脚轻，好像要晕倒了似的，但她还是跟着大部队到了剧场。

去剧场的大巴上，负责接待的老师问："昨天谁抽烟了，入住以前我已经跟各位强调过了，这里室内不能抽烟，发现一次罚款 250 美金，昨天有五个房间的人抽烟，是哪几位？"全车沉默。接待老师无奈，只有说："这次就由我这边替大家缴纳罚款，希望在后面几天，不要再发生这样的情况。"

这次的首场演出，是在纽约一家有着将近两百年历史的剧场里进行的。虽然年代久远，但是舞台条件和剧场设施都很好，连人工操作的老式电梯都正常运行。

梁若伊喜欢这个剧场的年代感，她在协助导演跟剧场工作人员沟通之余，就喜欢细细地去看红砖砌成的化妆间，看化妆间墙上四周镶着老式灯泡的镜子，看有三层典雅装饰的观众席和天花板上面漂亮的雕刻。

中午休息的时候，演员们吃外卖比萨。他们很快地吃完了，就三三两两地围在一起，有的聊天，有的打游戏，一边打发时光一边等着下午剧场上班。要在国内，中午吃完了简单休息一下就可以继续开始了，如果晚上该做的工作没有做完，也会继续加班。可是这里就不行，剧场的工人们一到下班时间，不管台上的演员们有没有结束表演，准时地关灯走人。

晚上演员们再回到酒店的时候，梁若伊就困得不行，倒头就睡。中间刘丽颖推她，说有人找，让她跟自己一起下楼去见朋友，她也只是迷迷糊糊地看了一眼，又继续睡了。

刘丽颖只好去叫了张东健跟她下楼，李楠和唐风还在一楼的大堂等他们呢。

刘丽颖冲着他们笑笑："她倒时差呢，怎么都叫不醒。"

李楠说："这个梁若伊，来之前风风火火的，给我发邮件，说一定要见面，结果我如约而至，她倒头大睡。过分了吧。"

刘丽颖说："明天演出，你们来看嘛，到时候也能见面。没想到唐风也在纽约。"

唐风越发清瘦的身材，脸上对什么都无所谓的神情消失得无影无踪，倒有点儿低眉顺眼的样子，开口也是慢条斯理的："我在唐人街看到了演出的宣传单，其实也犹豫了半天，不知道要不要来见你们。"

张东健干脆利落地说："见哪，快十年了，音讯全无，就跟人间蒸发了一样，你可真是胆子大，当时竟然在快回国的时候跑了。怎么样，哥们，是不是住别墅开大奔，天天挽着金发妞吃西餐啊？"

李楠先就笑起来，刘丽颖推了他一把："看你说的。"

张东健说："本来就是嘛。"

唐风摇摇头："没有啦，当初想得太简单了，又听一些出国的人说，美国这样好那样好的。来了才知道，一个没有身份的'黑人'哪儿有那么容易呀。"

张东健给了他一拳："现在还没有身份哪？"

两个女人也看着唐风，都想知道他这些年到底过得怎么样。

唐风笑笑："现在一家雇主想办法帮我办了工作签，终于不用再东躲西藏的了，绿卡还是没有呢。之前还去过拉斯维加斯，想着自己有一技傍身，在那里跳跳舞也挺好的。其实全不是那么回事，美国大部分演员都有自己的经纪人，不管上台还是跟剧团签约，人家都直接跟经纪人谈。我有什么呀，前几年真是……语言不通，又没有工作，一言难尽。后来遇到个老大哥，早几年就来了，在中餐馆表演变脸，他把我介绍给现在这个华人老板，这才算好一点。"

张东健把手里的咖啡杯往桌上一放："我说你行啊，跨国跑场。"

唐风苦笑："别洗刷我了哈。"

刘丽颖又恢复了老大姐的口气，她说："唐风啊，我看你还是回国吧，好歹还有熟人、有朋友，你这样，你爸妈也够恼火的了，长年累月连你这个儿子都看不上一眼，你要真在这过得好也行，现在又是这样的状况。"

李楠还是一贯的特立独行，始终没怎么开口，这个时候也忽然来了一句："回去吧。"

刘丽颖掏出手机，把手机照片一张张地翻给唐风看："你看看，前段时间我爸妈来，我带他们好好逛了一下蓉市，这是在西江广场拍的，现在这边规划了地铁站，马上都开通了，从上面看整个广场是八卦形。这几张是带他们去峨山旅游拍的……"

唐风说："我还记得那个时候带了个小女朋友去峨山，全是山路，真难走，半山上她还差点摔下去。"

张东健抢着答："早不是那个样儿了，现在可以开车一直到山门，缆车直接上山顶，住的也好，半山酒店，温泉酒店，安逸得很。"

唐风看着刘丽颖的手机，指着她已经翻过去的一张照片问："等一下，那张是哪里？"

刘丽颖又翻回去："这张啊？就在南方歌舞剧院旁边，我带妈妈去逛商场拍的。"

唐风点点头，若有所思地说："哦……都不一样了。"

再聊下去，他们都感慨良多。一方面感叹时间过得也太快，一晃眼的工夫快十年了，可是以前那些事情还像发生在昨天。另一方面也感叹彼此的变化，要说命运弄人，其实也不全是，还是个人选择的路不同罢了。

第二天梁若伊刚一起床，刘丽颖就把前天晚上的聚会跟她说了。梁若伊捶胸顿足的，埋怨刘丽颖没有全力把她喊醒，可错过终究也只能错过了。

这一天按照计划，晚上就该是首场演出。观众仍然以华人为主，且大部分仍然是赠票，不过这台晚会本身定位就是社会效益，所以票房对姚国伟而言没有什么压力。只是这院团转企改制的方向，跟他当初想象的完全不一样，所以他在这几天，总会唉声叹气。

演出结束以后，主办方还安排了参观活动。

梁若伊终于把时差倒过来了，再加上见到了好多闻名已久的景致，她变得高兴起来，兴奋地摆着各种各样的 pose，拍美美的照片。

漂亮的中央公园里，金色的树叶挂在枝头也铺满大地，阳光穿过枝叶间的缝隙，洒下细碎的光斑，温暖而又惬意。公园里的人们有的手牵着手散步，有的坐在长椅上读书晒太阳，也有街头艺人热烈地演奏着音乐……梁若伊简直陶醉了，有那么一刻，她开始羡慕这样的生活，悠闲散漫，无忧无虑。

华尔街又是另一番气象，西装革履的人们步履匆匆，奔向自己要去的地方。而游客们就忙着跟街口金光闪闪的铜牛合影，跟联邦大厦门前的华盛顿雕像合影，同时在心里或憧憬或规划着另一种生活。

演员们从华尔街出来，跟随着领队信步走着，领队在一个残破焦黑的圆形铜雕像面前稍作停留，指着它说："这里就是'9·11'遗址，破损的大楼已经重修，这个雕像还留在原地。"

梁若伊边走边看边听，虽然楼房仍然是楼房，街道仍然是街道，她却仿佛置身于另外一个世界，这个世界是遥远而美好的，但这样的美好却总是隔着一层什么，可能是由想象、由陌生、由只言片语掺杂而成的似雾非雾的物质。在这世界里，如果不是长期地置身其中，是很难完全体会到这看似美好的背后真实的滋味的。

李楠又来找过她一次，给她带了舞蹈、编舞、舞台创作各方面的书，全英文版的，离开的时候对她说："现在都地球村了，你在家里也可以接收到世界各地的知识，只要你的心没有忘了目的地，有时候不必执着于眼前的迷茫和焦虑，调节好自己。"

梁若伊也觉得该调节好自己，调节孩子和工作的关系，调节现实与梦想的关系，调节她跟施歌的关系。

第二站是波士顿，当地的华侨组织了跟演员们的同乡联谊，席间，梁若伊跟旁边的大叔相谈甚欢。大叔说："当年我在波士顿读大学，毕业留在了这里，现在看来，这不一定是最好的选择。"梁若伊好奇地说："我很喜欢这个城市啊，非常美丽，而且到处都充满了文化气息。"大叔感慨道："你知道西江省民族大学吗？"梁若伊点点头："我有高中同学考上了那个学校，大学时我还经常去找她。"大叔点点头："民大旁边的网吧，叫唐朝网吧，是我发小开的，整层楼啊，现在可真是富裕。再看看我自己，还是这个样子。"梁若伊不知道怎么回答，大叔却接着说："这几年还是国内的机会多，发展得也快。而且你们退休了以后，有退休金吧？"梁若伊说："是单位给买的养老保险。"大叔点点头："那也不错啊，退了休，就领着工资天天到公园里晒着太阳喝茶了。"梁若伊好奇地问："不是都说美国的福利制度很好吗？"大叔笑笑："快到七十岁才能领到全额的退休金，提前退休要打折扣，还是压力大。"梁若伊又问："美国的房价便宜吧？"大叔摇摇头："房价是不高，可是买了以后每年要向政府交税，而且人工高啊，我房子哪里坏了，能自己修都自己修，不敢请人修。"

大叔又指了指隔着圆桌坐在他对面的一个年轻人："你看他，现在读研究生呢，像他们，平时还是在华人的圈子里，不太容易融入西方同学之中。"

之后相互的敬酒、演员唱歌等活动，打断了他们之间的交谈。

波士顿以后队伍又一次到达了洛杉矶。演出之余主办方拿出一天时间，让演员在购物和参观环球影城两项活动之间二选一，不少人都选了去 Outlet 购物，梁若伊毫不犹豫地选了环球影城。

在环球影城，梁若伊深受触动。她被 360 度 3D《金刚》深深地震撼了，也为真实的地铁站地震效果惊奇。她经过一个小水潭，导游介绍说："就是在这里，我们拍摄出了电影《大白鲨》。"她看到一艘船体模型，导游说："这就是《加勒比海盗》中的'黑珍珠号'"。她看见了电影里洪水、撞车、飞机失事等等场景……梁若伊被先进的技术所打动，更为这背后的创意所折服。

十六天的行程结束，梁若伊回到国内，她开始一边陪伴孩子，一边阅读李楠送给她的英文书籍，尽量避免卷入南方歌舞剧院的浪潮之中。

然而，集体的动荡终究会波及每一个人。

第十六章

艺术，总是让人联想到安静、祥和、美好、浪漫这样的词汇，而艺术家的生活却跟寻常百姓一样，也要面对每天的衣食住行、柴米油盐、吃喝拉撒。能够被称为艺术大师的人越来越少，而艺术工作者越来越多。那些伟大的人在寒风中瑟瑟发抖、饿着肚子为了理想进行艺术创作的年代，似乎是一去不复返了。

很长时间以来，南方歌舞剧院里的艺术工作者们，都仿佛陷入了一个泥沼、一个怪圈，每个人都觉得受了委屈，都觉得苦闷压抑，而每个人都不由自主地推动这个怪圈的旋转，把日子过成了昏天黑地、晕头转向的循环。人们的交谈，往往也变成了诉苦和抱怨。

退休返聘的老会计对办公室主任抱怨："你说说营销中心，为了拉项目，竟然把舞蹈团的演员介绍给老板当'小三'，这到底是个艺术团，还是个什么？结果呢，钱没有少花，一会儿说请客户吃饭，一会儿说出差谈事儿，项目哪个都没有谈成，报账倒是天天跑得勤，我看这什么营销中心，有跟没有一个样，除了挑事儿就没看他们做过什么。"办公室主任又去跟人事抱怨："现在这办公室主任，不好当啊，上周凌晨三点多，派出所给我打电话，说我们团的演员嗑药被抓了，让单位去领人，我爬起来就去……"人事接着跟营销中心抱怨："我前两天生病了，翁青倒在背后说病得好，说我平时太能算计人了。对了，老会计前两天还跟办公室主任说，你们营销的人占着茅坑不拉屎，成了拉皮条的了。"营销中心跟刘丽颖抱怨："老会计一把年纪了，天天跟院长出坏主意，还想取消我们营销中心。"刘丽颖跟民乐团的团长抱怨："翁团啊，你说嘛，我们上次给企业做的晚会，我又创作又天天排练，最后费用才五千块钱，办公室什么都没做，这个项目倒给他们每个人发了三千块的奖金。"翁青接过话茬："就是嘛，要说这姚院长，我们跟他走得那么近，他倒觉得我们应该体谅他的难处，应该做奉献。那些处处跟他作对的，他反而给糖吃。"翁青抱怨完了，就去跟姚国伟汇报工作："我觉得最近刘丽颖在工作上有一些情绪……"

来来回回，日积月累，怪圈把每个人都缠在一起，裹成一团乱麻。梁若伊尽力地想置身事外，而姚国伟作为圈子中心的人，却乱上加乱。

先是他跟企业合作的一个项目遇到了麻烦，票房惨淡，投资失利。企业主就鼓动参与了演出的少数民族老妈妈们到政府门前"绣羌绣"，希望以此得到政府的扶持。省委一个电话打给省厅，省厅一个电话打给姚国伟："怎么回事，这是群体事件你知道吗，马上去把事情处理清楚。"姚国伟慌慌张张地赶到，好说歹说地劝走了老妈妈们。

紧跟着西江交响乐团的乐员们集体请愿，要求撤换乐团团长李弘树，说他"刚愎自用，滥用职权，给自己的亲信解决编制……"李弘树刚好到了六十岁退休的年纪，一来二去，也就离开了这个岗位，有技傍身，自己找了份作曲的工作，继续发光发热去了。

这一来姚国伟就更加被动，本来舞蹈团团长的职务就一直空缺，现在乐团的团长也离开了剧院，他就有点儿"光杆司令"的味道，一个人应付几摊子事儿。

没有多久，转企改制的政策明确下来了。西江交响乐团从南方歌舞剧院独立出来，成为有法人资格的独立院团，所有在编人员的编制划归西交。原南歌成立南方歌舞剧院有限责任公司，人员采用聘任制，场地、办公设施等硬件划归公司所有。

姚国伟由姚院变成了姚董，很快，西交新的团长调任，姓孙，人称孙董。

混乱，南方歌舞剧院又一次进入了混乱之中，也可能始终都在混乱之中。首先是姚国伟的混乱，他还没有回过神来，在潜意识里仍然认为自己是东大街79号院的"一把手"。他想，我在这里已经待了七年了，这七年我付出了多少的心血，没有功劳也有苦劳吧，现在又来一个孙董，那到底是什么意思？一山不容二虎，不是东风压倒西风，就是西风压倒东风啊。越想越想不通，越想越钻牛角尖，他心里慢慢就升起了怨气和怒气。

孙董原来是政府部门的一个正处级干部，早过了知天命之年，准备"平稳落地"的时候了，不知怎么到了乐团，他觉得自己简直是坐在了枪口上，有点儿哭笑不得的感觉。对于姚国伟的步步紧逼，他采取了避其锋芒的怀柔之策。

干部们也混乱。就说任可、吴姝吧，他们被任命为监事，吴姝率先找到姚国伟，以一贯的口气质问："说我们是监事嘛，我都不晓得监事是做啥子的，我们工资是哪个发嘛？"再说翁青，民乐团与唱队一起被划到了西江交响乐团，按照程序她在工作上应该直接对孙董负责，可是姚国伟一直把她看成自己的左膀右臂，她在心理上，觉得也应该对姚董负责。

职工们就更加混乱。刘丽颖找到姚国伟，询问道："姚董，我的编制在交响乐团，可是我的职务在舞蹈团，那我到底是哪一边的人呢？"姚国伟说："你也不要慌，虽然编制在那边，可是我们会跟你签聘任协议，把你聘到公司，工作还是一样地干哈。"刘丽颖不慌了。可是其他的演员开始慌乱起来，有编制的在心里盘算着，我到底签不签这份聘任协议呢，反正不签的话，工资交响乐团那边还是给我照发，还不用每天这么累地在台上跳，签了，难道能多发一份聘任工资吗？不一定吧。没有编制的就更加郁闷，心想：不知道团里跟我签不

146

签这聘用合同，如果不签，我不就丢饭碗了吗？

梁若伊好不容易调整过来的心态，这个时候又乱了。她琢磨着，要重新签合同，可千万别把我签到办公室啊，难道我后半辈子就只能在这些格子间里度过了吗？可是我现在孩子也有了，年纪也三十出头了，能让我回舞台了吗？

每个人的心里都有无数个问号，不知道等着谁来解答。姚国伟心里的愤恨还没有消除，又听到了自己即将调任的风声，他开始变得烦躁不安。

南方歌舞剧院是一个奇怪的地方，圈儿外的人很难走进去一窥究竟，但是一旦走进去了，就会如铁屑被强大的磁石吸引住一般，很难挣脱。在处理纷繁的人际关系和各种各样狗血事件的同时，人的心理却不可避免地产生了归属感，在与同事们相争相杀的时候，也会不知不觉地爱上这里。这是一种无比矛盾又说不清道不明的心理状态，这样的状态在姚国伟的身上可谓发挥到了极致。

姚国伟尽管又怒又怨又纠结，但他不想走。他往上看看，由于近几年政策方面的抵触、思路方面的分歧，他跟当初调他上任的领导已经到了剑拔弩张的地步；往下看，能"说得上话"的，该走的都走了，该躲的都躲了。姚国伟不想走，却想不出怎么样能留，时间对他而言成了一种煎熬。

时间一天天地过去，姚国伟全身心地投入到一台晚会的创作中，自己亲自作词，仿佛一切都没有变，改革的事情不存在，调任的说法不存在。他像一只把脑袋钻进干草垛的山鸡，躲避着外面的一切。

然而，该来的还是会来，大半年过去，最初的风声变为了现实，姚国伟终于还是坐在了自己的主管领导面前。

主管领导说："姚国伟同志，今天呢，我们只是岗位调任的例行谈话……"

话音未落，姚国伟一拍桌子，跳起来："我不服，你这是公报私仇，有什么你尽管冲着我来。"

主管领导也开始发怒："你说说，你在南方歌舞剧院快八年，到底干了什么？有什么成绩？"

姚国伟指着他的鼻子反问道："你在这个位置，又干了什么？又有什么成绩？！"

主管领导气得脸色铁青："你到底还有没有党纪？"

姚国伟冲到他的面前，要不是旁边几个人强拉着，已经是要出手了，即使这样，姚国伟还在怒吼："老子粉身碎骨跟你斗到底！"

姚国伟到底是被拉出了办公室，他想来想去，既然上面下面都没有人能帮他说话，看来只有演员们能帮他说话了。他找到翁青："你去，就说工作任务，把舞蹈演员带来。"

一辆挂着政府牌照的车开进了省委大院，一次又一次。翁青和将近二十名演员坐进了省委办公室，她说："我们是来请愿的，姚国伟是一名好领导、好干部，我们希望他留任原职，不想他走。"

失控之下的姚国伟，在南方歌舞剧院的历史上，亲手导演了一场"群体事件"。

当天晚上，南方歌舞剧院所有的办公设施被封存，所有的办公室上锁。赵晨在睡梦中接到电话，请她去南方歌舞剧院会议室开会。

她匆匆忙忙赶到东大街 79 号，发现孙董、吴姝、任可还有一些中层干部都到了。主管部门当场宣布："就地免除姚国伟南方歌舞剧院有限责任公司董事长职务，任命汪夏同志为新任董事长，即刻上任。"

这下轮到邱小东深更半夜陪姚国伟暴走了。邱小东说："你呀，搞组织工作出身的，没想到你在政治上这么幼稚啊。"姚国伟紧皱着眉头："我觉得他们在整我。"邱小东说："你明明是平调，怎么是整你呀？这下好了，就地免职。"姚国伟说："我就是咽不下去一口气。"邱小东说："就算真有哪个领导要打压你吧，你还这么年轻，他不可能在一个岗位待一辈子，你还有机会啊，你熬得过呀。"姚国伟不吭声，闷头走路。

邱小东也就陪着他闷头走。良久才说："你在南方歌舞剧院快八年了，难道还打算待一辈子吗？——算了，一时半会儿你也走不出来，就当给自己放个假吧。"

姚国伟暴走以后，倒头连着睡了几天，一直以来的疲惫和各种情绪的折磨让他筋疲力尽。其间有人约他，有些他见了，有些他就闭门不见。

这一天赵晨给他打了电话，两个人坐在了咖啡馆里。赵晨有点儿痛心地说："我对剧院的事儿一直都冷眼旁观，事情搞成这个样子，谁都不愿意看见。可是你也应该反思一下自己吧，南方歌舞剧院作为省级文艺院团，与街上'串串儿'公司的不同，就是要出作品。我看院里的文件，不是也一直强调，剧院要'引领社会主义文化发展方向，繁荣文化，出精品、出人才、出效益'吗？可是说实话，姚院长，这么多年，南方歌舞剧院到底出了什么作品？那些个一次性的晚会能叫作品吗？"姚国伟在心里始终认为自己没有失误，他也不想多说，聊着聊着找个借口就先走了。

几个月以后，姚国伟又一次找到邱小东，开门见山地说："我现在没有职务了，能不能到你的公司给你打工？"邱小东叹口气，说："咱俩是发小，有话我都直说了，你到我这，能干什么呀，你一个大院长，从基层做起，也不可能吧？"姚国伟说："我有管理经验。"邱小东又叹口气："你了解房地产行业吗，了解市场上的那一套，工程上的那一套吗？我给你安个副总，安个总经理，都容易，可是我其他的副总、总经理会怎么想？下面做事儿的人怎么想？要不这样，你要是有好的项目，我给你投资都可以。"姚国伟低着头，闷声不吭地走了。

姚国伟以这样惊动一时的方式，极不甘心也极不情愿地走了，若干年后，他把自己的关系从南方歌舞剧院带到了西江曲艺团，每月领一千二百块钱的工资，成了整个西江省待遇最低的正处级干部。再后来，姚国伟这个名字彻底从圈儿里人茶余饭后的谈话里消失了。

这个时候，汪夏出现在了圈儿里人的视线中。

汪夏并没有终结这样的混乱。他从西江省某市调上来，南方歌舞剧院有限公司的一切对他来说都是新的——新的环境、新的岗位、新的工作。

他没有心理纠葛，更没有历史负担，到任以后了解了一下情况，首先提出西江交响乐团要向公司支付场租。按照转企改制的办法，所有硬件设施确实归公司所有，可是这样一来，乐团的职工心里不是滋味了。多长时间以来天天在用的排练场竟然要开始交租金了，那团里的乐器也不能用了吗？办公室呢？

这样复杂的味道在心里发酵，终于还是有喷发的一天。其实喷发的出口是一件小得不能再小的事情——新来的门卫秦大爷跟乐团张兵收停车费。张兵不干，他说："我在这院子里工作了半辈子了，头一次听说要收停车费的事儿，我不是这儿的人了吗？"秦大爷辩解："我们按领导指示办事。"

张兵就大吼："什么领导，穷成那样了，你们公司要垮台了吗？连这几块钱停车费都开始算计上了！"

两个人站在院子里大吵，吵得气盛，张兵揪着秦大爷领子给了他几拳。这件事情在人们的嘴里几经周转，添油加醋，变成了整个东大街79号院人尽皆知的事件了。

秦大爷只是个门卫，老实不敢还手，结结实实地挨了一顿揍，只有去找汪夏，一把鼻涕一把泪地哭诉了事情的经过。汪夏听完了，一拍桌子："这样，我直接去跟他们孙董交涉。"

交涉的结果是停车费免了，但是场地租金照收，汪夏还收回了西江交响乐团正在使用的几间办公室，归公司的办公人员使用。西江交响乐团只好到旁边的老旧居民小区租了几间民房，简单改造了一下，权当乐团的办公室使用。

这一来，乐团和舞蹈团算是正式地"分家"了。

第十七章

俗话说，家家有本难念的经。之前的民乐团、唱队、营销中心都分在了西江交响乐团，几个部门的负责人之间互相有矛盾由来已久，大事小事上都少不了磕磕碰碰。孙董常常要充当"救火员"，这里出了问题，赶快去解决，那里有了矛盾，马上去调解。到了后来，他干脆在每年项目资金到账以后，把几个负责人召集到一起，大家商量，今年民乐团拿多少、唱队拿多少、营销拿多少。再后来，连人事都要分一笔项目资金走。这样一来，每个部门都能分到糖吃，至少保证了彼此明面上不打架。

公司这边，汪夏也由开始的意气风发，逐渐变得左支右绌。他来了没多久，国家提出了给机关事业职工涨工资，不但涨工资，还补发一段时间的差额。这本来是一件好事，可是在公司，这又一次引起了不大不小的波澜。

职工们议论纷纷：说是补发工资，到底按照什么样的标准补发？按工龄还是按职称，按岗位还是按职能？以至于出现了老职工集体约谈汪夏，揪着他的衣领差点又一次大打出手的事情。

如此种种，不一而足。

大环境是这样的，演员们就更加不安与压抑。汪夏任命施歌为舞蹈团的团长，刘丽颖看着自己这么多年的希望落空，干脆辞去了队长的职位，去了西江交响乐团。谁知道半年以后，施歌在一件演员安排的小事上惹恼了任可，在任可的强烈要求下，他被撤下了团长的职务，落下了一个上不能上、下不能下的中间状态，干脆一个猛子扎进了市场大潮，专心到外面"接活儿"去了。

施歌和刘丽颖都是有编制的人，离开了还是有工资。梁若伊就变得尴尬起来。

她在办公室，一贯被人看成"姚国伟的人"，汪夏不但没有把她调回舞蹈团，反而安排了更多的工作。比如，不管剧院有事没事，每周要发两篇总结，演出无论大小，必须要有简报。

这么多年以来，梁若伊第一次产生了离开的念头，离开或者叫作逃跑，或者冲出这个光怪陆离、扭曲而又狭小的圈子。

她心底对艺术的热爱，好像寒冬冰雪下面覆盖的小绿苗，在那个看不见的地方骚动着她的心，又好像层层灰烬下面压着的一星炭火，虽然微弱却执着地保存着热量。

她想：人生到底有多长？其实很短吧，这么短的时间，我想每天在苦闷里度过，还是自由地奔跑？

一天晚饭的时候，梁若伊跟施歌说："我想辞职。"

施歌大怒："好好的为什么要辞职，现在又涨了工资，你看看外面那些办公室里的小女孩，一个月朝九晚五才两三千，你现在又能照顾家照顾孩子，工作又轻松，莫名其妙不干了，怎么想的？"

梁若伊把筷子用力砸向桌子："我又不是办公室的。"

施歌放下饭碗："你发什么脾气，就算回舞蹈团，你还能跳吗？早就让你跟着我编节目，现在出来你还能干什么？"

梁若伊一边吃饭，一边眼泪大颗、大颗地掉下来，她为了施歌的话伤心，更为了要离开这么多年一直工作生活的地方伤心，这也是一种说不清道不明的情感。

她又去询问赵晨的意见，赵晨嗔怪道："早就跟你说了，跟姚院长保持距离，你自己不觉得，可是别人觉得你就是在站队，站到了他那边去了。"

梁若伊辩解地："我怎么知道那些事情！"

赵晨说："中国老话说得好，人在矮檐下，不能不低头。你不能在工作中受点委屈，就想着撂挑子。"

梁若伊反问："妈妈，你倒是委屈，可是求全了吗？矮檐下低头，不如换个高点的屋檐大大方方地站着。"

赵晨说："你还这么年轻，你再忍忍，哪天汪夏调走了，你想去舞蹈团或是想干吗，不是一样？这个圈子，就是这样，环境好，就好好做点事儿，环境不好，就做自己的事儿。"

梁若伊说："对，我在这儿耗着，耗到你现在的年纪，凭张老脸也能有一定的地位，也能有话语权。可是我整个的生命，不就耗在这儿了吗？"

赵晨说："你话怎么说那么难听，要不你就说自己又怀孕了，请个长假，当初钟晴退下来，不就是这个借口吗？以后有人问，你就说没有保住。"

梁若伊不耐烦地说："哎呀，妈，你这出的什么坏主意，至于吗？找这么个扯淡的借口。"

赵晨说："反正我不同意你走。"

虽然赵晨不同意，梁若伊最终还是不顾她与施歌的反对，给汪夏打了电话，正式提出辞职，离开了南方歌舞剧院。

赵晨知道这个消息以后，无奈而又心疼，嗔怪道："你呀，去的时候不让我知道，走的时候也不跟我说，你到底还记得有我这个妈吗？我之前那么跟你说，你说你静下心来考虑考虑也行啊，结果呢？"

梁若伊的情绪还有点儿低落，她郁闷地说："这么多年，南方歌舞剧院跟我想象的不一样。"

赵晨安慰她:"生活从来都跟想象的不一样,不管在哪儿,都会有不如意、不公平,关键是你要调节自己去适应。"

梁若伊说:"我不,如果我没有错,为什么我要去适应别人?妈,你遇到不公平老是忍让,结果怎么样?你看吴姝、任可他们,该有的都有了,你呢?"

赵晨说:"你这孩子,不能这样看问题。"

梁若伊说:"那我该怎么看?我曾经那么努力,如果可以,我想一辈子在舞台上跳舞,可是现在我连上舞台的机会都没有。这个世界就是欺负老实人!"

赵晨说:"那你现在怎么办?休息一段时间吧,陪陪施宇,要不到我的培训学校当老师。"

梁若伊摇摇头:"不!"随后叹了口气,"也许施歌说得对,我还是该转编导,吵是吵,我也不是没有这样想过。"

赵晨无奈地说:"你呀,就是嘴硬,又犟。编舞跟跳舞完全不一样……"

梁若伊打断赵晨的话:"我知道,妈,李楠送给我好多这方面的书,我还是有心理准备的。"

赵晨苦口婆心地劝道:"你眼前就是个最好的老师,施歌在外面跑商演,我也去看了几次。他排的那些节目,有些有点儿想法,有些也是'扒带子',你可不能那么做。"

梁若伊来了精神:"就是,妈,你就是我的老师,还有李楠,她现在可厉害了,改天你好好给我讲讲怎么编排舞蹈,其实我更想创作舞剧。"

赵晨笑笑:"你终于愿意听我说话啦,早跟你说都不听,不见棺材不掉泪。再说你有理想是好的,也该一步一步走吧,还没开始,就想着做剧了。"

梁若伊说:"那有什么,要做就做最好吧。"

赵晨说:"行行,你现在还年轻,一切都有可能,晚上施歌回来好好聊聊,别老吵架。"

梁若伊点点头，心里想着，是不能老吵架，对孩子也不好。

她告别妈妈，匆匆地去了菜市场，回家做了一桌子的菜，满心期待地等着施歌。

谁知道施歌一回来，唉声叹气，忍不住地数落梁若伊："你说你呀，怎么这么冲动，没有多商量一下就辞职了。今天院里正式公布了消息，南方歌舞剧院最后一次分房。本来按照条件，你能分到的，结果辞职了。我因为有了现在这套，不能再次享受分房待遇，这不是把砸到脑壳上的钱给扔出去了吗？"

梁若伊不满地说："我又不是神仙，怎么能算到刚辞职就分房啊？"

施歌也不多说什么，自己从柜子里拿了瓶酒，一个人喝闷酒去了。梁若伊也就窝了一肚子火，本来离开工作了十来年的单位就难受，加上离开的时候正好错失了应该能拿到的一套房，再看看施歌的脸色，她不由得火气升腾，把白天跟赵晨说的话丢到九霄云外去了。

第二天梁若伊越想越郁闷，把孩子交给保姆，自己信步走出家门。好在是排练的时间，走出东大街 79 号院的时候，并没有遇到同事熟人，免除了在此刻的心境下还得与人寒暄的尴尬。

站在大院的门外，梁若伊举目四望，但只看见高楼林立、车水马龙，终究不知道自己该往哪个方向走。红绿灯变换了很多次，她看着人群从身边擦肩而过，奔向各自的目的地，又一次觉得茫然无措，仿佛第一次光着脚站在排练场里的感觉。她觉得全世界的目光都看向自己，又仿佛自己已经被全世界遗忘。当绿灯再一次亮起的时候，梁若伊抬起脚，跟随着人群信步穿过了马路。

她在街上游荡，漫无目的地游走。这时正是初冬季节，蓉市大街小巷到处是成熟的银杏叶，灿烂的金黄为这个雾气沉沉的城市洒下了阳光的色彩。有清洁工人拿着扫帚在清扫落叶。梁若伊心想，应该留着呀，十里都市，满目流金，该是多么美妙的景色，踩上去，一定是"沙沙"的声响，是季节破碎的声音，也是心情细碎的回声。可惜啊可惜。她又想，叶子都有成熟的时候，难道是我太幼稚了吗……

电话铃声打断了她的思绪。梁若伊拿起电话，意外的是钟晴打来的，更意外的是——钟晴跟她借一百块钱。

梁若伊马上打了个车，准备去钟晴的家里，路上，她还特意让司机停下来，在路边的童装店买了一件小孩儿的衣服。钟晴家的幺儿出生到现在，她还一次也没有去看过呢。

气派的别墅意外地敞着大门，梁若伊一边呼唤着钟晴的名字，一边小心翼翼走了进去。

大白天的，客厅里拉着厚厚的窗帘，一丝光线也不透，一股酒精的味道不知从哪里飘来，东西到处凌乱地堆放着，仿佛刚刚被打劫了一番。梁若伊忍不住打了几个喷嚏，她甚至开始怀疑，刚刚是不是真的有强盗抢劫过这座豪宅。随后她掏出手机，准备拨打报警电话了。

钟晴的声音让她停止了手上的动作，钟晴说："是若伊吗？我在楼上，你快来吧，我等着你呢，我的宝马没油了，跟你借一百块钱加油，本来该找你拿的，可是……我的车没油了……哈哈哈哈。"

有点儿诡异的笑声刺穿了黑暗，梁若伊又想给施歌打电话，让他赶紧过来。这个时候钟晴却摇摇晃晃地从楼上走下来了，身上只穿了一件薄薄的睡衣。

梁若伊赶紧放下手提包，在一堆乱糟糟的衣物里翻了一件厚外套，要给钟晴披上。钟晴却推开她的手："我不冷，我热着呢，大半夜让你跑一趟。"

梁若伊说："现在是中午，不是半夜呢，你是不是喝醉了？"

钟晴四下里看看，疑惑地说："中午吗？那怎么这么黑，我没喝多少啊……只喝了一点点……这么，一点点。"

钟晴手里比着一点点的手势，说着就瘫在了沙发上，开始发呆。梁若伊有点儿手足无措，她想起了自己买的童装，赶快重新拿起来，递到钟晴的面前："给幺儿买了件衣服，也不知道合身不合身，我知道你都用好东西，这是在品牌店买的。"

钟晴死死地盯着童装，有好一会儿，忽然大哭起来。眼泪一颗一颗地滚出来，全身颤抖。梁若伊不知道是怎么回事，赶紧坐在了她的身边，搂着她的肩膀。

钟晴捂住了眼睛，泣不成声地说："我家妹妹和幺儿……都被他们爸爸……抢走了……再也不会回来了，我永远……也见不到我的孩子们了。"钟晴边说边忍不住剧烈的颤抖，也不知道是冻的，是痛的，还是喝大了的原因。

梁若伊自己是妈妈，听了钟晴的话也止不住眼泪，搂着钟晴跟她一起哭。不知道哭了多长的时间，钟晴才慢慢平静了一点。

她哭诉着："那里的人都有点儿重男轻女，老二是个儿子，给我抢走了，为什么连老大也一起带走？他老婆能对两个孩子好吗？我生的，她能心平气和吗？肯定把气都撒到孩子身上啊。我去报警，警察说是孩子爸爸把娃娃带走了，他们也没有办法。你说我怎么办，我能怎么办啊？……"

梁若伊也不知道该说什么，只有劝钟晴："你自己不能这样就垮了，留得青山在，不怕没柴烧，以后慢慢想办法。"

钟晴又哭："我真没有办法了，他们住在哪儿我不知道，电话号码也换了，我根本不知道去哪儿找他们。"

梁若伊只有跟着掉眼泪，又过好一会儿才想起来："你吃饭了没有？我去给你做饭吧，再难受，也不能搞坏身体。"

钟晴苦笑一声："停水停气了，电也掐了，说起来你可能不信，我没钱交水电费了。我准备加了油，去把车卖了，实在不行，只有卖这套房了。也值个几百万吧……几百万，你说，我是不是把孩子给卖了，把自己给卖了……你说呀……"

钟晴剧烈摇晃着梁若伊，有点儿失控。梁若伊费力才挣脱出来，她想大吼，让钟晴冷静，可是吼不出来，又想拉着她去吃饭，可是看钟晴此刻的情况，恐怕是连路都走不稳。

钟晴却愈加激动起来，开始大声地咒骂男人、咒骂自己，随后就砸东西、扔东西，疯了一样。梁若伊慌乱中掏出钱包，把身上所有的钱放在桌上，转身冲出了钟晴的家。

出去才发现，外面天已经全黑了，施歌打了好几个电话她都没有听到。这个时候，梁若伊赶紧给施歌打回去，让他来接自己。

冬天的冷风中，梁若伊瑟瑟发抖地等待着施歌，她想到断水断电身上只穿了薄睡衣的钟晴，很想回去看看，却又恐惧在那样的黑暗中跟一个那样疯魔的女人在一起。她又想起了当初一个宿舍的"乖妹妹"，心里很痛。上午还自怨自艾的她，此刻竟然有点儿庆幸，庆幸自己还有可爱的孩子，有一个安稳的小窝。随后她又为自己的庆幸深深地自责，因为这是建立在钟晴的痛苦上面的。

当施歌开着车出现的时候，梁若伊一头扎进他的怀里，放声大哭。

施歌被吓坏了，不知道发生了什么，等他终于弄明白情况的时候，赶紧带着梁若伊重新回到钟晴的家。

别墅的门仍然是开着的，里面越发得黑。两个人打开手机电筒，终于找到了钟晴。此刻的钟晴却像没事儿人一样，沉沉地睡去，冻得通红的鼻头在黑暗中闪着光。

两个人对望一眼，什么也没说，施歌抱起钟晴就往外走，梁若伊慌乱中找不到被子，手忙脚乱地翻出几件厚衣服盖在钟晴的身上。

他们把钟晴带回了家，把她安置在沙发上。第二天清早，等疲惫的梁若伊和施歌醒来的时候，钟晴却已经不见了踪影。

第十八章

梁若伊忍不住地伤感，而生活却不允许这份伤感维持得太久。时光就像一列飞速前行的火车，把窗外的景色快速地抛向身后，过去的事情和离开的人，一桩桩一件件地从眼前消失。

梁若伊打理好心情，开始专心致志地向编导转变。虽然之前一直嘴硬，才开始也就只能跟着施歌排晚会节目。即使是这样，起初她还是找不到感觉，明明在家里构思好了，一到排练场，演员跳出来却全不是那么回事。或者排出了一个节目，自己也觉得无法过关，只有重新排。

施歌看了，当着演员们的面儿不说什么，下来就跟她说："你这样可不行，人家演员老重排，都有意见了。"或者告诉她："你就照着某某节目排就行了，把大动作去掉，难度降低，要不业余的完成不了。"

梁若伊还是打内心不认可这样"扒带子"的做法，施歌就让她排伴舞，伴舞反正主要看的是歌手，不管好坏把场面铺出来就行，梁若伊还是不愿意。

施歌就不耐烦地问她："那你说怎么办，有难度的排不出来，没有难度的不愿意排，要不就在家带孩子？"

梁若伊心里憋屈，但是由于是自己的问题，她倒没有跟施歌吵，想来想去，还是去向赵晨求教。赵晨就耐心地跟她讲，这个节目怎么做，开始的情绪什么样，中间什么样，该怎么结尾，把队形图都给她画好，舞台调度和动作也给她讲清楚。

又遇到排练的时候，她就按照赵晨事先给她讲了的去排，倒是顺利。一来二去，梁若伊自己也就摸出了门道。加上又肯下苦功夫，她很快就经历了转变的阵痛，逐渐地适应过来，甚至创作水平很快超过了施歌。

这样一来，梁若伊不再满足于排些千篇一律的东西，希望也能创作出属于自己的作品，一个真真正正的舞蹈作品。她首先想到了南方歌舞剧院，剧院每年有专项资金，用来支持有想法的编导进行创作。

梁若伊只好又一次低下头，去跟施歌商量："要不，你去剧院申请资金，咱俩一起创作一个舞蹈。"

施歌摇摇头："那些老前辈都在，还轮不到我们，申请也是白申请。"

梁若伊说："去试试嘛。"

不管怎么说，施歌始终不同意。梁若伊就有点儿赌气地说："你不去，不去我就自己出钱做一个，当初李楠不就是自费嘛。"

施歌沉下脸："说得容易，施宇马上要读幼儿园，还得还房贷，你又没有工资，现在外面有活路还行，要是没有了呢？我在院里一个月才几千块钱，你怎么不考虑家里的情况？"

梁若伊不乐意了，一甩脸，自己进了房间，哄着孩子一起睡觉去了。

自从有了小施宇，施歌觉得白天太累，晚上又睡不好，自己搬到了外间，跟梁若伊分房睡了。看到梁若伊阴云密布的脸，他也就不多说什么，又做点手头上的事儿，自己睡去了。

梁若伊虽然是辞职了，可是她还住在东大街79号，出出进进一样能看见原来那些人。新房虽然已经交房了，但是两个人一直没有时间，也没有精力去倒腾装修那摊子事儿，收房以后就那么放在那儿了。

第二天下午两点的时候，梁若伊抱着孩子出门，就看见了刘丽颖和张东健。

　　刘丽颖说：“你想在剧院排节目呀？”梁若伊有点儿诧异：“你怎么知道？”刘丽颖说：“上午看见施歌，他说的。要我说你也别想了，在剧院想做点事儿，什么情况你也不是不知道。”张东健从开始就一直逗着施宇，这个时候插话说：“你要去参加西江省舞蹈比赛吗？”

　　梁若伊倒吃了一惊：“是吗？我还不知道呢。”

　　张东健说：“就是。”随后他把头转向刘丽颖：“你看多可爱呀。”

　　梁若伊就笑：“你们也抓紧呗。”

　　张东健接过话茬：“这个年纪该抓紧时间了，我爸我妈都着急抱孙子。”

　　刘丽颖推了他一把，告诉梁若伊：“跟你说实话吧，你先保密哈。西交这边，刚把总经理的名字给我报上去。”随后又对张东健说：“我等了那么久，好不容易才有了这个机会。等这事儿落实了再说嘛。”

　　张东健摸摸后脑勺，有点儿不满地说：“哎呀……”

　　聊了几句，三个人各自做各自的事情去了，梁若伊却对舞蹈比赛的事情上了心。她想，虽然气头上跟施歌说自己出钱，可是冷静下来琢磨琢磨，这也是个办法，再说正好有这个比赛机会，做出来，可以参赛，以后合适的晚会也一样可以用。有了这样的心理暗示，她就打定了主意，找到了比赛启事和报名办法，自编了一个群舞。演员和排练场都用的赵晨的。

　　赵晨开始是反对的，她语重心长地说：“这个事情你不能这么做，你想想，你还想排群舞，音乐加上服装、道具，算下来也不是小钱，再说我这儿的学生，也比不了那些专业院团的，你先从演员上就亏一大截了，心急吃不了热豆腐，慢慢来以后会有机会的，何必自己掏钱做，再说施歌同意了吗？”

　　梁若伊说：“他同意什么呀，我所有的想法，他都反对，有时候我都怀疑，这个老公存在的意义是不是就是对我说‘不’？要等他同意，任何事情都做不成。”

赵晨忧心忡忡地说："那你这样不行，两个人在一起生活，就是要互相包容，遇到事情好好商量，你这样他肯定生气。"

梁若伊坚决地说："生气我也没有办法，我不能因为他生气就放弃自己的梦想。我的音乐和服装都开始做了，妈你要是不同意，我就找别人，到时候演员还是一笔费用呢。"

赵晨只好叹息道："你呀，你呀，你真是……"

梁若伊就开始紧锣密鼓地排练，施歌知道了以后，两个礼拜没有跟她说一句话。中间有一次梁若伊遇到了任可，任可笑呵呵地说："哎呀，梁若伊呀，你怎么辞职了呢，以后不走这条路了吗？好遗憾。"梁若伊说："没有啊，我还准备参加这次西江省舞蹈比赛呢。"任可还是一副慈祥的面容："是吗？要我说也是好事儿，不过我要是你，我就不去参加。"说完扬长而去。

梁若伊气得就去跟赵晨抱怨："说我遗憾，他一把年纪了都不遗憾，我这么年轻遗憾什么？还说他要是我就不参加，我偏要参加，我还要拿奖，这个节目我往死里排。"赵晨试探着："要不我帮帮你吧。"梁若伊一口回绝："不用，我就要证明自己！"

梁若伊志得意满地去参赛，紧张地看着演员们在台上跳，结果却是铩羽而归。赵晨反过来安慰她："算了，既然如此，就别往心里去吧，妈妈就是比赛的评委，你不知道那个现场，那不叫评奖，应该叫作'分奖'。你想想嘛，省厅主办的比赛，省直院团肯定要拿奖，自己的娃不出成绩，那不是打脸吗？再者，吴姝、任可他们都有作品参赛，不管质量如何，圈儿里哪怕照顾他们的面子，也要有奖。再加上几个大专院校、艺术学校，怎么轮得到你一个年纪轻轻的自由人？"

梁若伊情绪低落地说："难道真是我能力不行吗，可我明明全部作品都看了呀，拿奖的那几个好在哪儿？是我审美出了问题吗？"

赵晨无奈地说："妈妈都这么跟你说了，你就别再跟自己较劲。你创作得很好，又一次超出了我的意料，又一次让我看到了你的潜力，可是在这样的情况下，又能怎么办？"

梁若伊没有办法可想，回到家，面对着施歌冷冰冰的脸，她实在忍不了，直接摔烂了一只碗："能过就过，不能过就离，摆那副脸给谁看？我花的都是这么多年我自己挣的，又没有花你一分钱！"

施歌也如火山喷发地爆发出来："对对，你有什么事自己都能拿主意，根本不用问我的意见，要离就离！"

梁若伊吼着："好，别过了，以后我再也不会排你的节目了，我不靠你一样该干吗干吗！"

虽然她内心很煎熬，但当着孩子，她还是装得若无其事。该给孩子洗澡就洗澡，该陪着做游戏就得笑嘻嘻地陪着做游戏，晚上靠在床头，跟平时一样和颜悦色地讲故事。可是等到孩子终于睡了，她心里的疲惫、无力、挫折、失望等情绪就会一股脑地泛滥上来，如汹涌的潮水般几乎要将她淹没。

望着孩子熟睡的脸，她经常自己在想，原来施歌也不这样啊，刚谈恋爱的时候，两个人好像有说不完的话，后来她受伤了，施歌也是不离不弃、患难与共，怎么现在成了这个样子？甚至连一句话也说不到一起。她又想，明明我没有拿奖，已经非常难过了，他不安慰就算了，干吗还雪上加霜？我没有经济依靠，又没有精神支持，连带孩子他也很少能搭上手，那我到底要这个老公干吗，难道就真的成了单纯地搭伙过日子吗？

这些问题，梁若伊想不明白，可能好多女人都想不明白，但是日子还得过下去，时间不会等到人想明白了再往前走。梁若伊也就只有继续往前走。

这时候之前团里的一个非常熟悉的演员找到了她。

他开门见山地说："有家企业找我，想做一台演出，我是总导演，你有兴趣做执行导演吗？"

梁若伊说："有，当然有。"

两个人一拍即合，梁若伊全力投入到了排练当中，前前后后花了几个月的时间，演出大获成功。

可是这之后，梁若伊迟迟没有收到编导费，三个月过去，半年过去，当她再次找到那个演员，他轻描淡写地说："啊，答谢领导了，没有赚到钱。"

梁若伊心里有点儿不是滋味，一次看见这个项目的舞美设计小君，她不由得就聊起了这个事情，试探着问小君，知道不知道具体的情况。

小君就挺委屈地告诉她："若伊姐，我正郁闷呢，我给他做了好几台，有一台在一个很大的公园，晚上下着雨，半夜三更我一个女孩，跟着三四个人在那装台，你想想那个情况，结果忙了大半年，做了三四个项目的舞美，他一分钱也没有给我。"

梁若伊吃惊道："啊？我还以为他只对我是这样的呢。那你问他了没有？"

小君说："我问了，他说这个项目是南方歌舞剧院的。"

梁若伊一时没有听明白："什么意思？"

小君说："因为我就是院里的舞美，要是院里的项目，我就没有什么费用，可这个根本不是，他只是借了几个团里的演员。"

梁若伊气愤得不知道说什么好："这也太过分了，太过分了！找那么多借口，说白了就是赖账。"

小君郁闷地说："就是啊，之前有人提醒过我，我还不相信他是这样的，看起来多真诚的一个人啊，结果是个戏精。"

梁若伊用力地点点头："对，就是戏精。如果是甲方的问题也行，关键我问过，甲方早就给他付了款了。在兄弟腿上剜肉，怎么可以这个样子？"

梁若伊吃了个亏，因为之前跟施歌的争吵和自己的死要面子，回家了也不好意思说，依然面色平静地洗衣服做饭带孩子，和颜悦色地做游戏讲故事。

她又接了几个活儿，不过是企业文化或者是帮其他人做做执行。在梁若伊眼里，作品与"活儿"是完全不同的。作品，是个人专业能力和艺术水准最直接的体现，如果有这个机会，那肯定是全情投入，出工出力出钱都在所不惜。"活儿"，顾名思义，短平快，赚钱走人的事儿，做活路，也就首先以甲方的需求为主。

　　也许不只是她这么想，可能所有搞创作的人，都或多或少地有这样的纠结。搞作品，又累又折腾，但它让人觉得充实而有意义；做"活儿"就单纯地根据对方的意见来做，简单省事，但常常需要让步。梁若伊始终觉得，一个人，特别是做艺术的人，如果让步了，那就有点儿没有风骨、苟延残喘的意味。

　　梁若伊就在这样苟延残喘的状态下努力地求生，哪怕全世界都否定她、轻视她，她自己也得给自己鼓劲，因为很简单，如果连她自己都放弃了，那她将永远地平庸下去。

　　就在梁若伊无数次地怀疑自己，在希望与失望之中挣扎的时候，一位余姓老板找到了她。

　　余老板有一副无比真诚的面孔，言语之间听起来也诚恳厚道，他想做一台旅游剧，投资还挺大，邀请梁若伊做总导演。

　　梁若伊兴奋了，因为离开南方歌舞剧院以来，她一直都是执行导演。做总导演，这是第一次。她又一次像打足了气的气球，全情投入，先在网上详细地查看当地独特的艺术形式，然后查找历史人文、民风民俗，还自己组织了几次创作会，把平时熟悉的撰稿、作曲、舞美设计、服装设计等召集到一起，商量整个的舞台台本。

　　赵晨在方便的时候就提醒女儿："你还是要把合同签了，即使你不在乎费用这些，那你得给其他人一个交代，特别有些部门已经做了工作了。"

　　梁若伊就说："哎呀，妈，我知道了，我问了余老板，他说没有问题，肯定签。"

赵晨就说："现在这社会上，各种各样形形色色的人都有，我们从来不想着去欺骗别人，可是也要提防着被别人欺骗，你不能那么轻易地相信人。"

梁若伊辩解道："我又不是两三岁的小孩，我看余老板挺真诚的。"

赵晨说："有些事儿，妈妈都是经历过的，你怎么老不相信呢？"

梁若伊也不多说，很快把台本交给了余老板。余老板就跟甲方要了前期的资金，组织剧组到实地采风。采风的途中，余老板跟梁若伊进一步细化了旅游剧的具体事项，还说起他想做一台舞剧。

这下梁若伊更来了精神，舞剧，对于编舞来说，应该是难度最大，也最能体现自身实力的一种形式了，梁若伊从刚刚转行的时候就梦想着做一台舞剧。

余老板说："在这段时间的接触里，我觉得你可以，有想法有冲劲，非常好，我的这台舞剧也请你来做吧。"

梁若伊说："行，保证全力以赴。"

她又来了力气，花了几个昼夜阅读、思考，随后将自己对剧情的想法与艺术构思详尽地整理成了完整的剧本，发给了余老板。

余老板将剧本发给了政府部门的负责人，然后组织了剧目研讨会。

研讨会以后，梁若伊开始了漫长的等待，赵晨就又劝她："这个老板我看不靠谱，到现在你跟我说过的旅游剧没有消息，舞剧也没有消息，合同签了吗？"

梁若伊就摇头。

赵晨帮她分析："他如果真的自己想做，自己投资启动就可以了。他把这些都发给了政府，应该只是想到政府圈钱。你想想，这些领导都挺聪明的，难道看不出他的意思吗？别想了，只能当是一次历练吧。"

梁若伊撇撇嘴，还抱着一丝残存的希望："也许需要时间吧。"

谁知道等来等去，等到了任可的同名舞剧上演，坐在剧场里，梁若伊看着跟自己的剧本一模一样的剧情，无数次地安慰自己，这一定是英雄所见略同吧，这一定是神奇的巧合吧，这一定是……

哑巴吃黄连，她又一次陷入了忧伤和郁闷中。一次又一次的打击，让她愈加难过，而最大的冲击，是每次巨大的希望破灭以后，从高空直接炸裂掉落的破碎感与无力感。

施歌却对她接二连三的碰壁有不同的看法，他无数次地对梁若伊说："我知道你不认同我，但我还是觉得，我们现在的积累还不够，能把晚会节目排好也挺好，你不要太心急，心急吃不了热豆腐，还容易被烫了嘴。"

梁若伊也不辩解，她又回到了洗衣做饭带孩子的循环里，可是心里的一道微光，却好像是灰烬下面的一点火星，从不曾熄灭过。此时的她，遍体鳞伤，饱受挫折，但是，她不想，也不能对现实低头，对失败低头，对未来低头。

这种咬牙坚持的困苦，无处倾诉。施歌和赵晨不理解她，李楠又远在天边，有时候梁若伊给她打电话，说不上三句五句，就有人用英文喊李楠的名字，李楠就说："我快毕业了，在准备自己的毕业作品，空了细聊。"几次下来，梁若伊也就不想再去打扰她。

第十九章

　　刘丽颖看出了梁若伊的苦闷。刘丽颖也不直接点破，她只是给梁若伊打电话，说请她聚聚。

　　于是两个人就约在了南方歌舞剧院旁边的咖啡厅见面。坐下点了饮品以后，刘丽颖就先笑笑，破例用当年对待别人的那种老大姐的口吻跟梁若伊交谈。

　　刘丽颖说："都在一个院子里，咱俩都没有怎么见上面，偶尔碰上了，也是站着匆匆说两句。就那么匆忙的一见，我都觉得你的状态不太好。"

　　梁若伊也破例开起了玩笑："你不去操心你家东健，倒来关心我。"

　　刘丽颖就提高了声音："他呀，我都无语了，十年前是什么样儿，现在还是什么样儿，不过有时候想想，身边复杂的人那么多，能遇到个这么单纯的，也挺好。"

　　梁若伊也笑，笑里却夹着一些苦，一点涩："还是你过得好，身边有个始终如一的人，事业上也按照自己的想法在发展，到底成了西江交响乐团的总经理了。"

　　刘丽颖说："得了吧，什么事业呀，你也不是不知道团里的情况。"

梁若伊说："我虽然还住在东大街，可是这段时间都在做自己的事儿，团里什么情况真不知道了。"

刘丽颖不免唉声叹气地说："反正就是没有安静过，一件事儿过了又一件事儿，这么跟你讲吧，要说各自为政又有点儿太大了，就是各人有各人的想法。"

梁若伊想想："还是争东西吗？"

刘丽颖说："有一些这方面的，也不全是。就说现在吧，民乐团的翁青想让全部职工都坐班，可是大部分人都在外面跑惯了，哪有愿意坐班的，唱队的队长为这事儿正跟她吵得不可开交呢。"

梁若伊就问："那你是怎么想的啊？"

刘丽颖："我能怎么想，两个都是前辈高人，都不能惹，装不知道呗。这还是最小的一件事儿呢，其他杂七杂八的，哪个都挺恼火的。"

梁若伊点点头："一直都挺恼火的。"

刘丽颖说："就是嘛。比如吧，现在乐团的团长高薪在国外请了一个指挥，想要推进乐团与国际接轨，乐员全部实行考核制，提高待遇，按照考核排位制定工资等级，首席最高。考核报名的时候，很多名校的毕业生、在其他团有知名度的乐员都来了。"

梁若伊又想了一下："这应该是好事儿啊。"

刘丽颖说："是啊，关键是按照考核结果，现在乐团里百分之八十的乐员都得淘汰。"

梁若伊情不自禁地一声惊叹："啊！那么多？"

刘丽颖说："对呀，这就涉及一个改革的步子迈多大的问题了，引入人才，对任何企业来说，都肯定是好事儿，可是淘汰比率那么大，也涉及队伍稳定的问题，如果是私企，那无所谓，老板一个人给人发工资，一个人说了算。问题是西交不是的嘛……"

梁若伊只有问："那你怎么处理？"

刘丽颖摇摇头："我没法处理，上面有孙董呢。得了，咱们不聊这些了。"说着把身体往前靠了靠："跟施歌又吵架啦？"

梁若伊也不回答，只是拿起水喝了一口。

刘丽颖就瞟了她一眼："你对门的李老师那天看见我，神秘兮兮的，凑过来跟我说'又吵架啦，这次砸东西啦'，搞得我哭笑不得。"

梁若伊有点儿不满地说："这些人，正事儿不干，多管闲事。"

刘丽颖说："不能那么说，你们惊天动地的，团里这老房子，有什么听不见？你说你俩当年在一起的时候，多好一对儿金童玉女，多让我羡慕嫉妒啊。"

梁若伊说："人总是在变嘛。"

刘丽颖叹口气："你也体谅一下施歌，我们光靠工资，养房养车养儿能够吗？之前你还把家里钱拿去做节目，他能不上火？我知道你有梦想，歌里不是唱吗，'让梦想照进现实'，那还得以现实为土壤吧。"

梁若伊苦笑道："是呀，我一直都觉得梦想应该挺容易实现的，谁知道全不是这么回事。舞蹈比赛那次呢，就不说了，钱投了，奖没有，现在剩一堆衣服道具我都没有地方放。我最近受的打击呀，还不只这些呢。"

梁若伊就一口气把之前掉进的坑、受到的窝囊气跟刘丽颖说了，刘丽颖说："就是嘛，外面好多老板就是这样的。你说的那个演员呢，现在看着挺风光的，各个市县的好多来找他，我真不知道，他是这么做人做事儿的。至于任可……也不一定吧，他之前就想过做这个。"

梁若伊分辩道："可是真的跟我设计的所有的情节一模一样。他最早的那个本子我看见过，很混乱的，根本没有找到主题，东拉西扯的。我从咱们现实的角度出发，做出了主角在梦想与现实之间冲突的这条明线，暗线是他的情感线。因为心里对初恋的不舍，他对妻子从排斥，到接受，等他发现真正爱的是妻子的时候，爱人却因为难产而死，他甚至没有机会在妻子临死前与她见上一面。你也去看了嘛。"

刘丽颖说："嗯，我去看了，就是这样。"

梁若伊一拳砸在桌子上："都怪那个余老板，把我的本子到处发，都是一个圈儿里的。"

刘丽颖问："那会不会是其他人听了你的构思，觉得挺不错的，看见任可的时候，也无意之中提出了这样的意见，被他采纳了？"

梁若伊陷入沉思："不知道，反正我真的很郁闷，郁闷死了。"

刘丽颖叹口气："我是听说，之前李楠在剧院的时候，任可排了一个同类题材的舞蹈，结果李楠不能看任可的，任可能看李楠的，等到演的时候，李楠发现她节目里所有好的元素，都被任可'吸收'了。"

梁若伊说："就是就是，李楠跟我讲过，所以她拼了命地也要走出去，现在越走越远。最近在排作品，准备参加一个特别知名的世界舞蹈大赛。"

刘丽颖关切地说："那你这样老掉进坑里，也不是办法。要不这样，你到西江交响乐团来吧，我去跟孙董说。"

梁若伊想了想："那边也没有舞蹈团，我之前就是想跳舞，现在也还是想编舞，没有舞蹈团的地方，我才三十多就去养老了吗？"

刘丽颖说："你呀，你咋那么傻，那么钻牛角尖，你找个单位挂着，自己在外面该干吗还干吗，有个单位，有份儿工资，能把保险买上，还能评评职称，你看你，到现在还是个三级。"

梁若伊说："我这脾气，你也不是不知道，头一次去评二级，刚好赶上吴姝是评委，小动唇舌，就把我给刷下来了。咱们跳的舞，获奖的还少吗？我那个时候还是个领舞！第二次去评二级，还别说到评审团，在团里边就因为我能不能送上去，差点吵起来了！都是一个圈儿里的，谁说了什么，被说的那个人能不知道吗？算啦，我现在也想通了，评上了怎么样，评不上又怎么样，作品说话吧。"

刘丽颖就问她："赵导怎么看？"

梁若伊摇摇头："她一直让我去评职称、评职称，那个年代的人，不就是看重这些？好笑的是，之前有个团长让我帮他写了一篇论文，拿去发表，署了两个人的名字，结果他顺利评上了二级，而我呢，除了这个论文，还有奖项，还有那么多演出呢，都没有评上。"

刘丽颖说："我还以为你早就是二级了，应该去评一级了。"

梁若伊笑笑："没有，这些事情，谁说得清楚，你看团里人事的那个王杰，跳过舞吗，更别提编舞了，听说都去评一级了。"

刘丽颖点点头："就是，全团都看不惯他那个样儿，刚刚当上人事部门的经理，就让食堂给他开小灶，单给他炒菜，还跟公司总经理赵庆争得头破血流的。上周，他把办公室的人召集到一起，明着问人家'你们到底是我的人，还是赵庆的人'。"

梁若伊吃惊地说："啊？这个我真不知道。关键那个王杰，刚刚上去，正好遇到我签的合同到期，他直接就把我工资砍到一千二，还说没有保险。他自己就是人事部门的，《劳动法》哪条说不用给员工买保险？欺负人还欺负得这么明显的，真是少见。芝麻大的……连官儿都不算，就这样，这些人要真成了领导，了不得。"

刘丽颖说："就是就是，听说王杰是厅长的亲戚，不知道是真是假。赵庆，你知道吗？就是因为经得住汪夏的骂被提上去的。最搞笑的是，在宣布他任职时，汪夏宣布之后就请大家发言，轮到吴姝，她憋了半天，忽然说了一句，赵庆一直以来'忍辱负重'，不容易。"

梁若伊大笑："哈哈哈，'忍辱负重'，说得好，哈哈哈……"

两个人一起笑起来，梁若伊说："没想到啊，你那么忙，还有这个时间，陪我摆这些没用的空龙门阵。"

刘丽颖说："我们那么多年了，应该经常像这样聚聚，又不是天南地北的，离这么近。"

梁若伊点点头："我看你不是要跟我闲聊，是专门为了开导我的。"

刘丽颖一翻白眼："哎呀，说不上开导，我也不是心理专家，就是聊聊嘛。再说我不只约了你，还约了钟晴呢——她怎么还不来？"

梁若伊又是大吃一惊，她想起了上次钟晴的醉酒和她的痛苦，心里又开始疼，同时也期待见到她，想知道她现在过得好不好。

两个人又聊了良久，钟晴终于出现了，身边还多了个男士。

梁若伊和刘丽颖站起来，钟晴又恢复了往日能说会说的状态，高兴地招呼她们："哎呀，我路上堵车，还等他，对了，我介绍一下，他叫吴正豪，你们叫他吴总就行——这是刘丽颖，这是梁若伊，我之前跟你说过的。"

刘丽颖一开始有点儿尴尬，但还是大方地伸出手："吴总，你好。"

吴正豪穿着西装，打着领带，脚上一双锃亮的皮鞋，冲着刘丽颖微微一鞠躬："丽颖女士你好，刚刚跟客户谈一笔两个亿的小生意，时间上耽误了，见谅。"

刘丽颖说："哦，没事没事，正事重要。"

吴正豪说："三位，抱歉先离开一下。"

他去上卫生间，梁若伊赶紧问钟晴："他是你男朋友吗，你们怎么认识的？"

钟晴满面笑容地说："是啊，认识的过程挺喜剧的，改天跟你们细说。"

刘丽颖正色道："我感觉这人不太靠谱，你还是该找个踏实的人，好好生活。"

钟晴满不在乎地说："他哪儿不靠谱啊，这样的高富帅，对我又好，我快要被他迷死了。"

梁若伊赶紧说："是挺帅的，可是总觉得哪儿不对？"

正说着，吴正豪回来，梁若伊就不太想说话了，只在旁边留心观察钟晴这新男朋友。

吴正豪还是一副豪门的派头："家父在新加坡经营一点小产业，有几家连锁酒店，他看好中国的市场，派我到这边来考察，不承想啊，遇到了钟小姐。就像她的名字一样，我们，一见钟'晴'。"

钟晴像个十几岁的少女一样，在旁边崇拜地听着，听到他说一见钟"晴"，两手捂着脸颊，害羞地笑，然后捶打吴正豪："你看你说的。"

吴正豪一把握住钟晴的手，慢条斯理地说："好啦，让丽颖和若伊看了笑话。"接着又开始侃侃而谈他的家族大生意："我家里的产业呢，除了新加坡，也遍布美国以及全欧洲……"

梁若伊和刘丽颖目瞪口呆地听着，心里越发觉得不靠谱，钟晴却被迷得神魂颠倒。吴正豪畅所欲言了大半天，准备离开，他一边慢条斯理地收拾东西，一边说："各位女士，我还有另一个五千万的小事情要去谈一谈，先告辞。"

说着在钟晴额头上吻了一下，起身走了，梁若伊正要开口，吴正豪又转了回来："小晴，给我二十块钱，我打个车。"

梁若伊和刘丽颖差点喷出两口老血，钟晴却嗲嗲的，一边掏钱一边说："行，一会儿我也打车。"

刘丽颖不经意地说了一句："你的车限行啊？"

钟晴说："没有，卖了。"

吴正豪这时候已经接过了钟晴的钱，又在她额头吻了一下："没事儿，卖就卖了吧，下次我送你辆法拉利。"

吴正豪一走，梁若伊和刘丽颖就不再沉默了，你一言我一语地冲着钟晴说开了。

刘丽颖说:"钟晴啊,你听姐一句话,这个人真的……赶紧离开,啊!"

钟晴掏出一根烟,点燃:"丽颖姐,我知道你担心我,这次我不是看上了他的钱,我觉得我找到了爱情,这种爱情,能让我……"钟晴低下头,一口一口地吸着烟,沉默了。

梁若伊说:"刚才我就好像在眼前看了一出活生生的言情剧,生活里的爱情不应该是这样的。"

钟晴说:"那是因为你没有遇到真正的爱情。"

钟晴一句话,把梁若伊噎得说不出话。

刘丽颖只好说:"若伊也只是凭感觉,我也是这个感觉,但是呢,不是都说嘛,鞋合不合适,只有脚知道,我们都希望你过得好,别再……"

钟晴眼里就有了点雾气:"嗯,丽颖姐,我知道,我在这个城市没有亲人——原来有两个最亲的,可是……算了,不说了。我知道你们真心想我好……"

钟晴的眼泪止不住地流下来,梁若伊赶紧给她递上纸巾。钟晴也还是好看,毕竟底子好,可是浓妆也掩盖不了额角的皱纹和有点儿肿胀的眼袋。

三个姑娘之间有点儿惺惺相惜的感觉,她们互相陪伴着彼此,了解着彼此,疼惜着彼此。但是谁都无法分担另一个人在生活里经受的风雨。

后来有一次梁若伊跟赵晨聊天的时候,就说起了刘丽颖想让她到交响乐团的事情,赵晨一拍大腿:"对呀,我怎么没有想到,要不说刘丽颖,平时看着挺冷冰冰的,其实心挺热的。你可以过去,我也去跟孙董说,这样更稳妥。"

梁若伊不满道:"我都已经拒绝了。"

赵晨难以置信,指着她:"你呀……你,这么稳定的地方,拿着工资,在外面也不影响你,你到底是怎么想的?"

梁若伊说:"我想要的不是稳定,我想要的是舞蹈。"

赵晨被气得半天没有说上话。梁若伊反而一脸无所谓的样子,之后该干吗干吗去了。

　　她终究是没有被这些不公平、悲伤、生活琐事击垮。她仿佛冲锋似的，马不停蹄地奔走在一个又一个朋友之间，期望能够调动一切可以联系的资源，以寻找到一个契机，或者一个平台，施展抱负、大展拳脚。

第二十章

在这样的奔走下，她联系上了离开剧院很久的郑涵山。

梁若伊跟郑涵山坐在咖啡厅里，郑涵山说："好久没看见你了。"梁若伊也说："就是就是，我也好久没有看见你了。"随后聊些各自的近况。

梁若伊这才知道，郑涵山离开剧院以后，先是四处跟项目组，做执行导演，后来到了一家主题乐园艺术团，做了团长。谁知没有多久，艺术团解散，他再次漂泊。好不容易进了一家对文化产业感兴趣的上市公司，公司老总却因为经济问题"进去了"。那个时候郑涵山刚刚招了一批演员，成立了新团，谁知道又要面临解散的窘境。郑涵山干脆一咬牙，自己带起了这批演员。

梁若伊由衷地称赞："好厉害，现在应该称呼你郑团长了。"

郑涵山摇摇头："哪里呀，为了给演员发工资，我脑壳都要抠烂了，幸亏施歌这些兄弟们有机会的话都叫上这些演员去跳，要不我更是着急。上半年到了借钱发工资的地步，下半年演出多，才缓和了一些。"

梁若伊问："之前听说你跟着任可在做事？"

郑涵山苦笑一下："没有。上个月我们团接了太阳山一台晚会，恰好任可是总导演，他排练的时候一直挖我的人。"

梁若伊又一次的茫然:"他自己没有团,为什么要挖你的人?"

郑涵山笑笑:"他对演员说,在我这里没有前途,应该去正规团。我那些演员跟我的感情又好,把什么都告诉我了。"

梁若伊不由得感叹:"这些前辈高人,名利双收了,还要这么做吗?"

郑涵山点点头:"见人说人话,见鬼说鬼话,看碟下菜。"

梁若伊说:"也可能是有危机感吧。"

郑涵山说:"没有办法,都在一个圈子,都在一口锅里舀饭吃,有时候也只能委曲求全。我最近接了峨山的一台旅游演出,甲方要求总导演是国家一级,我只有请了吴姝。你有没有兴趣?我们可以一起来做。甲方的周总,也是挺想做事的人,这次做好了,也许以后还有更好的机会。"

梁若伊有点儿拿不定主意,她去问赵晨的意见。赵晨一听说吴姝是总导演,就拍着桌子说不行。

梁若伊心里其实已经有了答案,反驳妈妈:"是,吴姝以往是有点儿牙尖,可是她有作品有实力,评职称的时候她是说了我的坏话,可是当面也没有直接的矛盾。跟她做事,能学到东西,再说这也是收入啊。"

赵晨激动地说:"不行,你要学东西,跟我学不是一样嘛?"

梁若伊说:"你现在自己去当校长了,也不做总导演,再说了,古人说,博采众长。"

赵晨坚决地说:"我多早以前就跟她合作过,要吃亏的。你之前吃的亏,还不够?"

梁若伊说:"这次不一样,这是郑涵山联系的项目,我不管别的,只跟他做事,还能有什么问题?"

赵晨头摇得像个拨浪鼓:"你就不能听我一次吗?做一件事情,先看做这件事情的人,别人我不了解,我还不了解吴姝啊?"

梁若伊又去问施歌，施歌这次倒是没有反对，在他看来，做项目就是为了生活，就是比较单纯的工作，既然是工作，给谁做都是做，年纪轻轻，还没有挑三拣四的资本，为什么把送到眼前的收入给推出去呢？

施歌这么想，梁若伊就更打定了自己的主意，她就这样进入了《秀·眉》剧组。

剧组照例先去峨山采风。一行人众星拱月似的围着吴姝，拾级而上，边走边看，边听人介绍峨山的人文风俗、奇异景色、传说故事。

采风当晚，就住在峨山的半山酒店，梁若伊跟服装设计朱美婷一个房间。朱美婷之前也是南方歌舞剧院的演员，跳舞跳得非常好，是那种可以跟刘丽颖比肩的台柱子，二十多岁的时候就主动退下来，结婚生子转行，顺利而又华丽地改变了自己的身份。

两个多年未见的老相识有了这样的机会，免不了又是一番畅聊。朱美婷说："你根本不知道，我刚退下来的时候，自己从零开始学美术，每天凌晨三四点到睡莲池批发市场去进服装，租了铺面卖衣服，刚开始一直亏，后来又做加盟店，这才慢慢找到方向，有了起色。你知道吗，店里卖得好的衣服，都是我自己平时根本不会穿的。"

梁若伊摇摇头，跟朱美婷相比，她的社会经验可以说少之又少，她也很难想象，身材窈窕、打扮时尚的朱美婷，扛着麻袋跟无数人挤着一起进货的情形。她的心里涌现出了一丝心疼，但更多的是敬佩。虽然现实有那样多的坎坷，有那样多的无奈，但是身边还是有那么多的人，在看不见的地方努力着，在这个广阔的世界里寻找着属于自己的位置。

朱美婷继续说着："我现在开了三家店，每个月都有稳定的收入，也不用太操心。"

梁若伊有点儿不解："会不会有缺货少货的现象？"

朱美婷摇摇头："不会，现在都是电脑系统，每天的库存、销量等等，我在手机上都能看得一清二楚。我现在有时去店里看看，更多精力放在了舞台的服装设计上。当初退下来的时候，我就看到圈儿里做这个的人太少了。"

梁若伊说："现在你果然也成了这块儿的佼佼者。你跟李楠都是目标明确，又不怕吃苦的人，厉害厉害。"

朱美婷问："李楠现在怎么样了？"

梁若伊说："毕业就留在那边了，她说在西方社会，华人要获得公平的机会，还是要付出比其他人更多的努力，而且那边是另一种跟我们不同的舞蹈体系，要成为主流的编导，真的很难。"

朱美婷点点头："做什么都不容易。"

梁若伊又补充道："可是我相信她没有问题的。"

两个人又聊到了施歌，聊到刘丽颖、张东健，聊孩子，好像有聊不完的话。

采风之后照例是主创们的创作会，吴姝以她一贯的语言风格描述着："这个节目道具就用扇子，扇子的这面是峨山上的冷杉，演员一亮出来，哇……森林浩瀚，跳着跳着，扇子一翻，就成了峨山上的大雪了……啊啊啊啊，那么下啊，全场都是大雪——怎么样？我这个创意怎么样？国际范儿吧——梁若伊，你记住，这个节目你来排。"

等到所有的创意完成了，就是跟甲方汇报的环节。之前一直没有出现的周总出现了，梁若伊这才知道，周总就是周立涛。

两个人单独约了时间见面，一边在峨山脚下的一汪碧泉边散步，一边聊天。

梁若伊感慨道："没想到你真有勇气放弃了铁饭碗！"

周立涛反问她："你不是一样吗？"

梁若伊开玩笑地说："我是临时工，你是正式工嘛。"

周立涛也笑道："年少的时候什么都听父母的，年轻的时候什么都得听领导的，有一天我忽然想听自己一回。"

梁若伊说："说得云淡风轻的，哪儿有那么容易呀？"

周立涛说："当时确实心里惊天动地了一番，然后家里又惊天动地了一番。可是你知道吗？我忽然发现，不温不火了小半辈子，忽然能够惊天动地了，所以看着我妈在那又哭又闹，我当时就笑起来了，倒把我妈吓了一跳。"

梁若伊听得哈哈大笑，之后说："你说话跟以前也不一样了。"

周立涛又反问："你说我以前无聊无趣说话挺闷的啊？"

梁若伊连忙摆着双手："不是不是。"

周立涛说："不就是嘛，还不好意思承认，咱们认识多少年啦，有什么不能说的？"

梁若伊说："那既然这样，我有话就直说了啊。"

周立涛说："对对，直说。"

梁若伊不免感叹："当初我们说保持联系，结果呢，每次都是这样的不期而遇。"

周立涛说："不期而遇不是也挺美好的吗？"

梁若伊说："上次婚礼从头到尾咱俩也没有单独说过话。"

周立涛说："是呀，当时我倒是跟施歌聊了一聊，其实也想抽空跟你说说话，看你也忙——那我也直说了——也有点儿疏远，是不是觉得跟我走近了跌份儿？"

梁若伊慌忙摇头："不是不是，想什么呢，我是觉得，你当时好歹都是副处级了，结果出来还在那摸爬滚打的，有一次看见你在弄几个花盆，一身泥，我心里有点儿，有点儿……"

周立涛哈哈大笑："艺术家就是多愁善感。你想想，谁创业不是一身土一身泥一身汗哪？除非想走捷径。犯法的事儿，我周立涛肯定不会干！"

梁若伊自己倒不好意思起来，又问："那后来肯定越来越好了吧？你看你，现在都成了周总了，自己投资这么大一个项目。"

周立涛摇摇头："起初呢，可以说是艰难，后来吧，应该说是惊心动魄。"

梁若伊睁大了眼睛："啊？！你说说。"

周立涛看着她："真想听啊，那些陈谷子烂芝麻的。"

梁若伊就嗔怪道："这次约出来，不就是专门为了好好聊一下嘛。"

周立涛就说："那得了，咱们也别绕着这个湖转圈圈了，从那条栈道走上去，是峨山上的第一座寺庙，我们去看看，边走边说？"

梁若伊说："行啊。"

两个人就拾级而上，沿着栈道一直向上走，周立涛边走边跟梁若伊讲："创业呢，最难的不是身体上的辛苦，而是心里的压力，起初经常几个月几个月地接不到活路，员工的工资还得照给，办公的消耗还得照拿，看着银子像流水一样，只有出的，没有进的，心里焦急。"

梁若伊眼圈不由得有点儿红："啊！你也没跟我说过这些。"

周立涛说："你看看，我就知道你听了准是这个样儿，所以我还让施歌别告诉你呢。"

梁若伊问："那你现在怎么又说起来了？"

周立涛望着远处："过去那么久了，说说没啥，再说这也是生活，多了解生活，也许对你的创作也有帮助。"

梁若伊点点头："就是，那你接着讲。"

周立涛说："后来呀，终于业务稳定了，账上渐渐能看到利润，公司有了起色。刚想松口气，一个我最信任的员工离职，也不能说员工吧，当时还是给他安了个副总，不过那个时候整个公司才八九个人，也就是挂个名儿。"

梁若伊又觉得疑惑："员工离职，也很正常吧？"

周立涛说："那是呀。可是他离职另外成立了一家公司，把我的人带走了大半，还以低于我的执行价格，把我的客户撬走了一大批，本来就刚有点儿稳定，这一下，伤筋动骨，元气大伤。"

梁若伊不由得用手捏了捏他的胳膊，表示安慰："我觉得就南方歌舞剧院那些事儿，都够恼火的了，没想到你这边更是。"

周立涛说："我觉得南方歌舞剧院就像是一个池塘，池塘里可能发生鱼跃龙门的事情，也有一些泥鳅、虾米，也不只是东大街79号是这样，很多的圈子都是这样，我个人把这种现象叫作'池塘生态'。"

梁若伊哈哈大笑："你胡编吧，刚才我还因为你的坎坷而伤心呢，现在就信口开河了。"

周立涛含着笑："我说真的，池塘风平浪静，你看看，工资国家给发着，五险一金买着，也就是常说的——稳定。"

梁若伊分辩道："那我们都转企改制了。"

周立涛说："嘿，你怎么还是那个性格——急躁，我还没有说完哪。"

梁若伊说："好好好，那你说嘛。"

周立涛就继续说："这个市场，就像是大江大河了，有风浪有暗礁，有激流，也有旋涡……企业就像这大江大河上的船，要硬碰硬地面临这些情况，险象环生，稍有不慎，非死即伤。可是这个国家、这个时代，才是孕育这些池塘、这些江河的沃土。"

梁若伊难以置信地说："这也太大了吧，国家、时代，跟我这个小民有什么关系？"

周立涛斩钉截铁地说："错，大错特错！不仅有关系，而且息息相关。文化改革也好，文化产业的兴起也好，不都是跟这个时代趋势和国家发展紧密相连的吗？个人命运永远跟家国命运紧紧相连，这连三岁小孩子都懂的道理，你梁若伊真不明白吗？"

梁若伊红了脸："你真的跟以前不一样了！"

周立涛却说得兴起，继续说下去："改革，这是国家和时代的发展大趋势，不管是企业、院团，还是个人，都必须要顺应潮流，如果还是那样一成不变，因循守旧，必然死路一条。"

梁若伊说："我没有想到，几年时间，你的变化是那样大。"

周立涛说："必须要变，思变求变，这也是我这些年一直在做的事儿。我渡过那次难关以后，业务再一次稳定，我要是满足现状，现在充其量还是一个小文化公司的小老板。"

梁若伊深深地叹了口气："身边的人真的都在变。"

周立涛说："变化是正常的，但是我们的初心没有变，梦想没有变，我们没有因为遇到那些面目可憎的人，而让自己也变得面目可憎。我们没有因为遇到那些阴暗的手段，而让自己也使出那些手段。我们依然在大步地追求心里的那个目标，就像你，始终热爱舞蹈。"

梁若伊也受到了他的感染，情绪高涨起来，她说："我在这个行业也有十几年了，我见过很多老板，感觉搞文艺挺简单的，来钱应该挺快的，也不知道水深水浅就往里蹚，一下去就被淹死了。也有一些人觉得政府有钱，想拿着项目忽悠政府投钱的，我前段时间还遇到一个呢。开始我以为你也是那样的，这次约你出来，也是想善意地提醒你。现在看来，你不是那样的。"

周立涛说："谢谢你的提醒。我很明白其中的风险，之前也投资过几个项目，都非常小，有赔的，也有赚的，可能是运气好，赚的多一些。没有办法，创业就是个不断试错的过程。"

梁若伊问："试错？"

周立涛说："对，试错，有时候只有做了，才能知道结果。"

梁若伊说："所以，你没有满足业务的稳定，而是拿着自己积累的钱主动出击。"

周立涛说："对，很多次都面临血本无归的风险。"

梁若伊感叹道："那真够惊心动魄的。"

周立涛忽然又笑了："不说别的，第一次投资，我妈知道了，就强烈反对，她说你好不容易有了稳定的客户，旱涝保收不是很好嘛。"

梁若伊也笑道："我妈也是，不管我做什么都反对，又让我去西江交响乐团，这样那样的。"

周立涛开解她："咱俩情况不一样，我妈妈是老思想，赵导是因为对这个行业太了解了。"

梁若伊说："那我不知道，但我还是相信你当年的'大饼'理论。"

周立涛倒愣住了："什么理论？"

梁若伊说："哎呀，不是你说的，鱼翅鲍鱼是一顿，馒头大饼也是一顿，能有什么大不了的事儿？"

周立涛哈哈大笑："哦，你说这个。但我告诉你哈，你可别以为我是个不管不顾的莽夫。我只是每次做决定以前，先做最坏的打算。最关键还是做最大的努力。就说这个项目吧，我是看上了峨山在全国的知名度和每天庞大的游客数量，这个我是经过仔细调查和详细思考的，各个旅行社和导游我也联系好了。"

梁若伊说："所以你根本就不是运气好，而是凭借自己的胆识、眼光和努力走到今天的。"

周立涛说："什么'走到今天'，我也才刚刚开始。咱们国家经过了这些年的发展，人们物质条件大幅提高了，慢慢地一定会转向精神上的追求，我相信，下一步文化事业将大有可为，这也是我选择这个行业的原因。"

梁若伊由衷地赞叹道："我都开始佩服你了。"

周立涛大笑："你不要太崇拜我哦。"

梁若伊用手捶他："得了便宜还卖乖。"

周立涛笑着指向前方："行了，到了，进去看看？"

梁若伊这才看见，前面飞檐斗拱，一座巍峨的寺庙出现在眼前。山门上悬挂着康熙皇帝题的大匾，山门两边柱上悬挂着一副对联：凤凰展翅朝金阙，钟磬频闻落玉阶。

梁若伊跟着周立涛迈步走进，却看见寺内四重正殿，依山而建，一重比一重高，更显得雄伟自然。殿上悬有"宝相庄严"匾，大门上还有联语："独思喻道，敷坐说经。"

梁若伊看了，低头沉思，细解其中滋味。

周立涛就给她介绍："这是峨山上的第一座寺庙。"又指着前殿的一座塔："这座紫铜塔高七米，有十四层，塔身铸有 4700 多个佛像，还刻有《华严经》全文，所以叫作'华严塔'。"

梁若伊说："哦，我还在想着大门上的联语呢。"

周立涛点点头："佛家讲的'独觉'境界，就是说先要自悟了，再听高僧大德讲经说法。其实万事万物都是这个道理，必然自己心里先要思考清楚。弥勒殿里的一副对联，你在其他地方应该也见过，写的是'开口便笑，笑古笑今，凡事付之一笑；大肚能容，容天容地，于人无所不容'。"

梁若伊抬起头，不免惊讶："你还知道这些？"

周立涛笑笑："借着做项目的机会，方方面面多了解一些，总是没有坏处。"

梁若伊微微点头："行，这么下去，你不是商人，倒成了文学家了。"

周立涛哈哈大笑："拜托，我当年也是文学系，好吧？"

梁若伊吃一惊："啊？"

周立涛指着她，无奈地说："你呀你呀，光知道我是学长，连我哪个系的都忘了，我当年就这么入不了你的法眼哪？"

梁若伊细细回忆了一会儿："完了，怎么那个时候光去关注小吃街去了，身边这么个文学大师愣是没有看见。"

周立涛说："你得了，我对你这个舞蹈大师可是非常了解呀。"

梁若伊笑着："咱俩也别相互瞎吹捧了，可是不管怎么说，有了文化积淀思想自然不一样，难怪你之前有那番高谈阔论。"

周立涛嘴里虽然谦让着，心里还是很高兴。两个人就请了香，在寺里拜了佛，前前后后参观了一番。

随后一起往回走，不知不觉又聊到工作，周立涛感叹："要做文化项目，还是得请专业的创作老师才行，我之前遇到过几次，请的人做事前吹得天花乱坠，一旦开始做了这样那样不行，还有的做到一半走人了，留下一摊子事，我四处救火。"

梁若伊说："就是就是，我们私下里把这些没有经验和能力，还到处揽活的人叫'串串儿'。之前南方歌舞剧院有过一个挺帅的门卫，出去了以后说自己是'南方歌舞剧院知名导演'，你说他也确实是南歌的……是吧？哈哈哈……"

两个人又是一阵笑声。周立涛接着说："我之前也有这个忧虑，这个项目可完全是我自己投资，作品质量很关键。这样我才跟涵山说，总导演要国家一级，我当时想的是，不管实力怎么样，能到一级，至少要在这个行业那么多年的时间嘛，现在也不知道这个想法是对是错。可是就像我刚才说的，这些年我一直在不断地试错，希望这次是正确的选择。"

梁若伊说："吴姝的作品和实力有保证，我跟郑涵山也会尽力的，不要太担心。"

周立涛说："辛苦你们了，那我先谢谢了。"

工作谈到这里，梁若伊也就适可而止了。接着又说起彼此的生活，梁若伊这才知道，周立涛还一直单身，交过两三个女朋友，都不太合适。

说起这个，周立涛有点儿无奈："说实话，我现在大小也是个总，咱长得也不赖，是吧？现在还是有不少女孩子像花蝴蝶似的往身上扑，可是我经历过一次失败的婚姻，可不想再找这样的女孩儿了。"

梁若伊又好奇："是不是哦？"

周立涛说："怎么不是，工作里认识的也有，朋友聚会认识的也有，之前遇到个女孩，刚见第二面，就说她想要个苹果。"

梁若伊说："啊？那你怎么办呢？"

周立涛说："我就说，等一下哈，然后出门在旁边的水果摊买了个苹果给她。"

梁若伊说："啊？你不是吧？哈哈哈哈……"

周立涛乐得眉毛都挑起来了："这还不算最搞笑的，有段时间，我妈她老人家天天逼着我去相亲，一会儿是哪个老朋友的女儿，不去不行，一会儿又是哪个亲戚介绍的，条件好得很。你想想，我公司事情那么多，哪有那些工夫？"

梁若伊问他："那你怎么办呀？"

周立涛说："我就喊老人家联系，该约就约，定了时间地点，就喊我公司里单身的小伙子去，你别说，成了两对儿呢。"

梁若伊在山路里笑得前仰后合的，捂着肚子好一会儿才开口："你们公司好，只听说发奖金发福利的，头一次听说发美女的，哈哈哈……"

周立涛说："之前还遇到些二十岁刚出头的小姑娘，赶着我喊'大叔'，有些直接喊'欧巴'。"

梁若伊一波没笑完，又一波开始了："这多好啊，多乖巧。"

周立涛摇摇头："哪儿呀，认识没一个小时，直接喊开房。我是真怕了，现在什么也不想了，一心奔工作了。"

梁若伊说："你怕什么？"

周立涛犹豫了片刻："得了，咱们都是成年人了，我有些哥们儿倒来劝我，送上门的炮，不打白不打，现在都这样儿。我就跟他们说，'都'不'都'的，我不评价，但是我不想那样儿。"

梁若伊捂着嘴："这话要是别人跟我说，我肯定不相信，但是凭着这么多年对你的了解，我相信。"

周立涛看她笑完了，才感叹："现在的女孩怎么都这么现实？"

梁若伊赶忙纠正他："不是所有的哈，我身边就很多靠着自己，而且有能力有目标的姑娘，应该是太多太多啦。在外面努力地工作，回去照顾一大家子，背负着生活的重压还能自得其乐地生活。"

周立涛接过话茬："那你给我介绍一个，也不一定非得年纪轻轻的，只要是个好女孩儿，离婚带着孩子的我也一样喜欢。这么说吧，我这个人只要爱上了，哪怕她曾经是妓女我也不在乎。"

梁若伊说："行，行，我更佩服你了。可是让我帮你介绍这可太搞笑吧？"

周立涛问她："你觉得我条件太差，不愿意啊？"

梁若伊赶紧辩解："哪有，我笑的是，你这又高又帅的周总，还愁娶媳妇？"

周立涛心里是乐滋滋地，嘴里还是说："得了吧，当年你都没看上我。"

提起当年，顺理成章地又提到了钟晴。梁若伊就把之前的情况说了一下，又说她交了新男朋友吴正豪，感觉这个吴正豪挺不靠谱的。

周立涛沉思良久："听你这么说，钟晴现在是不太好，这样吧，改天你跟我一起去看看她，毕竟夫妻一场，能帮就帮。"

第二十一章

就这样，空闲的时候，周立涛就一个人到那个别墅找钟晴，去了几次，都是大门紧锁，电话一律打不通。他又问梁若伊，梁若伊打电话过去，语音竟然提示是空号。她问刘丽颖，刘丽颖也说联系不上了。

梁若伊觉得纳罕，干脆约上周立涛，两个人一起去了钟晴之前的家。

到了地方，周立涛说："我是按你给的地址找的，是这家吧？"

梁若伊点点头："对呀，我明明记得是这幢房子。"她抬手按了几下门铃，一位陌生人打开了门。

梁若伊就问："你好，请问钟晴在吗？"

开门的妇女系着条围裙，袖子挽着，手上还有点儿湿，看起来是个正在做家务的保姆。她一脸疑惑："钟晴是谁？不认识，找错门了吧。"

保姆说着就要关门，里边就传出个声音："冯阿姨，是谁呀？"

这位冯阿姨冲着屋里喊："他们说找一个叫钟晴的。"

一阵拖鞋在地上的"踢踏"声，女主人出现在了门口。她挺友善地告诉梁若伊："哦，这房子以前的房主好像叫钟晴，她把这栋房子卖给我了，你们可以去找当时的房产中介问问，中介的电话要吗？"

梁若伊说：“要，要。”

梁若伊和周立涛通过中介找到了钟晴的电话。拨通以后，电话那边，钟晴却支支吾吾。梁若伊说：“我跟周立涛想来看看你，你现在住在哪里？”

钟晴沉默半晌：“立涛啊，别让他来。我现在……挺好的，非常好，哦，我现在有事儿，咱们改天聊。”

梁若伊说：“等等，等等，你跟周立涛说几句。”

周立涛接过电话：“钟晴，我没有什么更多想说的，以后要是有什么困难，就来找我吧，这是我的手机号，若伊用我的手机打的电话。”

电话挂断了，也不知道后面那些话钟晴听到了没有。周立涛与梁若伊两个人面面相觑，只好放下这个事情，继续投入到项目当中。

《秀·眉》的创作顺利进行，创作会有的时候在蓉市开，有的时候也在峨山现场开，周立涛对专业上面的事情不太干预，演出方案、服装设计、舞美设计等很快就敲定了。

接下来就是执行，各个部门开始制作的同时，演员也集中到了峨山，郑涵山先给他们做了几天集训，梁若伊也就在现场，帮着他一起训练演员。

由于工作的原因，梁若伊跟周立涛的接触日渐增多。有一天郑涵山意味深长地看着梁若伊笑，梁若伊问：“涵山，你这是怎么了？”

郑涵山说：“我前两天跟宋松一起喝酒，我们聊起当年的事儿，我才忽然想起来，周总就是当年到东大街79号跟你求婚的那个帅哥。”

梁若伊这才恍然大悟：“多少年的老皇历了，你可真有精神去翻这些。”

郑涵山用肩膀碰了碰梁若伊：“我不想翻哪，你不怕施歌吃醋？”

梁若伊推了他一把：“一大群演员不够你管，你还管这个？我好久没有看见宋松了，他最近怎么样？”

郑涵山说：“刚结婚。”

梁若伊瞪大了眼睛："啊？之前没有听说过他谈恋爱，难道是我太久没有跟团里接触了吗？"

郑涵山连连摇头："不是不是，他这几年，也挺传奇的。本来之前谈了女朋友，都到了谈婚论嫁的地步了，结果他生了一场病，在病床上前女朋友就扬长而去了。一过三十，他妈妈天天催他结婚，甚至拿着菜刀搁在脖子上闹。也不知道怎么遇到现在这个，总算走到了一起，也算是了了他妈妈的心愿，这个新婚妻子呢，两个人才认识一个月。"

梁若伊脱口而出："啊，闪婚？"

郑涵山说："对呀，这不就是闪婚。"

梁若伊点点头："肯定是遇到真爱了。"

郑涵山说："我们团接了个演出，正好是宋松帮我联系的，就下周，你要不要跟我一起去？"

梁若伊问："下周《秀·眉》要开始排练了吧，走得开吗？"

郑涵山笑笑："没事儿，我跟周总说了，就耽误两天，头天去，在那边住一夜，第二天就回来。你也一起呗。"

梁若伊想了想，不管什么演出，多看看总是有益处，就同意了。

过了一周，一个大巴车拉着演员，拉着梁若伊他们，去到了西江省的另一座城市。一到就合光彩排，忙到深夜。

工作上的事情结束了，宋松首先提议："走走走，喝点夜啤酒。"

几个老熟人就找了个烧烤摊，天南海北，久别叙旧，相谈甚欢。梁若伊抽空就问宋松爱人的情况。

宋松一点也不隐瞒，耿直地说："哦，前段时间我排的一个节目演出，演完了她不知道从谁那儿知道了节目是我排的，专门过来找到我，双手捧着一张名片，颤抖着递给我，说她叫阳阳，是我的崇拜者。"

梁若伊说："呦，还是粉丝呢。"

郑涵山大笑："怎么没有人粉我呢？"

梁若伊给他一拳："有谱没谱啊，你都结婚了，有人粉你还能怎么样？"

郑涵山也哈哈笑："我说你吧，怎么还跟原来一样，就跟生活在外太空一样。现在的男人，有'三不'原则，你知道吗？"

梁若伊摇头，又露出茫然的神色。

郑涵山不屑地说："哎呀，这你都不知道？跟你说吧，'不主动，不拒绝，不负责'。"

宋松递给郑涵山一根烤鸡翅："赶紧闭上你的嘴，跟若伊说这些干什么？"

郑涵山不以为然地说："都成年人了，说这些不是很正常？"

梁若伊一把抢过郑涵山手里的鸡翅，用一根食指指着他："说实话，是不是经验之谈？"

郑涵山赶紧辩解："我可不是那样的人！"

梁若伊又给了他几拳："你……真的假的……"

郑涵山一边抵挡一边反驳："什么你呀我呀，这都什么年代了？"

宋松在旁边还有点儿不乐意："到底是听你说，还是听我说？"

梁若伊和郑涵山赶紧说："听你说。"

宋松就接着说："阳阳就留了我的联系方式，结果一聊，跟你们说，我觉得我遇到真爱了。我跟她说的所有舞蹈术语，她全知道，比如吧，她知道'竖叉'。"

郑涵山推他一把："'劈叉'谁不知道啊？"

宋松眼睛一翻："有一天，我给她发微信，说我那天在排练场一高兴，做了几个'云里前桥'，又做了几个'蛮子'和'拉拉提腱子'，老胳膊老腿竟然还抢得动，就只是差点没把腰给折断了。"

梁若伊就问："那她是怎么回复的？"

宋松说："她说不愧是舞蹈家，三十多了这些抢腿前空翻、侧空翻和后空翻还能顺利做出，太让她崇拜了。"

梁若伊挺意外地说："啊？她是舞蹈专业的吗？"

郑涵山在旁边插了一句："不是，要是搞这个的，那有什么可说的？"

梁若伊点点头："就是啊，那应该是真心喜欢舞蹈，真爱粉。"

宋松得意地说："我用专业魅力征服了她，没几天就生米煮成了熟饭。"

郑涵山端起酒杯："来，喝。"

几个人碰了杯，喝干了杯子里的啤酒，宋松又接着说："有一天，我丈母娘就把三万块钱现金往桌子上一拍，说要跟我打赌，问我敢不敢立马跟阳阳结婚。你们说我有什么不敢的。就这样嘛，结婚啦。"

梁若伊和郑涵山都觉得挺神奇，同时也为宋松感到高兴。几个人边聊边喝，不知不觉就到了三点多。他们结伴往酒店走，没走几步，宋松却突然昏倒在了地上，不省人事。

梁若伊吓坏了，她跟郑涵山马上把宋松送到了演出所在地的医院。医生看了看宋松，告诉他们不敢接诊。

两个人赶紧找了一辆车，带着宋松连夜往蓉市赶。一进医院，医生就把宋松推进了抢救室。

郑涵山一边焦急而又疲惫地等待，一边给自己团里的领队打电话，告诉他演出就按照彩排那样演，演出结束坐大巴连夜赶到峨山。

等到医生把宋松从抢救室里推出来，梁若伊才非常突然地知道，宋松是脑梗，应该跟遗传有一点关系。

他们就忙前忙后地帮宋松办理了住院手续，一直到阳阳得到通知赶来了，他们才离开。

梁若伊离开医院就先回了趟家，回家前给赵晨打了电话，知道施宇在赵晨那，她让妈妈把施宇送回来。

她一到家，就把自己扔到床上，一边等着孩子回来，一边想抓紧时间休息一会儿。她太累了，连日的排练加上前一晚因为宋松的事情整夜没睡，她觉得身子像散了架。

梁若伊刚刚闭上眼睛，门上传来钥匙开门的声音，施歌回来了。施歌看见她还挺意外的："你怎么在家？"

梁若伊还是闭着眼睛："宋松脑梗，我跟郑涵山送他到蓉市医院，顺便回来了，明天还得去。"

施歌不高兴了："这个项目，怎么要这么长时间在现场？在蓉市排好了，拉过去直接合成就行了嘛。"

梁若伊只好耐着性子跟他讲："本来是这么想的，谁知道找了半天也没有合适的排练场，快要年底了演出多，哪里都不空。周立涛之前就计划长期驻场演的，所以修剧场的时候把演员宿舍和食堂一起都修出来了，一切都是现成的，现在就直接把演员拉过去排练。"

施歌听了，倒有些不明白："周立涛，跟他又有什么关系？"

梁若伊就说："是他投资的。"

施歌愣了半天："呀，之前你没提过呢。"

梁若伊说："开始我也不知道，汇报方案的时候才知道。"

施歌说："这么巧，没想到他现在成了周总了。"

梁若伊忍不住夸周立涛："我前几天跟他深谈了一次，他现在还真是不一样，比我们强多了。"

施歌忽然想起了什么，对梁若伊说："要不你就别做这个了，山上条件肯定不好，在那边那么长时间，还是挺受苦的，也没有时间管孩子。"

这一句让梁若伊有点儿冒火："为什么不做，都进组了，怎么可能甩手不干？你自己也是编导，应该知道啊，要是这么半途而废，以后谁还敢找我？你平时也总出差，我不是一样自己在家带孩子嘛，怎么女人带孩子就是应该的，让你带几天就成了没有人管孩子了，你不是他亲爸吗？"

施歌也急了："我什么时候说没人管孩子，你要那么理解我有啥办法？我这几天到处给施宇找幼儿园呢，其他同龄的孩子都上了，就他还在家，实在不行先送个托管班吧。"

梁若伊皱着眉头："现在那些托管班都不正规，你别找了，我都给他在千汇幼儿园报名了。"

施歌一下瞪圆了眼睛："什么？！什么时候的事儿？"

梁若伊想了一想："这次去峨山以前，这两天太忙，我忘了说。"

施歌气不打一处来："什么忘了说，你就算再忙，发个微信打个电话的时间还没有吗？千汇幼儿园一年好几万的学费，咱家这条件，你到底是怎么想的？你眼里还有没有我这个老公？"

梁若伊睁开眼睛，一骨碌坐起来："之前明明跟你说了，你同意吗？"

施歌说："我不同意，我现在也不同意。"

梁若伊说："那个幼儿园硬件好，老师也好，离家又近，施宇三月份就能插班去上学了，怎么不行？"

施歌大了声音："二十万一年的更好，你怎么不去？"

梁若伊被堵住了："你……跟你没法交流。"

施歌还在说："读个公立的有什么不好？你非选这个，报名就报名吧，不去就得了。"

梁若伊气得大吼："公立的，我不想读公立的吗？两百个孩子报名，摇号才摇五十个，咱家施宇摇上了吗？！千汇各方面都好，我把半个学期的学费都交了，怎么不去？你不想给自己孩子一个好的环境，我想！我自己的儿子，我供！"说完干脆一翻身，又躺着不搭理他了。

施歌也是气得没法："我说话还赶不上放个屁，你自己能供，你自己供，还跟我过什么过！"

梁若伊闷声说："不过就不过，要离婚就离！"

施歌气得在屋子里乱转了一会儿，重新穿上出门的衣服，拿了钥匙，"咣当"一声，甩门走了。

出了门，他先给郑涵山打个电话，问清楚了宋松在哪家医院，随后开车看宋松去了。

梁若伊一肚子火，觉也没法儿睡，干脆起来，打开冰箱，就着里面仅有的菜开始预备晚饭，没等择完菜呢，赵晨就带着施宇进了门。

施宇一看梁若伊，高兴地一头扎进她怀里，在她身上滚来滚去的，不停地喊着："妈妈，妈妈，妈妈……"

梁若伊再不高兴，也不能让孩子看出来。她和颜悦色地问："想妈妈了没有？"

施宇说："嗯，想了。"又问梁若伊带礼物了没有。

梁若伊说没有，施宇就有点儿小失望，哄了半天他才又高兴起来。

梁若伊又跟赵晨说了宋松的事情。

赵晨不免感慨："之前看他在台上跳得那么好，现在还那么年轻，竟然生了这样的病。"

梁若伊又说了项目上的事情，赵晨边听边点头，说："没想到啊，是立涛投资啊，当初我就看好他，踏实上进，你看看吧，我说错了没有？"

梁若伊就说："行啦行啦，你料事如神，行了吧？"

赵晨说："不是，关键是钟晴有错在先，他都还想着能帮就帮一把，更说明他是个有情有义的人。"

梁若伊就故意想撅妈妈一句:"是啊,他是好,那我总不能现在嫁给他吧?"

赵晨赶紧说:"不行不行,说什么呢,我知道你跟施歌两个天天吵架,但是两口子过日子都是这样的,可不能东想西想,立涛再好,那你当年错过了,现在坚决不行。"

梁若伊倒笑了:"我说妈呀,我跟你开玩笑呢,不是你一直在那说周立涛这么好那么好吗?再好,我跟他也只是工作上的接触。"

赵晨说:"那就好,你自己要把握好这个度,两个人生活,最初是爱情,到后来还有责任,你得对这个家负责,对孩子负责。"

梁若伊挺无奈地说:"知道了,知道了。"

赵晨又说了一会儿,自己先走了。梁若伊困得眼睛睁不开,可是仍旧给施宇洗澡、讲故事,等他睡了自己才能睡。

第二天,梁若伊起了一个大早,郑涵山来接她了,两个人就一起到了峨山,从这天开始正式进场排练。

梁若伊无形中跟周立涛的接触更多了,渐渐地两个人无话不谈,她就把家里的事儿也跟他说。

梁若伊说:"我真想不通,怎么现在跟他一句话也说不上,一说就吵架,我所有的决定他都只有两个字——反对。"

周立涛沉思了一会儿:"我刚才仔细地听你说了,你看哈,他不让你去进修,是怕你受累,不让你做我这个项目,是怕你吃苦,还是担心你呀。"

梁若伊气哼哼地:"不只是这些,还有很多杂七杂八的,别的事儿。"

周立涛说:"得了,不管什么事儿,他都是为了你们这个家好。"

梁若伊反驳说:"他就是太现实了,不能理解我,完全没有精神上的交流。"

周立涛说:"那你有跟他交流你的精神吗?"

梁若伊说："有啊，我之前跟他说，我想做一台舞剧，话还没有说完，他就说我积累不够、经验不够、生活不够，让我不要太着急做剧。"

说者无心，听者有意，周立涛来了兴趣，问她："你想做什么舞剧呢？"

梁若伊说："有的时候，我会觉得自己是一条大海里的小鱼，想寻找海中能够遮风挡雨、能够依靠的一座岛。可是我越过一个又一个大浪，逃过一次又一次的被吞食的危险，经过一场又一场的暴风雨，最后才发现，海中最坚强最美好的那座岛，其实就在自己的心里，只有自己才是自己最踏实的依靠。"

她说："如果有机会做这个舞剧，它的名字就叫《岛》。"

周立涛沉吟半晌，抬起头："我来投吧。"

梁若伊从自己的遐思里跳出，没有久盼已久的机遇降临的喜悦，反而连连摇头："舞剧是一种比较小众的艺术形式，没有说、没有唱，现在的观众不一定能够接受，我是想做出作品，可我不想你的钱拿去打水漂。"

梁若伊一口气说了下去："我看了太多烧钱的剧目了，几百上千万，演出个一两场就消失。题材就只会挖掘逝者，把西江省有点儿知名度的、各行各业的先人都给挖遍了，人家要是地下有知，棺材板都要压不住了。情节不成个情节，人物没有个人物，搞成个纪录片或者披着晚会外衣的假剧，还标榜自己在创新。要不就五六个单位都挤着做同一个题材，戏剧做一个、曲艺做一个、音乐剧再做两三个，圈儿里人当着面吹捧一番，背地里当笑话讲。我不想那个样子，可是也许施歌说得对，我没有资格去评论别人，自己还年轻呢……"

周立涛笑笑："老前辈不也是从年轻时候过来的嘛，谁一出生就文武全才？我相信你，大胆去做。"

梁若伊说："我自己心里都没底，你真的相信我吗？刚才我只是随口一提……"

周立涛打断她，坚决地说："我相信你，票房上面也不用担心，我想办法去推。"

梁若伊想了想:"那这样吧,咱们一人投入一半,我还有早前买的一套房在那呢,我可以把它卖了,要是亏,也不至于让你自己亏。"

周立涛说:"刚才你还说跟老公吵的那样。"

梁若伊平静地说:"首付我妈妈也拿了,供房也是我俩一起供的,房子有我的一半,我能做主。"

周立涛说:"那不行,我要靠这个赚大钱的,你又是导演,又是投资人,成了大股东了,到时候分票房还得分得多,我不同意。"

梁若伊知道周立涛是怕她把钱都亏了,故意这么说的,心里感动,又争辩了几句。最后周立涛还是执意由自己来投资。

就在两个人的闲聊里,这件事情就算是敲定了。

第二十二章

有了这一份支持，梁若伊在排练《秀·眉》的空隙，也就开始冥思苦想《岛》的故事情节、艺术手法和舞台呈现。

日历又要翻过一年了，似乎每年到了年底，事情就会特别多，而这一年，对于梁若伊来说，更是各种事情扎堆地挤到了一块儿。《秀·眉》想赶着春节游客多的时候首演，排练自然就更加紧张起来。

偏偏在这个时候，宋松给郑涵山打电话，让他到医院去一趟。郑涵山心里诧异，感觉到是出了什么事情，他叫上梁若伊，跟周立涛请了假，赶回了蓉市。

医院里，宋松穿着病号服，手里拿着个手机，挺无奈地看着风尘仆仆的两个人，苦笑一下："帮我办一下出院手续。"

梁若伊四处看看："阳阳呢？"

宋松说："走了。我早上被短信吵醒，看到卡里的钱被取了十八万，我的卡、钱包、身份证、现金什么都在她那，给她打电话全不接，没有办法，只有给你们打电话，那么远把你们喊回来。"

郑涵山说："这个阳阳，什么人，怎么能这么做？真是个……"

骂归骂，他还是跑前跑后地帮宋松办了出院手续，跟梁若伊一起把宋松送回家。钥匙也不在宋松的身上，三个人叫了个开锁匠，把房门一打开，整个房间空荡荡的，所有能够搬走的全被搬走了，宋松看到这样的情况，又一次陷入了昏迷。

郑涵山和梁若伊匆忙地把宋松送到医院，又进了抢救室。医生冲着他们大吼："怎么回事？这个病不能受太大的刺激，特别是刚刚出院，怎么才出去，又进来了？"

好在，经过抢救，宋松又一次脱离了生命危险，只是需要继续住院。郑涵山和梁若伊商量了一下，给施歌和刘丽颖打了电话。

几个人凑在一起商量，商量的结果，最空闲的人是张东健，让张东健每天给宋松送饭什么的，担负起主要的照顾责任，刘丽颖和施歌闲了的时候去搭手。

就这么一会儿工夫，施歌和梁若伊又小小地冲突了一下，施歌还是想让梁若伊退出项目，后来郑涵山打了包票，说是他把人带进去的，一定完璧归赵。施歌才不好说什么了。

于是，梁若伊和郑涵山又赶回峨山。刚刚下车，就看见周立涛匆匆忙忙走出来。

梁若伊问："出什么事儿了？"

周立涛说："钟晴有消息了。"

梁若伊吃惊地说："她现在怎么样？"

周立涛说："不知道，她前几天给我打电话借过一次钱，说有急用，我想也没想，马上按她发过来的卡号打给她了。结果没过两三天，又打电话，说还得借点。我说我亲自给她送去，她不同意。"

梁若伊问："那你借了没有？"

周立涛说："借了。"

梁若伊说："那你现在这是去干吗，她要还钱吗？"

周立涛摇头："不是，本来我也没有想着让她还的。可是几天里接二连三又借了几次，我才觉得不对，问她到底借钱干什么。"

梁若伊："干什么呀？"

周立涛："她死活不说。我虽然还是借给她了，但是越想越不对。结果这个时候，我一个发小给我打了电话，闪烁其词的，说他们去那些地方玩的时候看见个女孩，有点儿像钟晴。我就让他再仔细看看，到底是不是，如果是，帮我跟着她，看她住在哪里。"

梁若伊还问："哪些地方啊？"

周立涛看了她一眼："还用问吗？"

梁若伊的心一沉："那你朋友回复了吗？"

周立涛说："就是一大早给我打了电话，说找到了她的地址，我马上去看看。"

梁若伊明白了，同时心里也涌上了不祥的预感，告诉周立涛："我跟你一起吧。"

周立涛摇摇头："我自己去，不知道她到底是个什么情况，如果很糟糕呢，她不一定想让你看见。有什么事情，我回来告诉你。"

周立涛说完，又嘱咐几句，自己开着车走了。

他回到蓉市，按照地址，把车七拐八弯地驶入了城郊的一条小巷。一进到巷子，路上便到处都是等待拆迁与正在拆迁的老旧民房，有的两层，有的三层。路边有的卖东西的小店，柜台上铺满了厚厚的一层灰尘，门前用竹竿挑起的遮阳棚，也是七零八落，破破烂烂的。

他就有点儿疑惑，怀疑走错了地方，赶紧又跟朋友打了个电话。得到确定的答复以后，他就把车停靠在路边，走近一栋有点儿歪斜的建筑。

这栋楼的外墙上用朱红的笔画满了圆圈，圈里写着"拆"字。从外面看，大部分住户已经搬走了，好多属于窗户的地方，都是一个黑黑的空洞，望进去什么也没有，只有些碎砖破布，应该是搬家之后留下的垃圾。只有几户，从窗外晾着的内裤、胸罩上，还能看出来有人居住的样子。

走进楼道，灯也没有，周立涛只有借助外面照进来的一点亮光，摸索着往上爬，每一步都轻手轻脚，因为那楼梯，看起来随时要塌下去的感觉。到了地址上的门牌号，他犹豫了一阵，抬起手敲了敲门。

门后传来不耐烦的呼喊："房租过几天就给你，那么点钱，你至于天天催吗？怕拆迁的时候把我压死在里边你拿不到钱是不是？改天带你去看看老娘的别墅，让你知道，我就不差你这点钱！"

周立涛清清楚楚地知道，这就是钟晴的声音，然而钟晴的这番话，却让他的心又开始慌乱地狂跳，无数个问句在心里跌宕"她喝醉了吗？""她怎么住在这？""她那个男朋友哪儿去啦？"……

可是他到底经过那么多的事儿，很快就镇静下来，又敲了几下门。

钟晴骂骂咧咧地打开了门，开始还眯缝着眼睛没有看清楚，等到看清是他，她马上转身想关闭房门。周立涛却眼疾手快地抢先进了房间。

钟晴一看，丢开手直奔一张桌子，把桌上的东西慌慌乱乱地一股脑儿塞进了抽屉，手就慌张地去归拢披散着的、黏腻的头发，又想去拉扯身上皱巴巴的衣服，一时间手脚都好像不知道要放在哪了。同时嘴里絮絮叨叨的："哎呀，你是福尔摩斯啊，能找到这种地方——我只是暂时到这儿……暂时……谁让你来的……"很快地，她自己的话引起了自己的愤怒，口气也变了："谁让你来的，你是来看笑话的吗？笑我当年背叛了你，结果现在没有好果子吃，你肯定笑我自作自受吧？给我滚出去，滚出去……"

周立涛闻到了房间刺鼻的气味。钟晴裸露的胳膊上密布着新的和老的针眼，她的眼窝塌陷，两颊也深深地凹了下去，大眼睛里布满了血丝，头发上沾满了灰尘和不知哪里来的纸屑。

周立涛心里一紧："钟晴啊，你这到底在干什么？"

钟晴却上前推他："你滚，你给我滚蛋，越远越好，我不用你在这假惺惺，不用谁可怜我，我过得很好，好得很！"

周立涛脸色铁青，一把拽过钟晴，把她推坐在沙发上，随后打开抽屉，把一根针管和一袋白色的粉末摔在她面前。

周立涛已经彻底确认了自己最初的想法，由心痛变成了愤怒："你不想活了吗？碰这个，你知不知道，沾上了你就毁了。"

钟晴双手捂着脸，呜呜地痛哭："毁了就毁了，还不是你们男人把我毁了，骗子，全世界的男人都是骗子！"

周立涛皱着眉头："你这到底受了什么打击，之前那个男朋友呢？"

钟晴猛地抬起头："你问吴正豪啊，梁若伊跟你说的？她怎么什么都跟你说，你俩睡到一起了吧？"

周立涛扬起一只手，高高地停留在半空，钟晴却毫无怯意地说："怎么，你也学会打女人了？没想到啊，大有长进啊！"

周立涛重重地放下手："把外套穿上，跟我走！"

钟晴听他这么说，反而站起来一顿把衣服脱个精光，一步一步逼近着周立涛："走？往哪儿走？实话说吧，我没有地方去了，我也没钱了。就是那个吴正豪，把我的钱全骗光了，什么他妈的家族产业，什么他妈的生意，就是个骗子，我现在什么也没有了……我就还有个身体，你要就拿起。"

周立涛捡起桌上一个脏乎乎的玻璃茶杯，"咣"地摔到地上，指着钟晴的鼻子："你看清楚了，我是周立涛，我是周立涛，赶紧他妈的把衣服给我全穿上！"

这一声响，把迷迷糊糊的钟晴震得一愣，随即脸上失去了那副要死不活的神气，一边穿衣服，一边啜泣："没了，没了就没了吧……可是我想我的孩子们哪，我真的想……"

她忽然出人意料地跪倒在周立涛脚下："我求求你，帮我去把孩子找回来，我现在什么都不想要，只想看看我的宝宝，哪怕一眼，哪怕就一眼也行……"

周立涛这时候也止不住眼泪，哗啦啦地流着，虽然是一个男人，可是他也明白失去孩子的痛楚。他知道，这样的痛楚加上吴正豪的欺骗，足以成为沉重的大山，把钟晴压得粉身碎骨。

钟晴已经穿好了衣服，嘴里兀自嘟囔着，周立涛却一把拉起她："走！"

钟晴此时又换了副神情，委委屈屈地说："你要带我去哪儿，别送到派出所，要坐牢的。"

周立涛铁青着脸，话也不说，把她拉到楼下，塞进车里。钟晴这个时候没有了刚才的狂躁，只是一个劲地哭。

车子没有开到派出所，却停在了戒毒所的门前。周立涛走下车，拉开后面的车门："你这样下去，一辈子就彻底毁了，别的以后再说，先把毒瘾戒了。所有的费用我承担，吃穿用品我慢慢地给你送过来。"

钟晴可怜巴巴地看着他："我怕。"

周立涛拉起她的一只手腕，指着腕上一条弯弯曲曲而又可怕的疤痕说："这是什么？啊？你连死都不怕，还怕好好活着？下来！"

钟晴乖乖地挪下车，却还是站着不动。

周立涛说："我不会把你扔在这里不管的，我们都不会。梁若伊为了找到你，问了很多人，还有之前你们宿舍那个——刘丽颖。你这样，伯父伯母肯定也不知道，如果他们知道了，会怎么样，啊？！"

钟晴像做错了事儿的小姑娘，低着头，一步一蹭地跟周立涛走进了戒毒所。

周立涛回去以后，有几天都脸色沉闷。梁若伊因为这一系列的事儿，也因为跟施歌又吵了几次，心情也不好。

有一天她就泡好了茶，递到他的面前，自己也坐到他对面，开口说："钟晴……"周立涛打断她："算了，作为朋友，我们也只能尽力，可是有些事情，你知道……"梁若伊点点头："我知道。"

周立涛说："跟我去湖边走走吧。"

梁若伊又点点头，跟着周立涛信步走了出去。两个人又聊起当年上大学时候的事儿。

梁若伊说："还是年轻的时候好，无忧无虑的，每天就是上学，什么也不用想。"

周立涛说："很多人都说，青春好啊，以前好啊。我就不这么觉得，这些经历的苦难、疲惫、痛苦……也是生活的一部分，该承担的咱们承担，该经受的咱们经受，遇到问题咱们解决，我相信没有过不去的坎儿。"

梁若伊说："你要这么说，我越来越欣赏你了，好多人都做不到，真的。"

周立涛笑笑："我一直都挺欣赏你的，你看你遇到那么多不公平，你都没有说放弃了，不搞舞蹈了。"

梁若伊说："那我就是干这个的，也没有别的兴趣爱好吧。"

周立涛说："那可不是，你就看咱们身边，有那么多的女孩在家里相夫教子，不是挺好的吗？或者找个稳定的单位，拿份儿工资，不也挺好的吗？你也可以那样，但是你偏不，你就憋着一股劲儿，非要做出点自己想做的事儿，是吧？"

梁若伊说："没想到，你还挺了解我的。"

周立涛接着说："其实吧，不一定非得身残志坚才叫励志，在有其他选择的时候，你选择了坚持、坚守，我觉得这也是一种励志。"

梁若伊脸上还是笑着，眼泪却有点儿要漫上来的感觉，她抹了抹眼角，换了一种口气："呀，周总这么说，硬是把一个饱受摧残不死心的女 × 丝，说成了自强不息的励志典型啦，我可不敢当啊，哈哈哈……"

周立涛忽然转过头，直盯着她的眼睛："你还有一点，太要强了，打碎牙往肚里吞，有眼泪往心里流。你这样就会让身边的人觉得你不需要安慰。就像现在，本来你心里也不好受，却想着安慰我。"

梁若伊说："哪有，我本来就不需要。"

周立涛还是直直地盯着她："真的吗？"

梁若伊低下头，周立涛摸了摸她的头发："你呀。"

梁若伊还是低着头，眼泪却流了下来。她需要安慰，太需要安慰了，她太想有一个人就这样摸摸她的头，对她说："你能行，你很棒，我相信你。"然后她也可以靠在这样一个人的肩膀上，痛痛快快地哭，痛痛快快地说，痛痛快快地释放情绪。

周立涛伸出手，很想把梁若伊搂进怀里，但他在空中停留了片刻，还是放下了。梁若伊很想把头靠在他的肩膀上，但她还是自己擦了擦眼泪，抬起头："那我们就相互欣赏、相互理解吧。"

周立涛说："好，你能行，你很棒，我相信你。"

这句话如一支离弦的箭一样，直射中了梁若伊的内心，这就是她想听到的，一个字也不差，好像周立涛在她的心上生活过、看到过一样。她心里因为没有人理解，因为长期冷言冷语而凝固起的一层薄薄的冰，忽然被这句话击中，"咔嚓嚓"出现了无数的裂缝，马上要破碎的样子。内心深处的梁若伊，却慌忙地把这支箭捡起，藏好。于是，冰层，还是冰层。

梁若伊努力地调整了心绪，若无其事地给了周立涛一拳，模仿着电视里的东北腔，大咧咧地说："谢谢你啊。"

周立涛就又笑，还是说："你呀。"好像把她一切心理活动都看得一清二楚，只是不去点破一样。

梁若伊就忍不住一阵的脸红发热，赶紧又说到《岛》上面，跟周立涛描述自己的想法，自己编的舞蹈动作，她兴致上来，还在他面前跳起了自己已经想好的片段。

周立涛痴痴地看着，甚至忘了鼓掌。梁若伊都跳完一会儿了，他才说："好美，你天生是属于舞蹈的。"

梁若伊半信半疑地："你怕打击我才这么说吧？"

周立涛坚决地说："不是。是真的好。不管什么情况，我一定会尽全力支持你。"

话说到这儿，郑涵山却从远处慌慌张张地跑过来，一见面顾不上跟周立涛打招呼，冲着梁若伊说："施歌来了，脸色不好，在演员宿舍等你呢，你快去看看。"

梁若伊不知道施歌这个时候来是因为什么事儿，赶紧赶到演员宿舍，施歌一看见她，就把一张诊断书扔给她："你拿着家里的钱自己排舞蹈，我觉得可以。你把孩子扔在家里到外面出差那么长的时间，我觉得可以。现在孩子发烧四十度，你总该回家吧？打你电话也不接，你到底在这边干些什么？"

梁若伊一听，心里立刻着急起来："孩子发烧，你不在家守着，你跑这么远找我，把孩子耽误了怎么办？你到底想干吗？"

施歌也吼："孩子哭着喊着找妈妈，我能怎么办？是我想跑这么远吗？"

梁若伊气得摔了一个杯子，本来她始终都是一个有理智的人，不会去摔手机，或者砸电视，或者直接干架……总之，不会去破坏贵重物品。但是，摔杯子，又响，又有气势，砸破了再买就是了。只是这么一来，演员们就围了过来，周立涛跟着她过来，站在门前早把这些都看在眼里听在耳里。倒是吴姝，拨开众人，以长辈的姿态进去劝说。

吴姝说："若伊，行啦行啦，这么点事儿，我做主，给你放假，快回家看看孩子去。施歌，你也不要着急上火，小孩发烧很正常，烧一次，长大一次。"

梁若伊说："他是着急孩子发烧吗？他是不愿意我在创作上超过他。每次我事业发展稍微好点，他就一定要想办法阻止。"

施歌说："我是那么想的吗？在你眼里我始终是你的绊脚石，既然这样，你就应该一脚踢开。"

梁若伊大喊："是你自己说的，那就别过了！"

施歌说："不过就不过，天天把离婚挂在嘴上，这次谁不离，谁是孙子！"

施歌转身就走，周立涛赶快追出去，在他身后喊："施歌！"施歌停下脚，闷声不说话。

周立涛双手插在裤袋里，慢慢地走向他："你先别着急走，你在这等一下，我去跟若伊说，让她跟你一起回去。"

施歌气呼呼地说："你听她刚才说的，我等她也没有用，她肯定不会跟我一起走。"

周立涛责怪道："怎么不会啊，你明明看见她也为孩子着急呢，有话不能好好说吗？你是个男人，男人该让就让一步，该哄的时候就哄哄，她说一句，你回一句，互相把话都说死了，对谁有好处？"

施歌说："你是局外人，你不知道。"

周立涛说："我不知道别人，我还不知道若伊呀，认识多少年了。"

施歌说："我跟她说不通啊，得了，我得赶紧回去看看孩子。"

周立涛想了想："这样，你现在心急，我说什么你都听不进去，咱俩找时间单独约一次，我得好好跟你谈谈。"

施歌点点头，火急火燎地走了。周立涛赶紧转回身去看梁若伊到底怎么样了。

梁若伊正在纠结，到底回去不回去。吴姝就遣散了演员，对他们说："别看了，别看了，有什么好看的，你们把自己的舞都跳好了吗？赶紧到台上，今天晚上都别休息了，全排练去！"

演员走了，吴姝看见周立涛回来，就对他说："周总，你还是给若伊放两天假吧。"

周立涛点点头："若伊，你赶紧回去吧，我让司机送你，先把家里的事情处理好了再过来。"

梁若伊心里也记挂孩子，可还是抬起头："我还想跟你说说《岛》的构思呢。"

吴姝问："倒什么倒，往哪倒？"

梁若伊倒被逗笑了："说的是台舞剧，周总准备投资做的。"

吴姝就说："得了，别管是什么，也不差那么几天了，快回去吧。"

第二十三章

梁若伊就赶紧回了家。施宇还在家里，没有住院，赵晨和施歌都在守着，倒也没有什么大问题。

赵晨就告诉她："医生说了，小孩子体温调节功能还没有发育完全，遇到有细菌或者病毒入侵，会有忽然的体温升高的情况，只要精神状态好，就无大碍。只是孩子难受，一直要找妈妈。"

梁若伊流着泪："妈，施宇想找妈妈，那你们打电话给我不行吗？施歌追到峨山去，那么多人，给我下不来台，他还嫌不够丢人吗？"

施歌说："就你那脾气，给你打电话管用吗？要不是为了孩子，谁还想追着找你，你好好地跟我回来，还用得着那样吗？摔杯子砸杯子的，丢人也是你自己丢人！"

赵晨急道："我说你们，一人少说一句吧，孩子还病着呢。"

梁若伊顾不得妈妈说的话，翻箱倒柜地开始找东西，赵晨就急得拦她："你安静一会儿吧，这个时候找什么？"

梁若伊找出结婚证，往施歌眼前一摔："是你说的，'谁不离谁孙子'。走，现在就去……"

施歌说："去就去。"

两个人都开始穿外套，找车钥匙，赵晨早已急得泪流满面了，赶紧起来，拦住这一个，又去拉那一个。两个人都在气头上，哪有人管她。孩子被爸爸妈妈这么一闹，也开始大哭起来。

梁若伊已经拉开门往外走了，赵晨发了狠，一跺脚，大吼一声："梁若伊，你要是再走一步，我……你就没有我这个妈，我就没有你这个女儿！"

梁若伊犹豫了一下。赵晨赶紧回身抱起施宇，施宇头上贴着冰冰贴，本来发着烧，再这么一哭，红彤彤的小脸儿憋得紫紫的。赵晨气得受不了，一边哭一边埋怨："你们的事儿，我管不了，可是你们看看，啊，孩子成什么样儿了！"

正说着，施宇已经哭得气噎声堵，一阵剧烈的咳嗽，随后"哇"一口，把刚吃的退烧药给吐了出来，一量体温，之前本来退了点烧的，这阵温度又上来了。

梁若伊就慌了神，赶紧抱起孩子往医院跑，赵晨和施歌也跟着。

到了医院，医生建议给孩子输液。梁若伊看见儿子被针扎得直哭，心里也像针扎得一样疼，自始至终都抱着他，也不跟施歌说话。

谁知道施宇退烧以后，满嘴里起泡，而且是大片大片的疱疹，开始还能喝点奶粉，后来干脆连续三四天滴水不进，蔫头耷脑，毫无精神。但凡梁若伊想给他喂点东西，他都疼得大哭，不等进嘴就给吐出来了。

几个人都担心这样下去把孩子饿坏了，又带施宇去医院输营养液。输完液回家梁若伊就衣不解带地守着。

孩子病的第五天上，施歌的妈妈专门从外地赶来。

施歌听到敲门声，打开门一看是妈妈，大吃一惊，问她："妈，你怎么来了？"

施妈妈也不理，径直闯进去，一看到孩子的可怜样，忍不住就哭，边哭边骂施歌："赵导给我打了电话，你要跟若伊离婚啊？"

施歌低着头不开腔，施妈妈站起来，用手拍了他几下："你这个臭小子，我看你是脑袋长包了，若伊这么好的姑娘，你还想怎么样？你要敢跟她离婚，我……我死给你看！"

施歌一声不吭，梁若伊只能劝施妈妈："妈，你别这样。"

施妈妈说："若伊呀，他有什么不对的，你跟我说，我教训他，你呀，可别说离婚这话，不为别的，你看看施宇。跟你说，我没有女儿，从看见你的第一眼起，我就把你当成自己的女儿一样，你要是也把我当妈，你就多包涵施歌。"

赵晨在旁边也哭："是我没有把孩子教好，我是真没有办法了，要不也不敢惊动老姐姐过来。"

施妈妈又拍施歌："你倒是说句话，你知不知道你爸爸一听了这个消息，多着急，本来他也要跟着一起来的，我把他劝住了。你这个臭小子，这么大不让人省心！"

施歌闷声闷气地说："现在最重要的，是把施宇照顾好，其他的，以后再说。"

赵晨问梁若伊："你呢？"

梁若伊说："我没有什么说的，孩子最重要。"

一家人就都围着施宇转，换着样地给他做稀饭、果汁、蔬菜汁。梁若伊和施歌还是冷战，互相不说话。赵晨和施妈妈看在眼里，急在心上，为孩子操碎了心，可也没有办法。

好在又过了两三天，施宇嘴里的泡全破了，吐了几口脓血以后，能喝点奶粉了，渐渐地也能吃点流质食品，没有两天就能照常地吃米饭、面条了。

一大家子人悬着的心才放下。施妈妈抽空跟梁若伊恳切地谈了好几次，在学校里请的假满了，才不得已离开了。

梁若伊又守了两三天，看孩子是彻底恢复了，就准备重新回去排练。一次施歌不在的时候，她就跟赵晨说："妈，你也别着急，也别上火，我只想问问，如果我跟施歌离婚了，你觉得……"

赵晨一下子跳起来："不行，坚决不行，你怎么还有这个想法。施妈妈说得对，你不看别的，你就看施宇，能舍得孩子没有爸爸还是没有妈妈？何况施爸爸施妈妈对你那么好，遇到这么好的婆婆可是你的福气，你不要身在福中不知福。"

梁若伊就闷闷地说："可是一句话也说不上，一说就吵架，我才三十多，后半辈子就这么过下去吗？"

赵晨坐下："妈妈当初也是这么想的，跟你爸爸就离了，可是你不知道，婚姻失败给女人带来的挫折感，那是一种很深很深的伤痛。你跟施歌没有到这个地步。"

梁若伊说："可我实在是不想这么过下去了。"

赵晨直叹气："你也在自己身上找找原因，别老觉得施歌怎么样，你看看他，一心一意为了这个家，在外面奔波挣钱。他接触的那些女孩，个顶个的年轻又好看，他连看也不多看人家一眼，你还想怎么样啊。你再好好想想自己，有时候为了追求梦想，不管不顾的。你毕竟是个女人，女人就得以家庭为重。"

梁若伊说："妈，这都什么年代了，谁说女人必须以家庭为重？女人也可以放手追求事业，追求成功。"

赵晨问她："那你说说，什么是成功啊，成为世界名导就叫成功吗？有了百亿千亿的，就叫成功吗？你再说说，家庭美满、工作愉快、孩子健康快乐，这个就不叫成功吗？"

梁若伊被问住了，回答不上来，一时也想不明白，她一如既往地陷入了茫然之中。

在家的几天，她遇到了张东健，张东健很意外地拉着她非要一起吃饭。吃饭的时候，不出意料地又点了酒。

张东健先喝了几杯，带着微醺的意味跟她说："若伊呀，咱们这么多年的朋友啦，其实我没事儿的时候经常跟施歌说，告诉他让着你点，一个男人，何必跟女人一般见识。"

梁若伊说："东健，你这话说的，女人怎么啦？"

张东健赶紧辩解："话糙理不糙嘛。你看我跟丽颖就从来不吵架，吵不起来呀。"

梁若伊说："那是因为你俩互补。"

张东健说："有点儿这个意思，也不全是。主要是丽颖也让着我，夫妻之间不就是相互忍让、相互包容。比如喝酒，她一直都不喜欢我喝酒……"

梁若伊说："我觉得你还是少喝点。"

张东健："是呀，我这是多久没有好好跟你聊，今天高兴整两口。最近也不喝了。"

梁若伊说："真的吗？这不挺好的。"

张东健嘿嘿一笑："真的，要孩子不能喝酒。"

梁若伊惊喜地说："丽颖终于想通啦？"

张东健不好意思地说："什么想通想不通的，多大了？再晚对她、对孩子都不好。"

梁若伊替他们高兴，对他说："恭喜恭喜，提前祝贺了。"

张东健摆摆手："别别，我原来以为，只要想，就肯定没有问题，谁知道呢，这孩子，还真不是想有就有的。开始吧，我只是算着日子点射，到后来直接改成扫射了，可还是没有动静。"

梁若伊本来是沉重的心情，听他这么一说，倒乐了："别着急，这不是着急的事儿。"

张东健说："是呀，慢慢来吧。反正我的意思呢，相互包容，再说不好听的，现在这社会，男人离婚了小姑娘大把大把的，女人离婚，要是还带着孩子，真不好找。二手的不值钱。"

梁若伊知道张东健的性格，也不生气，就问起宋松的情况。张东健就唉声叹气道："别提了。宋松后来千辛万苦地联系上了阳阳，结果阳阳母女俩，反而把他一顿撅，刺激得他又进了好几次抢救室。"

梁若伊说："啊！怎么有这样的人？太过分了，应该去派出所告他们。"

张东健就说："去啦。宋松去报案，说有人把他钱取走了。警察就问，谁取的呀？他说，我老婆。警察也没招儿，自己老婆取的钱，本来就是共同财产。"

梁若伊说："啊？"

张东健说："宋松还有更造孽的呢，阳阳在他之前，就结过婚。跟他那么短的时间里，还和一个健身教练出轨了。"

梁若伊忍不住吐出一句脏话："我靠，这是不是专业骗婚的呀？"

张东健摇摇头："不知道，也说不准。"

梁若伊说："之前宋松还说阳阳跟他有共同语言，连'云里前桥'和'拉拉提腱子'都一清二楚的。"

张东健说："那说不定临时上网查的呢，现在网上，什么信息找不到。"

梁若伊就问："那离了没有？"

张东健说："这样能不离吗？宋松也是，两个月里边把谈恋爱、上床、结婚、离婚都经历了一遍。"

梁若伊说："他现在怎么样了？"

张东健喝一口啤酒："能怎么样，从头开始呗，身体还是恢复得差不多了，但是脑梗呢，不能受累也不能受气，只有以后多注意了。所以说啊，梁若伊，现在外面认识的这些人，根本不了解，你跟施歌多少年了，不容易，你可别冲动。"

梁若伊问他："那两个人的事儿，你怎么不去劝他，倒来劝我？"

张东健唉声叹气道："施歌那人吧，心重，问他什么他都不说，把所有的

217

想法都放在心里，年轻的时候就这样。我看他心里不想离，别说他了，男人有了老婆孩子，就算外边有人，也不愿意离，红旗和彩旗，心里还是分得清。"

梁若伊听了，就很无语，故意拉下脸："我说张东健，你是劝我，是气我，施歌外边还有彩旗吗？"

张东健吓得一口酒差点把自己呛死，咳了半天才缓过来："没有没有，我以生命担保施歌的清白，都怪我这嘴，说不来话，我根本就不是那个意思。"

梁若伊看他着急，忍不住又笑了："我明白你的意思，逗你的。只是你也不用劝，这些事儿吧，冷暖自知，别人说什么都没有用。"

梁若伊不想谈这个问题，就聊起以往共同的朋友。聊完未免又是一阵叹息，为了身边这些朋友们的遭遇，也为了自己。她觉得，生活里这些事儿，连戏里都演不出来。

跟张东健分开，往回走的时候，她听到排练场里的音乐，忍不住走了上去。她坐在旁边看他们跳，却发现，导演她不认识，演员也大部分换了年轻的新面孔，没有几个熟悉的了。

排到中间，导演指着后面一个男孩，大声吼："晓东，你到底在想什么？这么简单的动作你都学不会！"

晓东毫不示弱地吼回来："你自己没讲清楚，还怪别人。"

导演一听来气了："你给我站出来，单独把这段跳一遍，让他们看看，到底是你跳得差，还是我没教好？"

晓东一仰头："我不跳！你这样子太过分了，老子不干了！"

晓东说着一甩手，走了。剩下导演在那儿生气，气了一会儿也只有继续开始。

梁若伊想，现在这些"90后"，还真是有个性，怎么挨的骂怎么顶回去，三言两语干脆不干了。我们那个时候，任凭导演怎么说，大气都不敢出。转念一想，糟了，不知道从哪天起，自己想事儿都从"我们那个时候"想起了，怀旧是不是变老的开始呢？我是不是变老了呢？

　　时间像个无情的"牧羊人"，赶着这些"羔羊"往前走，前面的还没有走多远，后面的却已经赶上来了。休息的时候，演员们对她这个陌生人也是视若无睹，围聚在一起三三两两地聊天。他们聊的明星她不认识，聊的那些话题她也觉得有点儿遥远了。她不免又一阵感伤。

第二十四章

周立涛说到做到，专门约了施歌一次，还为了这个特意从峨山回到了蓉市。

他找了个环境不错的餐馆包间，见到施歌，先问："孩子怎么样了，好点没有？"

施歌说："退烧了，也能吃饭了。"

周立涛说："那你跟若伊怎么样了？"

施歌夹了一口菜："要离就离呗。"

周立涛端起酒杯："兄弟，我敬你一杯酒，仗着我比你大一点点，有话就直说了哈。"

施歌就端起自己的酒杯，一饮而尽。

周立涛说："我还记得若伊受伤那次，你在医院门口说，这辈子不会再让她受伤害。"

施歌说："对，我在尽力地保护她，尽全力地给她我能力范围内的舒适生活。只要我在家，所有的家务是我做，连洗碗水都不让她沾。只要她想吃水煮鱼，不管多累，我都跑到菜市场去买最新鲜的活鱼给她做。"

周立涛说："你有没有想过，也许她现在需要的不仅仅是水煮鱼，也需要你对她的理解、认可，需要一个精神上的依靠。我觉得，爱一个人，不仅仅是让她吃饱穿暖，也要给她自由，尊重她的选择。"

施歌说："这些道理谁都明白，可是你知不知道爱情要落到生活，生活要面临鸡毛蒜皮、柴米油盐。孩子上学是我送还是她接，厕纸用完了是我买还是她添。我可以给她自由，支持她的梦想，那谁来跟我一起面临生活里的这些琐碎和艰难呢？我们那套新房，空了那么久，后面还是我一边工作一边装修，一点也没让她操心。你们这些没有婚姻生活的人，根本就不了解婚姻里的酸甜苦辣，根本就无法想象这些具体到每分每秒的琐事。"

周立涛说："也许我不够了解婚姻，但我了解梁若伊。"

施歌一拍桌子："别再跟我说你了解梁若伊，你对面坐的是她的老公。"

周立涛："但这是一个让她感受不到爱的老公。"

施歌："对，我现在不能天天都送花送吻，时时都甜言蜜语，处处给她惊喜不断，因为我要全力以赴地保证她和这个家不受到风雨的摧残。不知道还要怎么做才能让她感受到爱。"

周立涛："怎么做？你应该支持她、信任她、鼓励她，不管对错，不管结果，都尊重她的选择，这才是爱情。"

施歌："我不知道看起来千疮百孔但相濡以沫十几年的爱情，和看起来美好梦幻却从来没有得到的爱情，哪一个才更接近爱的本质。"

周立涛脸色陡变："我是没有得到，因为我理解和尊重她，不管是她对事业的选择，还是对爱人的选择。"

施歌不屑："别把自己说得那么高风亮节，同时我正式警告你，离梁若伊远一点儿！"

周立涛强压怒火："我真诚地希望你们能有幸福的生活，同时想怀着善意劝你，为了你自己的婚姻，做出一点改变。"

施歌："我接受你的善意，但我不需要你的教育。你也说了，这是我自己的婚姻，是和是离，跟你没有任何关系。"

周立涛："那我也正式警告你，如果你对自己的爱人不爱护、不珍惜，如果你自己放弃了，我会毫不客气地穷追到底！"

施歌霍地站起，踹翻了身后的椅子，走过去伸手就给了周立涛一拳，周立涛也毫不示弱，捏着拳头回击，两个人你来我往，桌子椅子撞翻一地，盘子碎了一地，汤汤菜菜洒得到处都是，包间里一台电视也被撞烂了。

正打得不可开交时，包间门一开，警察出现在了门口。原来是服务员怕事情闹大，早打了110。

两个人被带到了派出所。周立涛捂着流血的额角，恭恭敬敬地说："警察同志，我们是好兄弟，刚才喝多了，其实什么事儿也没有。"

警察抬眼睛问施歌："是吗？"

施歌揉着青肿的胳膊，还在生气，闷声不说话。周立涛用胳膊肘捅捅他，他才"嗯"了一声。

周立涛又说："我们现在酒醒了，真没事儿了，警察同志那么忙，别为我们耽误了您的宝贵时间，所有饭馆里损坏的东西，我都照价赔偿。"

施歌说："我赔。"

周立涛说："别听他的，我赔。"

施歌："用不着你，我赔。"

警察觉得有趣，敲敲桌子："行啦，头一次看见你俩这样的，一人一半，没什么事儿就走吧，以后别打架。"

两个人就处理了相关的手续，把该赔偿的照价赔给了饭店老板，一起走出派出所。

周立涛的司机早开着车等在门外了。周立涛对施歌说："走吧，坐我的车一起去医院。"

施歌看着周立涛被打破的额头："我不用了，你快去吧，都见血了。"

周立涛笑道："还不是你打的。"

施歌说："那你说那话，哪个男人听了能不出手？"

周立涛说："我说那话也是我真心的，你要真跟梁若伊离了，我就是要追她。"

施歌掏出烟，点上，吐出一口烟气："当初你送她的玫瑰花，还是我帮你拿给她的。"

周立涛从施歌手里拿过烟，一边借他的火点上一边说："当初，当初她对你一见倾心，别人送啥都没用。你就应该看看当初，再想想现在。"

周立涛吸了一口烟，被呛得直咳嗽。

施歌指着他："你说你在生意场上叱咤风云，竟然连抽烟都没有学会，不陪人吃饭、喝酒、抽烟，怎么谈客户？"

周立涛把烟掐灭："你错了。现在做事情，人更多的是看你的能力、业务，能带给别人什么。你说我请创作团队，是请能抽能喝的，还是请能创作出好节目的？"

施歌说："那只是你而已。"

周立涛摇摇头："那可不是，现在的市场越来越规范，现在的人也越来越注重养生，饭桌上互相敬敬酒，活跃一下气氛，这正常，但是像原来那样，为了拿什么项目往死里喝的，越来越少。而且层次越高，越不这么玩儿了。"

施歌说："那你的意思，我经常陪人家喝那么多，是因为在社会底层？"

周立涛说："不是那个意思，你到哪儿，好歹也是个艺术家，人看你使劲儿喝，能不陪着嘛，再说，你通过喝酒拿下来的事情，有多少啊？"

施歌讪讪道："没有多少。"

周立涛说："就是吧。上次我跟若伊还在讨论，这个世界是变化的，我们自己也要跟着变，不管是工作、生活，还是爱情。二十岁的时候，两个人看对眼儿了，'刺啦刺啦'来电了，就能走到一起；二十到三十，为了个稳定的生活努力打拼；等到三十多了，房也有了，车也有了，孩子也有了，这个时候就不仅仅是生活上的相互扶持，还需要精神上的相互依靠。"

施歌说："你又教育我！"

周立涛说："那你又动手嘛，我奉陪，咱们就在这派出所门口再干一架。"

施歌叹口气，良久才说："我对她的感情没有变，这么多年，生活上也一直在尽全力地保护她，也许你说的有一定道理。可是我确实没有想好，我们怎么就没有精神交流了？明明是她一说什么就发脾气，明明是她天天把离婚挂在嘴上，是她一次又一次地不给我留情面。"

周立涛说："她嘴上是那么说的，心里到底是怎么想的，你考虑过没有？你是个男人，两个人吵架了，你要等着女人过来哄着你吗？"

施歌不说话，闷头抽烟，又过了好久，抬起头直直地看着周立涛："我刚才也在想，要是她有了更好的归宿，我何必拦着她呢？"

周立涛忍不住给了他一拳："要是这么想，你就太不了解她了。我可以告诉你，只要你们两个一天在一起，我一天不会越雷池半步，你们一辈子在一起，我一辈子不会越雷池半步。但还是那句话，如果你自己放弃了，我也不会客气。"

施歌说："也许当初你们两个才是最合适的。"

周立涛恨铁不成钢地指着他："跟你说了，多想想现在，还有以后。你真不跟我去医院吗？"

施歌说："你没有怎么伤着我，不用去。"

周立涛走到自己的车前，打开车门："那得了，你回去跟若伊说，峨山这边一切都好，不用着急回来。"

周立涛的车开走了。施歌一屁股坐在地上，又开始一根接一根地抽烟。

天都快要亮了，路上行人稀少，远处有一个清洁工人拿着扫把一点一点地清扫着街道。施歌沉默着、思索着，过了许久，他才吐出长长的烟气，站起来拍拍屁股，回家了。

施歌回到家里的时候，天已经微亮，他刚一开门，梁若伊就从沙发上弹射起来，一看就知道是担惊受怕地苦等了一夜。

施歌心里一热："我……"

梁若伊站起来半是生气半是委屈地说："你还知道回来？"说着进了里屋，看看施宇睡得正香，自己也掀开被子躺在了床上。

施歌掏出手机，看到屏幕四分五裂的，这才知道打架的时候把手机也撞烂了。想了想周立涛说的话，他难得地涎着脸跟进屋，跟妻子解释："昨天跟周立涛打架，手机也坏了，给我发了不少信息吧，我都没有收到。"

梁若伊掀开被子："什么？跟周立涛打架，你在家跟我吵还不够，去跟他打什么架？！"

施歌说："不是……"

梁若伊已经起来了，开始穿衣服收拾东西："我看你，真是越来越不可理喻。在外面陪酒赔笑的，客户说什么跑得比圣旨还快，回到家里威风得很，跟老婆出气就算了，现在竟然跟朋友打起来了。"

施歌回来本来想说些好话来缓解两个人的冷战，却被这番话说得又动了气，语气上不免就冷起来："怎么回事儿你都不知道，你发什么脾气？每次都这样，话也不听人说完就甩脸子。"

梁若伊停下手上的事情，说："那你说，我听着。"

这一下施歌反而不知道从何说起了，说周立涛劝他对她好一点，似乎不妥。说自己听到周立涛这么多年还恋着她，发火动了手，也不对。

梁若伊看他不开腔，自己又开始收拾东西："让你说，你倒不说了。我今天就回峨山，咱俩……都冷静一下吧。"

梁若伊把东西收拾好了，开始给施宇准备早饭。随后叫孩子起床，一边照顾他吃饭一边告诉他："宝贝呀，妈妈今天又出差了。"

施宇稚声稚气地说："不要，我不要妈妈出差。"

梁若伊眼泪就在眼睛里打转："妈妈要工作嘛，这次可能有点儿久，你跟爸爸和姥姥好好在家。"

施宇连声道："不要，不要，我不要……"

梁若伊抹一把眼泪："你就要上幼儿园了，是大朋友了，乖哈。"

施宇大哭起来："我不要妈妈走，妈妈陪我，陪我，不走……"

梁若伊也止不住地流眼泪，眼角余光看见施歌在沙发上坐着，不声不响地抽烟，心里越发不满。

她只有耐着性子，哄施宇吃了饭，趁着他看动画片入神的工夫，一咬牙拿起东西出了门，出门前对还坐在沙发上的施歌说："照顾好孩子。"

梁若伊知道，她在家的日子，周立涛一个电话也没有给她打，是不想太催着她。但是她心里也清楚，《秀·眉》到了比较紧张的阶段，早就该回去了。

可是一回到峨山去，她就觉得哪里不太对。

郑涵山先是有点儿歉意地找到她："你看，都是因为我拉着你做这个，让你跟施歌现在搞成这样。"

梁若伊赶紧说："不是你的原因，我俩一直都那样。"

郑涵山又说："孩子好了吧？你们俩也没有什么事儿吧？"

梁若伊故作轻松地说："好了，我们俩能有什么事儿？"

郑涵山点点头："最近周总好像有点儿焦头烂额的。"

梁若伊问："是吗，是因为快要演出了，事情多吗？"

郑涵山摇摇头："好像还有其他的事情。"

梁若伊说："那我去问问。"

梁若伊就去了周立涛的办公室，结果他还没有回来，扑了个空。

梁若伊就到剧场去，坐到总导演身后空着的一排观众席里。吴姝看见她，还是一如既往的热情，也热心地问了家里的情况。她就只说没事，一切都好。

吴姝手里拿着话筒，对着舞台上的演员喊一阵，趁着执行导演在台上调整队形的工夫，放下话筒，扭过头对梁若伊说："你的工作我都安排其他人了，现在这边也没有什么事儿，你在这看看也行，回宿舍先休息一下也行。"

梁若伊想了想："我在这儿多学习学习吧。"

吴姝继续排练，梁若伊自己坐在观众席上，默默地看。中午她跟演员们一起在食堂吃饭，下午又在剧场看排练。

一直到吃过了晚饭，她看到周立涛的车停在外边，知道他已经回来了，就直接去办公室找他。

梁若伊泡了一杯茶端着，推开门，只看到一张高高的椅背。周立涛用疲惫的声音问了一句："谁啊，有事儿明天再说吧。"

梁若伊说："哦，那好，我把茶放在桌上了啊。"

椅子转了过来，周立涛颇感意外："你怎么回来了？我让施歌告诉你，不用着急。"

梁若伊看到周立涛鼻青脸肿的，额头上缝着几针，她几步走过去："天哪，怎么成这样儿了，是施歌打的吧？这个施歌，我……我看看……"

周立涛挡着她的手："不用看，不怪施歌，你别跟他吵啊，是我自己不小心磕的。"

梁若伊说："是他自己说的，跟你……"

周立涛摆摆手，打断了她："没事儿，我先约的他，你坐吧。"

梁若伊只有坐下，周立涛端起她泡的茶，慢慢地喝着。

梁若伊说："我听郑涵山说，最近你挺焦头烂额的嘛。"

周立涛想了想："没有什么事儿，你安心排练，啥都别管，我这边能处理。"

梁若伊说："你要是这么说，肯定有事儿，是不是我走得太久，总导演有意见？"

周立涛说："不是。"

梁若伊说："那肯定是你对我有意见了，演出时间这么紧，对你这么重要的事情，我因为家里原因，说走就撂挑子走了。"

周立涛赶紧摆手："更不是。"

梁若伊说："你不说，我能安心吗？"

周立涛苦笑一下，摇头叹息："唉……这几天一直有莫名其妙的人给我打电话，我真是……"

梁若伊问："什么事儿找你呀？"

周立涛挺苦恼的："让我不要做你的《岛》。"

梁若伊一下子紧张起来："到底怎么回事儿？"

周立涛说："吴姝说，你《岛》这个剧的剧本，是抄的她的。"

梁若伊一下子炸了毛："什么？！怎么能这么往人头上扣屎盆子。我没招她没惹她，至于嘛。"

周立涛笑笑："我相信你。这个是我自己投资，想投谁就投谁，别理他们就得了。"

梁若伊情绪又低落下来："因为我，工作上搞得你那么为难，脸上也是青一块紫一块的，搞不好还得留下疤痕，我……"

周立涛又笑："哎呀，跟你说，男人脸上带疤，显得沧桑有故事，更招小姑娘喜欢，这工作就更是。没有你，我为难的事儿一直也不少啊。"

梁若伊说："要不就算了，我不做了。"

周立涛说："说哪儿的话嘛，该干吗干吗，有人打电话，我这边兜着，你就当什么都不知道。只管把作品做好，到时候用实际行动，打那些人一个响亮的耳光。"

梁若伊什么都没有说，望着周立涛的眼睛，心里却又是一阵暖流，那些薄薄的寒冰，碎成一片一片的，四处飘散了。

她暗暗地下决心，要更加努力，憋一口气，靠着实际行动为自己正名。

谁知道事情并没有就此止息，一天，周立涛收到了省厅的电话，让他"去一趟"。在这个行业里做事，其他不三不四的人爱说什么，他都可以不理，但是主管部门的意见，他不能不顾及。

不出意料，吴姝早坐在省厅的办公室里等他了。吴姝说："周总啊，咱俩合作挺愉快的，但是舞剧呢，梁若伊抄了我的。"

周立涛只好问她："你说梁若伊抄了你的，那请你把原来的剧本拿出来。"

吴姝说："不行，剧本我早就有的，但是我不能拿出来。"

周立涛无奈，又问："那她抄了你哪个部分？"

吴姝说："寻找。"

周立涛没听清，吴姝又说了一遍："那个鱼寻找岛的'寻找'抄了我的。"

周立涛简直就有点儿无语了，他开玩笑似的说："吴导啊，那《小蝌蚪找妈妈》是不是也抄了您的呢？"

吴姝却话锋一转："其实吧，既然梁若伊抄了我的，不如周总将计就计，顺水推舟，直接用我这个总导演，不就得了吗？团队什么都是现成的。"

周立涛这才知道吴姝的真实意图，原来是看上了这个项目，自己想做。他面子上还得顾着，只好说："吴导啊，现在峨山的旅游演出也很关键，马上就要首演了，吴导自己也有其他的项目，那么忙。再说我这个跟旅游演艺不一样，这是准备小投资，小剧请不了您这么大的吴导，小庙不敢请高僧。"

吴姝碰上了软钉子，嘴上却不依不饶的："不请我可以，那节目单上导演不能打梁若伊的名字。"

周立涛挺无奈的，不知道怎么答话。

吴姝却继续说下去："《秀·眉》的执行导演也不能有她了，要不我就走。但是这台晚会的创意构思是我出的，我要是走了，全部内容我也不允许周总用。"

周立涛回到自己的办公室，狠狠地把一摞文件摔在了桌子上，对秘书说："去，发个律师函，有这么办事的吗？我自己出钱，还得受这份气，一切按照法律程序来，该是谁的创意，该是谁的版权，就是谁的。我还不信了。"

秘书转身正要走，梁若伊出现在周立涛办公室的门外，她轻声说："算了，别因为我一个人，耽误了整个的项目，还让你应付这些狗血的事儿。旅游剧马上演了，这个时候她要撂挑子，也挺麻烦的。"

周立涛还是气："总要讲点道理吧。"

梁若伊说："你跟她讲理，她跟你讲钱；你跟她讲钱，她跟你说交情；等你想跟她说交情，她说，对不起，咱俩不熟。"

周立涛皱着眉头不说话。

梁若伊走进去，坐下，挺平静的："之前李楠就跟我说过，她被'封杀'，我还将信将疑的，觉得这些前辈，犯不着这么没有风度，今天算是领教了。我还年轻，还有机会，别耽误了你的事儿。"

周立涛略微平静了一些，陷入了思索，过了一会儿，他说："要不这样，只有委屈你先退出《秀·眉》剧组，你在的话，吴姝也不会给你好脸色。我之前是把款统一打给吴姝的，这样看来，你也别去找她了，去我财务那儿单支得了。等这个演了，《岛》咱们照常做，总导演就是梁若伊，那个时候她要再说你抄她的，咱们就发律师函，告她诽谤。"

梁若伊苦笑着点点头。

周立涛说："回去好好解决家里的事儿，上次我跟施歌谈，他说对你的感情一直没有变，也不想离婚。你有什么话，平心静气地跟他说。"

梁若伊还是苦笑："都这时候了，难为你还惦记我的事儿。"

周立涛说："别泄气，我相信你。"

梁若伊笑笑，只有卷铺盖回家了。

第二十五章

她即使被踢出了剧组，也还是不能安生。

吴姝的说客找到梁若伊，开门见山地说："其实吴导是恨铁不成钢，心里是喜欢你的。你就提点礼品，直接去找她认个错就得了，要不恐怕就不只这么一个项目做不成，你知道，都在一个圈儿里。"

梁若伊苦笑："她说我抄她的，我还得去跟她认错，我不明白这是什么道理？"

说客挺不在乎地说："你呀，就是不低头。这才多大点事儿，你看影视圈儿的有些女演员，导演要陪睡，还不就得洗干净了乖乖上床。"

梁若伊很想抓起面前的一杯水，狠狠地泼过去，但还是稳稳地坐着，脸上淡淡的："别的圈儿里的事情，我不太懂，我只是觉得，事情应该分个最简单的是非对错。"

说客意味深长地笑笑："这个世界上，哪有那么简单的是非对错？你这样，吃亏的还是自己，你有没有想过，也许从此以后都要离开舞蹈了呢？做事儿要给自己留点余地，别自己把自己的路都给断了。"

梁若伊的心有点儿颤抖，脸上却还是挤出一丝笑："我不相信世界上只有一条路可走，我不相信世界上只有这么一个圈子，我不相信凭我的能力走不出一条阳关大道来。别跟我说什么提着礼品找谁去认错。是我的问题，我梁若伊承认；不是我的问题，谁都别想让我低头。告诉你，我相信生活是道多选题，我相信我能坚持正确的选择，我相信，有一天我能用事实微笑着证明我今天的选择！"她拍案而起，扬长而去。

梁若伊觉得，有时候命运就像一只看不见的大手，在她每次想要起跳的时候，都会握紧拳头给她迎头痛击。她又一次从希望的云端跌入了尘埃。她想，自己是离开了南方歌舞剧院，可到底还是没有离开这个圈子。人还是那些人，事儿还是差不多的事儿，日复一日，年复一年。有一些人无可奈何地选择了向现实妥协，有一些人磨平了棱角，去适应圈子的规则，可是她呢，一次又一次地跌倒在同一个坑里，依然没有想过转弯。

梁若伊想，有些规则明明是错的，为什么还要人去适应？李楠一定是早就看透了，所以她在圈子以外找到了自己的天地。朱美婷一定也看得很清楚，所以她换了种身份继续在圈子里努力。也许每个人都看得清楚，只是不同的人做出了不同的选择。最重要的是，我该怎么选，我该怎么办？

梁若伊不知道怎么办，这一次，她在没人的时候放声大哭，哭得痛快淋漓，昏天黑地，哭得好像全世界所有的河流都在她的身体里，不倾泻出来就要把世界挤爆。哭得天空中的白云都变成了黑色，变成一匹一匹黑色的马四处奔腾。哭得大地上的小草都长成了大树，一起托着她去了很高很高的地方。

谁都没有看见她哭。施歌跟她继续冷战，每天忙自己的事儿。孩子已经上了幼儿园，白天不在家里。赵晨之前本来想找吴姝去理论，或者吵架，可是梁若伊淡淡地说："算了，你自己是评委，女儿的作品都评不上奖，自己都对这些人退让了一辈子，现在何必出头呢？"这话刺伤了赵晨，她也有好几天不理梁若伊。

所以梁若伊只有独自哭，并且觉得分外孤独。

哭过以后，她没有了以往的愤怒、纠结、郁闷、悲伤，反而变得很平静，就好像一颗经受了风霜雨雪摧残的老树，已经不再随着狂风摇摆，而是稳稳地站在泥土里，任由青苔爬满脚下，任由青藤缠绕身体。

她有几次看见了刘丽颖，有很长一段时间，刘丽颖和张东健都奔波在医院和前往医院的路上。他们两个做了全面的身体检查，一切正常，可就是迟迟怀不上。两个人每天补品换着吃，吃得体重不断见长。有一次刘丽颖对着她自嘲："当年舞台上的白天鹅，如今成了天天想着抱蛋的胖母鹅了。原来觉得一定要挣个一官半职的，才算是对自己最好的证明，现在才发现，真正宝贵的，我却没有啊。"

又有一次刘丽颖告诉她："我现在准备做试管婴儿，我听她们做过的人说，做这个要打到一百针，我给自己数着，到底是不是那么多，现在才三十针，差得远呢。哈哈哈……"

梁若伊笑不出来，只是难过。经历了那么多的不公平，那么多的鸡零狗碎，她心里只觉得痛，并且发现，自己到底还是从心里爱着这样的一群人，这样的一些事儿，这样的一个圈儿，这样的一个东大街 79 号。

等周立涛再来找梁若伊的时候，她好像忽然之间长了十岁，或者老了十岁。

周立涛告诉梁若伊，她走了以后，《秀·眉》剧组一点也没有平静，反而闹得更厉害了。

吴姝刚进剧组的时候，就提出了像以往一样——"导演负责制"，周立涛认可，郑涵山也没有意见。

谁知道周立涛按照合约，把资金分批打给了吴姝，吴姝却没有及时地把演员经费打给郑涵山。郑涵山支撑不住，只好说，再没有演出费他就把演员全拉走。

最不可思议的是，吴姝不知从哪里找来了黑社会，把剧场团团围住，所有演员外出一律要说清楚去向。

周立涛这个甲方，反而夹在中间，一边催促吴姝打款，一边哄着郑涵山不要把演员带走。

说这些的时候，周立涛是不停地摇头："简直没有想到，我招谁惹谁了，亏着钱还受着气！"

梁若伊问："亏了吗？"

周立涛说："旅行社还是把观众带来了，可是每场的演出成本太高，再加上给导游的返点，我明摆着赔。不过我现在让他们把演员精减下来，控制运营成本，先坚持活下去再说。"

梁若伊也说："对，活下去再说。"

周立涛又说："我找你，就是商量启动舞剧《岛》的。"

梁若伊有点儿吃惊："还排吗？"

周立涛说："排。"

梁若伊沉默良久："很可能这个也会亏，现在好多百姓，宁愿打麻将，也不愿意进剧场。要是北上广还好一点，这里哪有多少观众进剧场啊，何况还是这么小众的舞剧，你那边还没有理清楚……"

周立涛打断她："得啦，这些是我该操心的事儿，你的事儿就只管把作品排好，忘了之前说的了吗，用实际行动给那些人打一个响亮的耳光。"

梁若伊眼里又汪了泪。周立涛就说："好啦，倒成了个林妹妹，我可不用你还泪啊。"

梁若伊又被逗笑。

周立涛说："我们呢，不会因为遇到了一些讨厌的事情，而让自己也变成当初讨厌的样子，只管迈开大步，正大光明地追逐梦想。好好干吧，我相信，等这个做好了，施歌也能够理解你了。"

梁若伊叹口气："真正理解我的人，哪用通过这个来理解呀？那么多年天天生活在一起，都不能理解，就算有了这个剧，也还是一样的。"

周立涛不知道说什么，站起来用力拍了拍梁若伊的肩膀："加油，我相信你！"

梁若伊点点头。

周立涛深深地叹了一口气，重新振作起来，换了种语气："咱们呢，莫与傻瓜论短长，只跟牛人较高低。"

梁若伊加了一句："横批：爱咋地咋地。"

两个人一起大笑起来。

舞剧《岛》就这样开始了，梁若伊开始全身心地投入了创作和排练，心里却没有了那团火焰，而像高原上的湖水那么平静。她闭上眼睛，仿佛自己真的变成了一条大海里的鱼，逆流一直游啊，游啊……

她找到朱美婷，朱美婷说："要是你自己想做剧，就算一分钱没有，我也把服装给你全做出来。"她又找到一位作曲的刘老师，刘老师也说，如果是你自己做剧，哪怕一分钱没有，我也把整台的音乐给你写出来，还保证质量。

梁若伊又有点儿想哭，她觉得自己确实是爱这个圈子的，虽然有那些不好的事儿，可是也有这些好的事儿、重情重义的人。圈儿里的好和不好，就像一枚硬币的两面，把人夹在中间，经过岁月的发酵，酿成一种复杂的情感，也气人也动人也醉人，酿成一种带着多种滋味的深沉的爱。

《岛》即将上演的时候，钟晴也走出了戒毒所，望着蓝得透亮的天空，她给周立涛打电话："我们复婚吧。"

周立涛说："对不起。"

周立涛发现，在他的心里，他一直深爱着梁若伊，爱她的优点和她的缺点，爱她年轻时的美丽和此时此刻她秀发里一根两根的白发。他想起以前，总是不由自主地埋怨自己："我那个时候多傻呀，因为到了年纪，因为应该结婚而结婚，却忘记了，两个人应该因为爱而在一起。"

也是在这个时候，远在异国的李楠，如愿拿到了国际大奖，可是手里捧着奖杯，推开房门的一刻，她忽然感觉到了深深的疲惫。她找出一只酒杯，斟满红酒，身边却没有一个可以跟她碰杯的人。李楠坐在地上，一声叹息，遥望星空……

还是在这个时候，刘丽颖手里拿着只有一根红线的验孕棒，失望地哭泣，张东健搂着她说："没有关系的，我们还年轻，你要是想要，我们就继续努力。要是不想要，咱们两个不是也很好嘛，还是你说的，我就像个没有长大的孩子。"刘丽颖把头靠在张东健的身上，痛哭道："我想要……我想要……"

仍然是这个时候，宋松买了昂贵的镜头，天天背着相机去街上拍照，拍大爷、大妈，拍孩子、小伙，拍深更半夜的医院，也拍凌晨忙碌的批发市场，那些你来我往的众生相，稍微地化解了他内心深处的孤独与忧伤。郑涵山就继续带着他一团的人，奔波……

《岛》上演了。赵晨去看，施歌带着小施宇去看，刘丽颖和张东健去看，郑涵山和宋松去看，钟晴也默默地去了演出现场，连李楠和新任南方歌舞剧院有限公司的董事长，都意外地去看了。

站在台上谢幕的时候，梁若伊想，这跟我想象的不一样。以往看着别人谢幕，总是鲜花、掌声、欢呼、拥抱和激动的笑乃至激动的泪，为什么我还是这么平静？

等观众全都散场了，施歌抱着施宇对她说："我们回家吧。"梁若伊亲了一下施宇说："你们先回去吧。"

施歌走后，周立涛对梁若伊说："若伊，其实这么多年，我一直都爱着你。那天你在街心公园大醉，我为你撑着伞，真切地感受到了爱和心疼。"

梁若伊说:"原来是你为我撑伞,我一直以为是施歌呢。"然后她又说:"谢谢你,当年和现在。"

等到祝贺、寒暄、告别……所有的喧哗都结束了以后,梁若伊一个人走在大街上,天空下起了大雨,她甩掉了鞋子,光着脚,满身狼狈地在雨中舞蹈,如第一次光着脚站在排练场里。

她从来没有像这样释放,好像真的成了一条在大海中遨游的小鱼,或者一只在天空中飞翔的小鸟。一切都不复存在,只剩下了舞蹈,永不停止也永无止境的舞蹈,那是一种脱离了引力腾空而起的感觉,无牵无绊的情感之舞。生命在这一刻超越了生活,超越了现实,超越了整个宇宙,似真实又如梦幻,似静止又如永恒。

梁若伊想:对,这就是舞蹈,是灵魂迸发出的情感,是我永远也不会停止追求的梦想。

梁若伊如那条鱼,终于找到了心中的那座小岛。然而她在心里,也感受到了一种前所未有的孤独和寂寞,身边有那么多人,可是在她悲伤时,没有人能感受她的悲伤;在她喜悦时,一样没有人能感受到她的喜悦。

她想,如果生命是一场修行,那么,这应该是每个人自己的一场修行,光着脚,踩着这片土地,慢慢地去往自己想去的那个方向。所有的相遇,最后都将化为一个淡淡的微笑。所有的生命,都如佛祖手里的一朵睡莲,慢慢地展开,最后也会慢慢地凋谢。只有那些执着的心灵和追寻,永恒不灭。

第二天,梁若伊在雨中的舞蹈不知道被谁拍摄下来,并上传到了网络,一夜之间,全国知名。

舞剧《岛》的票房也随之大增。面对着纷纷而来的祝贺,梁若伊给周立涛发了一条信息:"谢谢你。"

随后,她关闭了手机。

第二十六章

时光对有些人来说，是静静慢慢地过，日复一日地重复，他们在重复中等待生命的终点，并且在等待中百无聊赖地消耗生命。而对另一些人来说，时光消逝如白驹过隙，上午的会议还没有结束，怎么就到了午饭时间，下午的事情还没有办完，怎么天就黑了，今年正向着目标冲刺，明年已经到了，青春的热血还在沸腾，岁月却已经催人老。所以，他们走起路来急匆匆的，说起话来是干脆的，做起事儿来也是风风火火的。

机场里，周立涛穿着风衣，大步走起路来都是哗啦哗啦的，梁若伊和周立涛的秘书小董在他身后紧跑着跟。

周立涛边走边说："咱们要是坐十次飞机，有八次我们都正点，肯定它多多少少都晚点儿，如果偶尔有两次咱们迟到了，那这飞机肯定正点。所以呀，咱们还是快点走，我感觉今天飞机肯定正点，你看这时间，马上要迟到了。小董，你快去把登机牌办了。"

小董紧跑几步，办登机牌去了。

周立涛站住脚，叹口气："啊，梁导啊，现在要请到你可不容易。你说这一年多了，《岛》是你自己排的，你怎么都不来'视察'？"

梁若伊还有点儿喘："你带着《岛》全国巡演，我还能全国追着你跑，周总啊，明明是你业务繁忙，顾不上我们这些人了。"

周立涛哈哈一笑："得了，若伊，我说真的，《岛》上演那段时间，那么火，好多记者找过来要采访你，怎么我打你电话都关机？"

梁若伊把一缕头发掐到耳朵后面："也没有什么，想安静安静。终于有作品上了舞台，还有了一点影响力——虽然这影响力纯粹属于歪打正着，是意外。但是呢，也应该是那样的，不应该是这样的。"

小董手上拿着登机牌跑过来。周立涛说："走，去安检，边走边说。"

梁若伊就说："我以为应该是巨大的兴奋吧，喜极而泣什么的，像电视上演的，自己激动万分。可是真上演了，还真不是那么回事儿，心里就觉得，'啊，演了'，就这样。完了还是该吃就吃，该睡就睡，带孩子做饭，一点儿没变。"

周立涛笑道："那还能怎么样？你看全世界那些富豪也好，领袖也好，不是一样工作、生活，照顾家庭、孩子嘛。不然还能怎么样？总不能长了翅膀飞上天去吧。"

梁若伊笑道："哎呀，什么话到了你嘴里就变得不一样了。我只是觉得，可能我把梦想也好，成功也好，想象得太华丽了。最早呢，想通过舞蹈，给妈妈争口气，后来想通过舞蹈，证明自己。"

周立涛说："那你应该已经做到了。"

梁若伊摇头："可是现在看来，并不是有一部作品上演就能说证明自己了，可能还得继续有作品，继续往前走，难怪人们都说，生命是一次长跑，我觉得梦想也是吧。"

周立涛说："我想到我们当年看到的那句话了——'独思喻道，敷坐说经'。"

梁若伊说："可是我还没有'喻道'，没有想明白。也许就是永远都够不着到不了的才叫梦想吧。"

周立涛说："这个吧，应该就跟爬山一样，开始我们只想着去山脚看看，可是等你到了山脚，发现半山腰的风景也挺好，就继续走吧。好不容易到了山腰，一看，山顶看起来更好啊。没有到生命的最后一刻，可能谁都不知道这一生真正想要的是什么。"

　　梁若伊说："难怪很早以前，施歌说，梦想实现的一天，也'就那样'。"

　　周立涛说："也不全是吧，区别就在于你是继续往前走还是满足了而停止不前。"

　　梁若伊点点头："也是，就像施歌吧，那么年轻拿了表演金奖，就挺骄傲的了，然后也真的'就那样'了。可是李楠呢，都拿了国际编导大奖了，我跟她聊天，她还想继续深造，满世界找哪个学校有编导系的博士呢。"

　　周立涛说："所以说呀，就算我们以为到了山顶了，可是往远处看看，还有更高的山呢。你也不用迷茫、困惑，只要还凭着那股冲劲一直往前走，总有豁然开朗的一天。"

　　梁若伊说："一看你就是想过这些的人哪。"

　　周立涛说："没有，还是顺着你的话想到这些的。你跟施歌现在倒是怎么样了？"

　　梁若伊无奈："能怎么样？吵得烦了，反而不像以前那么吵了。说起离婚吧，我说我只要孩子，其他什么都不要。他也说只要孩子，其他什么都不要。也没有到上法庭的份儿，只有这么纠结着过下去。"

　　周立涛若有所思地说："其实吧，我觉得人的能力分很多种，工作能力是一种，让自己家庭幸福也是一种。你跟施歌两个有感情基础，又那么多年了，我觉得你有这个能力解决现在的问题。"

　　梁若伊笑道："我在你眼里成了万能的了。"

　　周立涛反驳："不是，你们之间并没有什么原则性的大矛盾，都是小事儿，你一句我一句的，过几天可能自己都忘了说什么了。"

梁若伊说："就是这些小事儿才消耗人的热情呢。"

说着聊着，他们过了安检，又向着登机口走去。小董只是忙前忙后地帮他们搬行李、带路什么的，也不说话。

梁若伊倒说："不好意思啊，董老师，麻烦你了。"

小董说："我力气大，应该的，梁导，你叫我小董就行，我可不是老师。"

周立涛说："年轻小伙子，多干点没啥，对了，推个行李车来得了。"

小董就跑着去推了行李车来，又把几个人的行李搬上去，在后面不紧不慢地跟着。

梁若伊继续说："就是这些困惑呢，让我也觉得挺累的。所以冷静了一段时间，我自己去了云南，去了杭州，去了山西，去了湖南……"

周立涛问："自己去游山玩水呀？"

梁若伊说："哪呀，我去把国内舞台演出的标杆项目都看了一遍。这一看才发现，自己简直了，什么梦想实现啊，还没有起步，跟大师们的差距还有十万八千里。这一来倒没有那么困惑了，抓紧时间提高业务才是正经事。"

周立涛说："能保持清醒是好的，可也不用把自己说得那么不行吧？"

梁若伊急得直跺脚："我说的是真的。你去看看就知道了，纯粹的舞剧也有，移动实景也有，山水实景也有，也有算是文艺晚会的。我原来还不喜欢晚会，现在才知道，原来每一个画面、每一个情绪都处理到极致，也是很难的。而且传统的舞蹈可以跟现在的多媒体、水舞台等手段结合得那么好，内容和形式相辅相成，真的很牛。再回头看看自己，其实还停留在编导思维，而不是总导演思维，大概是因为眼界不够，想法还没有到那个高度。"

周立涛沉吟半晌："但是你还那么年轻，我相信你，以后也会站在大师的行列里。"

梁若伊给了周立涛一拳："每次你都说这些，是安慰我吧？"

周立涛说："不是，还是之前说过的，我相信个人命运与时代趋势、国家命运紧紧相连，在我们国家现在这个新的时代里，只要你足够清醒、足够努力、足够智慧，我相信一切都有可能。"

梁若伊说："每次你都能给我信心。"

周立涛说："每次你都做到了，真正的力量，一直都在你自己的心里。那种不服输、不放弃的劲儿，谁都感觉得到。"

梁若伊笑道："我好像觉得，只有你感觉到了。"

说到这里，广播通知登机，几个人就先后上了飞机，梁若伊跟周立涛的座位恰好挨在一起，他们就接着聊。

周立涛说："你让我也去看看，说实话我是看过的，早知道咱们约着一起去好了。但是你看的是创作，我看的是出口。"

梁若伊问："出口？"

周立涛点点头："对呀，你看着是作品，可是在我眼里，作品也要转化为商品，才能实现它最大的价值，不管是社会价值还是经济价值。有更多的人看，才有更大的影响力呀。"

梁若伊连连点头："嗯嗯，我以往接触过西江省一些演出，汇报方案都信誓旦旦地写着'以重点项目带动文化产业的发展'，可是演个一两场就销声匿迹了，钱不少花，舞美、道具做一堆，演完就扔那儿了，观众没有多少人还全是赠票，怎么带动整个产业的发展……"

周立涛说："行啦行啦，一说起西江省歌舞剧院，你的话就长了。就这些标杆项目，有的是跟房地产公司合作，有的是文旅结合，有的是公司上市，靠项目拉动股票升值，但是不管盈利模式有什么差别，共同点就是它们的票房都很好。"

梁若伊说："就是就是，我去看，一两千人的观众席，上座率能达到七八成呢，很不得了了，有些还得提前订票，当天去了没有位置。"

周立涛说："就是呀，我思考的就是这些，从开始的合作、创作，到后期的推广，怎么能在保证作品质量的同时，实现商品的效益最大化，吸引更多的人来看。"

梁若伊想起了什么："《秀·眉》怎么样了？"

周立涛摇摇头："停掉了。还是像我说的，有时候，创业真是一个不断试错的过程。"

梁若伊叹气道："唉……看来也不是我一个人不断地掉进坑里。"

周立涛笑着指她："看看，还是我说的，多愁善感，艺术家的脾气。别告诉我，你这一年，就只到处看了演出，然后自己关起门来思考。"

梁若伊不好意思地说："哪儿啊，也做了一些项目，其中有一个是跟一位孙老师一起做的，他还是奥运会开幕式主创团队的呢，开场那个节目就是他排的。我听他说，他们团的前辈很是帮助晚辈，当年他创作一个参赛节目，创作到一半没有灵感卡壳了，结果他的团长专门调了一支真枪给他拆装，给他启发，让他豁然开朗。同样是这个行业，原来不是所有的圈子都像东大街79号那样。"

周立涛哈哈大笑："你遇到这样的机会，不在业务上好好地讨教，倒琢磨这些。不是我说你，那个圈子，你早该走出来了。这都什么年代了，不同国家的人可以坐下来共同进行一个项目的研讨，早上从西江省出发，晚上能到地球的另一边，谁说的你来来回回只能在那个小圈儿里转？"

梁若伊低下头："哎呀，专业上肯定好好讨教了一番，我只是感叹一下。"

周立涛说："行，那我告诉你，我可不只是天天带着人到处巡演你那舞剧，有专门的人负责这事儿呢。我去国外看了看，这么说吧，现在中国周边的很多国家，都在借鉴中国的发展模式。比如越南，在经过了经济的增长以后，现在也开始向文化产业、文旅结合倾斜。就我知道的，有几个演出都在洽谈中，有实景也有剧场，都落地在越南著名的旅游景区，要不了几年，都会先后上演了。"

梁若伊问："跟中国的创作人员洽谈吗？"

周立涛点点头："当然。所以我觉得，这是非常好的机会，你——当然，不只是你，应该是我们，不仅可以大胆地走出东大街79号，大胆地走出西江省，也可以走出国门。"

梁若伊吃惊地说："啊？真的吗？"

周立涛说："什么真的假的，你不是已经在参与了吗？"

梁若伊还没有反应过来："你说……这次？"

周立涛肯定地点点头："不然我火急火燎地让你跟我出差干吗？"

梁若伊问："也是你自己投资？"

周立涛摇摇头："不是，我们是作为乙方承接这台实景演出的创作，说直白一点，我们一起赚外币。"

梁若伊说："那我完全没有实景演出的经验啊，剧场和这个不一样。"

周立涛问她："那你介意不介意做执行导演？"

梁若伊说："愿意，当然愿意。"随后又担忧地问："可是总导演一般都有自己的团队，恐怕不需要我这个执行导演吧。"

周立涛说："放心吧，别的不说，先说你英语好排练方便，要不在那讲半天，演员都不知道说什么，可麻烦呢。"

梁若伊又高兴起来，稀里糊涂地参与了这个跨国项目。她跟周立涛飞到了首都，在首都与国外飞来的甲方进行了商谈。

因为周立涛的前期工作准备得很充分，这次双方的会见非常顺利，很快就达成了一致的意见，并且约定了主创团队飞赴异国，进行下一步工作的商讨。

回去的路上，梁若伊兴奋地说个不停："我要把这件事情告诉我妈，还要告诉李楠……对了，我们几号出发去采风？"

周立涛说："你回去先思考，我还要组建创作团队，还得提前给团队办签证什么的，你不要着急，到时候我公司会有人通知你。都大导儿了，还是那个急火火的性格。"

梁若伊说："我可不是大导儿。"随后补充了一句："但是我要全力以赴地往那个方向努力。"

有了这次新的项目和新的机会，梁若伊心里高兴起来，在机场到家里的出租车上，就开始用手机查阅当地的资料。

她拖着行李一路风风火火地回到了家，推开门，正看见施歌在那儿喝闷酒。

梁若伊不免减了之前的兴奋，只问他："大白天的，你一个人在干什么？"

施歌说："喝酒呗，失业了天天在家待着，不喝酒还能干什么？"

梁若伊说："失业什么？团里你也不用去，工资还照拿，不就是少做几台团拜会嘛，哪里就失业了？再说虽然政府的节庆活动少了——那些本来就是应该精简的，你看旅游演出一点没少，今年就光西江省我都做了好几台呢，还不说外省的。剧目也一点没少，我上次看见刘丽颖，她还说要申报国家艺术基金，你也可以通过团里报啊。现在这个环境，一方面避免会议、活动的铺张浪费，另一方面鼓励出作品、出人才，我觉得很好啊。"

施歌说："果然是出名了，说话都不一样，我们这些人，就只想着赚点眼前的，能赚一笔是一笔，没有那么高的思想境界。没有活路就喝点小酒，打打麻将。"

梁若伊生气道："什么叫'我们这些人'，我不是跟你一起在团里那么些年的嘛。早就跟你说总是'扒带子'要不得，一个节目反复用十次八次的要不得……"

施歌说："行了行了，你不就是做了一台舞剧嘛，早就看我不顺眼。"

梁若伊说："我没有做出来的时候，你说我不行，积累不够，怎么做出来了又成了问题？你不趁着这个时间，安安静静地思考创作，还天天打麻将，你不觉得难受啊？"

施歌说："我不难受啊，再说也不是我一个人这样，跟我打麻将的都是团里的。宋松还天天去钓鱼呢，钓的鱼自己吃不完，都送给我们，我跟施宇吃了好几顿，现在冰箱还塞满鱼呢。"

梁若伊打开冰箱，看到果然上上下下都塞满鱼，觉得可气又好笑，只有问他："宋松怎么开始迷上钓鱼了？"

施歌抿一口小酒："闲得呗。"

梁若伊说："我们其实处在一个特别好的时代，外面的机遇大把大把的，大牛能够提前把握时机，一般的人能跟上变化，你们要是一直这样下去，早晚要被这个时代甩出去，最可怕的是，被甩出去了自己还不知道！"

施歌说："你现在怎么一张嘴就是这些大道理，关键是我也不想闲着，没活儿呀。谁都像你似的，天天忙得不可开交，忙得六亲不认。"

梁若伊脸色一拉："什么六亲不认，上次那台演出，我明明为你争取了，但是你排的节目全被淘汰了，你说我能怎么办？"

施歌说："甲方淘汰节目，你就淘汰我呀，那个小演出，你自己就是总导演，节目改改不是一样上吗？"

梁若伊说："我跟你说不通！"

施歌也说："少说两句最好！"

第二十七章

周立涛很快组建了团队，办理了签证，跟甲方约定时间，订好了全体人员的机票。

由于这次出国的身份和目的都跟以往不一样，梁若伊不免早早地就开始期待，行李也早就打包放在了柜子里。

正在她准备出发的前几天，唐风却回来了。

消失了那么多年的唐风忽然出现，老朋友们不免要给他接风洗尘。关于见面地点几个人各有看法，商量到最后，选在了施歌和梁若伊的家里。

梁若伊、施歌、刘丽颖、张东健、钟晴、唐风，还是当年扎堆玩在一起的那些人，还是那个老地方，各自准备了自己的拿手好菜，以及几瓶好酒。一切似乎还是当年的那个样子，却已物是人非。

原来钟晴是最能说的一个，即使别人不答话，她自己也能叽里呱啦地说个不停。如今她却成了最沉默的一个，有人问她一句，她回答一句，不问，她就默默地吃东西。

张东健最先看不过，张口就说："晴啊，你可别再碰毒品了，那东西一旦沾上了，一辈子跑不脱，你就完啦。"

刘丽颖捡起一只卤鸡腿塞到他嘴里："说什么呢，我看你才完了，给只鸡腿堵上你的嘴。"

这一来，梁若伊忍不住笑了。唐风也问："张东健，你怎么还是那样？还真得刘丽颖才能一直这么管着你。"

张东健把嘴里的鸡腿拿下来，抢着鸡腿还在说："我没有说错呀，那玩意儿一旦沾上就戒不了。"

刘丽颖狠狠踩他一脚："谁说的，前段时间一家戒毒中心要做节目，找到我，我去实地采风，跟戒毒人员聊了好久呢。有一个之前是飞行员，还有一个之前是老师，他们都说有可能戒呢。那个飞行员说他有六年没有碰。"

张东健揉着被踩疼的脚："有六年没有碰，你怎么还在戒毒中心跟他聊啊，那不还是没有戒，复吸了嘛。"

刘丽颖又给了他一拳："平时昏戳戳的，现在跟我咬文嚼字，不准你说话了。"

张东健说："不是，我又怎么了？"

钟晴淡然一笑："丽颖姐，东健说得没错，我现在呢，尽量不往那方面想，想给自己找点事儿，让自己忙起来。"

梁若伊说："那就好，就是要做点事儿，就算累点苦点，也充实。"

钟晴红了眼圈儿："只能尽量吧，想找份儿工作，还没有找到，这么多年没有出来，不知道还能干什么。幸亏涛哥还帮我一把，要不饭都吃不上了。"

施歌听到周立涛的名字，就有点儿不自在，赶紧把话岔开："唐风啊，你小子怎么回来了？"

唐风就讪笑："混不下去了呗，还能怎么着？"

刘丽颖问他："那你下一步打算怎么办呢？"

唐风摇摇头："没有想好，也是突然决定的。有一天在唐人街上看见一家川菜馆，我就走进去吃，可是端出来的菜味道都不对，少盐没味的，真难吃。

我就开始疯狂地想念水煮鱼、回锅肉、椒麻鸡，想念火锅，想得睡觉都睡不好，我就回来了。"

刘丽颖问："那你下一步准备怎么办？"

唐风又摇摇头："不知道，跑场是肯定跑不动了，先回来再说吧，就这还很费了一番周折呢。"

几个人又陷入了沉默。唐风把水煮鱼端到跟前："你们都没有怎么吃，我就不客气了哈。"

他连菜带鱼、连汤带水地往嘴里扒拉，辣得张开嘴哈几口气，又低下头接着吃，边吃边说："就是这个味儿，就是这个味儿，梁若伊，你好福气，天天能吃上这么霸道的水煮鱼。"

梁若伊故意低着头，拿起杯子喝了口水。刘丽颖说："她呀，身在福中不知福。"

梁若伊勉强地笑笑："你那边怎么样了，听说西江省交响乐团要换董事长，你又要高升了吧？"

刘丽颖说："怎么可能嘛，我这么年轻，应该是外调过来。"

张东健说："爱谁是谁，反正跟我没关系。"

刘丽颖指点着他的额头："你呀，赶紧喝你的酒吧，过了这个村，可没有这个店了。"

张东健睁大眼睛："今天可以敞开了喝吗？"

刘丽颖说："可以，今天你随便喝多少。"

张东健一下子高兴起来，给唐风敬酒，又给施歌敬酒。

刘丽颖跟梁若伊说："要不你还是回南方歌舞剧院吧，现在剧院也换了董事长，姓杨，你应该也认识吧？"

梁若伊点点头："还挺熟悉的。"

刘丽颖说："就是呀，杨董之前在舞蹈学校做过副校长，后来又在主管部门工作了好多年，了解这个行业，也了解舞蹈演员，给了年轻人很多机会呢。连我这个交响乐团的，都准备去剧院那边报项目。"

梁若伊用胳膊肘捅捅施歌："你听听，你可是就在团里，这么好的机会，也去报啊。"

施歌喝一口酒，眼皮也不抬，只含混地应了一声："嗯。"

梁若伊说："团里也可以报，艺术基金还有专门针对个人的资助，安安心心做点作品出来，在行业里有了知名度，自然商演来找你的人也多。老在那儿抱怨环境不好，机遇不好，这样不好，那样不对，怨这个怨那个，就是不在自己身上找原因。我觉得现在的环境比以前好多了，只要……"

施歌说："唐风，你会打麻将吧，改天约着一起血战到底。"

刘丽颖看看施歌，看看梁若伊，对张东健说："你呀，一天到晚不知愁。"

张东健莫名其妙地说："怎么又说上我啦？我愁什么愁，老婆那么能干，再说了，天塌下来有个儿高的顶着——这酒好喝。"

梁若伊勉强笑笑："还是你们好。"

刘丽颖说："开始呢，我也恨铁不成钢，后来想想，爱一个人，应该爱的他真实的样子吧。"

张东健用手摸着胸口："哎哟，说得我呀……脸都红了。"

梁若伊说："如果这个真实的样子是积极的、乐观的，那值得爱，可是如果是消极的，那怎么爱得起来？"

施歌把手里酒杯往桌上重重一放："有完没完，什么时候变得这么唠叨，一句话反反复复说。别人都消极，就你牛，你厉害！"

张东健说："施歌，行了行了，喝酒。"

梁若伊当着这么多人被呛了，想还嘴又觉得不好继续争执下去，眼圈也有点儿红。

刘丽颖看着梁若伊下不了台，脸上也挂不住，直接看着施歌说："施歌，若伊也没有说什么，说的也都是为你好，你以前不这样的。"

施歌翻翻白眼："人总会变的。"

张东健说："就是若伊受伤以后，你跟原来不一样了。"

施歌把一口酒干了："你们说我原来目空一切嘛，可是人也不能一直生活在虚幻的荣耀里，还是得踏踏实实站在地上，要不早晚被摔下来。比如我吧，之前一直觉得老子跳舞天下第一，结果呢……所以呀，有些人吧，刚开始出点成绩，就飘飘然，天天教训别人，就没有想过自己也可能有那么一天。"

梁若伊说："有哪一天，你有话就直接说，阴阳怪气的太讨厌了！"

施歌还想说什么。张东健赶紧拦住了，举起酒杯："喝酒，继续喝酒，欢迎唐风回来。"

施歌倒起一满杯，仰头全喝了，唐风端着杯子抿了一口："你们之前那么好的，现在怎么了？"

刘丽颖犹犹豫豫的，像有话想说又不好开口，听到唐风这么问，好像下了很大的决心，说："施歌，若伊，你们两个别再这样了，这么多年不容易，吵吵闹闹伤感情。我……我想，我有话跟你们说。"

梁若伊说："你说话从来都不这样吞吞吐吐的，你说嘛。"

刘丽颖看看他们："对不起，真的对不起，请你们原谅我。"

梁若伊诧异地问："你这从哪里说起的呀？"

刘丽颖低着头："你受伤……可能……可能跟我有关系。"

梁若伊更加诧异："怎么会？"

刘丽颖嗫嚅着："那天之前，我让……我让东健，给施歌……下了点泻药，这样他才拉肚子的。"

所有人都被这句话惊住了，张东健先低下了头，搞不清楚刘丽颖怎么忽然说起了这个，都那么多年以前的往事了。施歌还是没好气地把一杯酒灌了进去，唐风目瞪口呆地把周围人的脸挨个都看了一遍。钟晴本来就低着头，除了问她几句回答几句，全程都沉默着。

　　梁若伊皱起眉头，过了好半天，故作轻松地说："我小学的时候还给班长杯子里放过墨汁呢。"

　　这下轮到刘丽颖不解了："啊？"

　　梁若伊说："那个班长，老打我小报告，我生气，有一次就给他杯子里涂满了墨汁，还加了清凉油。结果他完全没有察觉，装满水喝了。我还问他，这水什么味道。他疑惑地看着我，说，有点儿苦。"

　　刘丽颖"噗"一下笑了："年轻的时候，生气了就恶作剧。"

　　施歌"咣"地把一只杯子砸到地上，猛地站起来，指着刘丽颖："恶作剧？你这叫恶作剧？！梁若伊差点瘫在床上，一辈子起不来。我呢，我从领舞变成了群舞，我从天之骄子成了酒吧跑场的跳梁小丑，我的整个事业，不，整个人生都毁在这件事上，你就轻轻轻松的一句恶作剧就完了？"

　　张东健站起来："施歌，我们那个时候真的……真的没有想那么多。"

　　施歌用力推了张东健一把："好兄弟呀，啊？！真是这么多年了，真是我的好兄弟，还干了什么？你说，坑兄弟的事儿还有什么？"

　　张东健还想说什么，刘丽颖眼里含着泪："那个时候，你们那么欺负人，你施歌……对我，你们太嚣张了，我气不过。"

　　张东健呆在原地："气不过？你是不是因为气不过才跟我在一起的，因为受了打击才跟我在一起的？"

　　刘丽颖说："不是，东健，我……你就别在这儿乱上加乱了。"

　　施歌扬起一脚，把家里饭桌踢翻了："滚蛋，都他妈给我滚蛋！"

张东健一甩手，打开门走了。钟晴早已站到了墙角，神经质地说着："别打我……别打我……你把孩子留下，把孩子留下……啊……"

梁若伊赶紧过去抱着钟晴："晴啊，你怎么了？没事儿，没事儿啊……"

刘丽颖看着施歌，又看着扬长而去的张东健，自己抓起包追出门去了。

施歌一屁股坐在椅子上，捡起一个"幸存"的酒瓶子，举起来对着唐风："对不起，一回来就让你看到这些，喝，接着喝。"

唐风手里本来就端着没有喝完的一杯酒，跟施歌碰了个杯："之前这东大街 79 号院里，就一直这么闹腾，没想到啊，现在还是。我竟然有点儿怀念这种感觉。"唐风看见墙角的钟晴："唉，她又怎么了？"

梁若伊看看唐风："你怎么还是当年那么没心没肺的？"

梁若伊穿上外出的衣服，拿上包，小心翼翼地扶着钟晴出了家门，一直送钟晴回到了她的出租房，又安抚了好一阵，才重新回到自己的家。

再回家的时候，唐风已经不在了，被踢翻的桌子还在地上，满地狼藉。她放下包，从客厅兼餐厅的外间走到了里间，没有看到施歌的影子，只有自己重新出来，开始捡地上的碗碟碎片。

一阵压抑的呜咽传来，梁若伊重新站起来，循着声音走到了卫生间。她看见施歌正坐在地上，哭得鼻涕一把泪一把的。

施歌看见她，压抑的哭泣变成了这么多年从来没有过的号啕大哭："原来不是我，不是我把你摔成那样的，不是我的业务不行，连个托举都做不了，不是我……"

梁若伊烧了热水，把毛巾洗了递给他，施歌接过毛巾，擦擦脸然后接着哭，梁若伊看他那样子，自己不免也跟着一起哭。

不知道哭了多久，施歌吸了一下鼻涕，瓮声瓮气地说："虽然不是我把你摔的，可是你遇到我以后，一直都在吃苦。考上首都舞蹈学院去不成，到处受欺负，直到现在还住这四十多平米的老房子。这些都是因为我，因为我没有做好——若伊，我们离婚吧，我什么都不要，施宇给你，房子车子都给你。离吧，离吧，呜呜……"

梁若伊不知道说什么好，也一屁股坐在地上，拿起施歌放在地上的半瓶酒，拼命地喝下去……

施歌说："唐风在外面租了房子，我先搬到他那边跟他一起住。这么多年，委屈你了。"

施歌说完，摇摇晃晃地撑着地站起来，回头看看梁若伊，走出了家门。

梁若伊看着他走了，自己又去收拾残局，一边收拾一边也泣不成声了。

赵晨接到梁若伊的电话，把施宇送回来的时候，家里一切看起来都已经恢复正常了。只是梁若伊肿肿的眼睛，还是让赵晨看出了异样。

赵晨把电视打开，让施宇坐在那看动画片。自己坐到梁若伊的跟前："你看看你，又怎么了？"

梁若伊眼泪一下子就流出来了："施歌同意离婚了。"

赵晨说："哎呀，好端端的怎么又说这个？"

梁若伊说："这次是真的。他说他什么都不要。"

赵晨也开始落泪："你们这两个人，怎么说都不听，嘴皮子磨破了……"

梁若伊说："妈……"她扑到赵晨怀里大哭起来。

隔了两天，梁若伊辗转联系了唐风，问清楚地址去了他家。

唐风打开门，梁若伊越过他的肩膀往里看，问他："施歌在不在？"

唐风让开身体："在，一直在，几天没有出门，饭也一口没吃，我说他要成仙呢。"

梁若伊走进去，看见了窝在一个旧沙发里的施歌。

才两三天没有见，施歌好像老了十岁。他头发凌乱，脸上胡子拉碴的，身上裹个破被子，眼睛里布满了血丝。

梁若伊说："我明天就得出国了。"

施歌沙哑着嗓子："啊？"

梁若伊说："你回家去住吧，施宇也在家。"

施歌说："啊，那我回家带孩子。你明天几点的飞机？"

梁若伊说："一大早的。"

施歌点点头，清了清嗓子："你放心出门吧，等你离开我再回家。"

梁若伊看了看施歌，还想说什么，又无从开口，只有站起来准备回去。

施歌却说："周立涛说他爱着你，一直。"

梁若伊停下："你在说什么呢，不要扯上别人。"

施歌说："他亲口跟我说的，我俩打架那次。"说着用袖子蹭了蹭鼻子："他是个好男人，又帅，又专情，对你事业也有帮助，不像我，我要是女人我都想嫁给他。"

施歌说着把两手插进头发里，胡乱地扒拉着，让本来就凌乱的头发更加凌乱。

梁若伊皱皱眉头："有些话，等我回来再说。"

第二十八章

周立涛带着主创团队，如期出行。梁若伊又认识了国内各个部门在本行业的佼佼者，只能把家里的"鸡飞狗跳"先放一放，一路上跟随着队伍认真地参观、开会。

途中一位老师跟梁若伊开玩笑："我觉得这次我们出了一次假国。"

梁若伊就笑，四周看看，路边随处都有中文标识，甲方也特别安排了一位中国名字叫阿圆的漂亮姑娘进行陪同接待，阿圆之前在中国留过学，全程用流利的中文与创作团队沟通。路边的高楼大厦、城市建设也与国内相差无几，好多地方还没有西江省蓉市繁华。

梁若伊就说："还真是那么回事儿。记得我第一次出国，对国外充满了向往，可是现在看看，完全不是这样了。在这些地方生活远远没有在国内那么便利。你就说我们昨天自己出去的时候打车吧，司机找不到地方，把我急得，你说他们，连个手机导航都没有。"

听着的老师就笑，阿圆凑过来问："什么事儿那么有趣？"

梁若伊说："没有，我们是在感叹中国发展得太快了。"

阿圆听了，下嘴唇可爱地一翘："中国啊，好想念大学时代在中国的那些爱弹琴唱歌的小伙伴，想念随园，好想好想，好想好想……"

梁若伊安慰她："有机会可以回去看看。"

阿圆说："现在因为工作经常要到中国出差，可是每次都没有去我上大学的那座城市。"

梁若伊说："那找个假期，专门去一次，我从西江省飞过来陪你一起逛逛。"

阿圆说："应该是我陪你吧，到时候让你见见我的男朋友。"

梁若伊开心地说："呀，男朋友也在那里？"

阿圆点点头，羞红了脸："是大学同学，他老家就是那儿的。毕业以后我本来想留在中国，可是没有如愿。"

阿圆唱起了中国的流行歌曲，队伍里另外一位执行导演也应和着唱起来。两个人唱得高兴，一首一首地唱下去，引得人都围过来看，还热烈地鼓掌。

回国以前，梁若伊本来想给施宇和赵晨买点礼物带回去，左看右看选不出来，想在免税店买点香水或者化妆品，一看价格，跟网上的"国际购"相差无几。

作曲老师看到梁若伊为难，就来劝她："得了，别买了，这儿有的国内都有，回国买还给送到家门口呢，在这边买了也不好带。"

梁若伊说："奢侈品那些，现在回去买也差不多，可是手工艺品还是在这边买吧。"

作曲老师笑道："你马上上网查查，一样有，做工比这个还好呢。"随后拿起一个小礼品："你看看标签，'Made in China'。"

梁若伊听到这么说，真拿出手机来看，一看，果然有。她想了想："我回去上网买了，就说在国外买的，反正就是一点心意，现在谁也不差这些。"

作曲老师哈哈大笑："真有你的，亏你想得出来。看你自己吧，反正现在我自己出国，什么都不买，就是了解了解当地的人文，看看风景，要逛商场在哪儿不能逛啊。"

梁若伊又想了一下，还是胡乱买了点小孩子的东西，免得施宇看见没有礼物又闹。其他人也只是出于礼节给家人随便买了点。

在行程中，周立涛除了带着整个团队参观，参加集体会议以外，空闲的时间，他也需要单独进行一些合作细节的沟通，因此没有什么机会跟梁若伊细聊。

回程的飞机上，他特别换到了梁若伊的旁边。

两个人先聊了一下工作上的事情，周立涛告诉梁若伊，这次的整个内容创作交给了他们，舞台施工考虑到特殊的地质原因，由甲方派施工队进行。

梁若伊说："这样也好啊，不然中国派工人过去，吃住行也挺大一笔呢，还有出国手续那些。施工工人又是常驻，不像我们，只来这么几天，办个旅游签证都可以。"

周立涛点点头："双方可以同步进行，我们回去就约个时间开创作会，地点就在蓉市，我给外省的老师们把机票订好。"

梁若伊说："好啊，这些工作对我来说都是挺好的学习机会。"

周立涛看看她："得了，别跟我说这些了——我看你这次出来，状态好像有点儿差，家里怎么样了？"

梁若伊深深地叹口气："施歌同意离了。"

这一来周立涛也不知道该说什么好。

梁若伊沉默了片刻："可是吧，以往虽然天天吵着要离，我却从来没有想过有一天会真的走到这一步。开始呢，只是说的气话，后来就成了一种习惯，等施歌真的松口了，我却非常难过，也许比难过还要更深一些。"

周立涛说："心痛。"

梁若伊点点头："嗯。我仔细算了算，跟施歌从认识到现在，整整二十年了。时间真是种奇妙的东西，它会不知不觉地把身边的一些人变成自己的一部分。以往还没有这么觉得，也从来没有想过有一天生命里没有施歌。"

周立涛说："现在这么想了，发现不能没有了，是吧？"

梁若伊苦笑一下："嗯。我这一路上都在想，不管是因为爱情也好，习惯也好，既然不能没有他，那还是好好地过吧。一辈子那么长，还是要让自己过得……不说幸福吧，过得舒服、愉快。"

周立涛说："施歌本来就一直爱着你，是你老觉得他不理解你，又没有精神交流什么的。现在你既然能这么想了，那以后肯定越来越好。其实呢……我一直都相信，不管是谁跟你一起生活，都会过得很幸福。"

梁若伊说："谢谢你。"

周立涛说："你呀，你跟施歌从认识到现在二十年了，那跟我认识多少年了，还老是这么客气。"

梁若伊说："不是客气，我心里本来一直也是这么想的，是真心的。我长这么大，你是唯一一个始终相信我的人，唯一一个不管我怎么做，都能理解和支持我的人。如果没有你，我的《岛》不可能上演，我也没有今天这些机会。"

周立涛低下头，过了一会儿才说："你不用谢我。其实吧，我呢，一直也挺矛盾的。一方面，希望你过得好，家庭幸福，事业有成。另一方面，每次听到你跟施歌要分开，心里不知不觉又燃起一点希望。现在呢，听到你刚才那么说，我也替你高兴，也有一点失落。你现在是不是觉得我挺虚伪、挺罪恶的？"

梁若伊心里又是一阵颤抖，脸上马上换了个神色，语气也变了："哎呀，这可不像我们叱咤风云的周总啊，是不是跟艺术圈儿的人待久了，也感染了多愁善感的情绪，哈哈哈……"

她知道，在她与周立涛之间，有一层多少年都没有捅破的窗户纸，这不是农家百姓用的粗油纸，而是碧竹林中一抹银红的软烟罗，如烟似雾，且近且远，不敢触碰也不能触碰。

梁若伊在闲下来的时候也想过，自己是一个孩子的妈妈，是一个丈夫的妻子，是排练场上的一位编导，可也是一个女人。女人是一种永远都渴望爱情、渴望交流、渴望依靠的动物。但是当她经过了那么多的波折、琐碎、悲伤、喜悦以后，她觉得自己应该做一个有智慧的女人，可以处理好家庭与工作、梦想与现实、自我与整个世界之间的关系。

周立涛可能要开始的一次深谈，被梁若伊一个玩笑轻轻地回避了。

施歌看到风尘仆仆刚刚从国外回来的梁若伊，局促地站起来："做的饭在冰箱里，热热就能吃。施宇的奶粉喝完了，我又给他买了新的，放在橱柜上面。我看你有些衣服没有洗的，都给你洗干净了。我这就去唐风那里住，晚上赵导接施宇放学。"

梁若伊说："你等一下。"

她开始翻箱倒柜地找东西，把多少年没有倒腾过的箱子底，柜子缝缝儿都翻了一遍，找出了一个录音机和一盘磁带。

施歌疑惑地说："你这是要干吗？"

梁若伊说："走嘛，跟我来。"

施歌虽然不解，也想看看她到底干什么，跟着她上了二楼排练场。第一排练室正好有人刚用完，空着还没有锁门。

梁若伊走进去，把录音机电源插上，磁带放在里边。

施歌说："你又到这上面来，莫名其妙的。那录音机多少年前的了，早不能用了。"

梁若伊按下开关，一阵刺啦刺啦的声音传来，她用力拍了拍，磁带竟然开始转动。

音乐响起，梁若伊到了排练场中央："来吧，好久没跳了。"

施歌问："你受了什么打击，有病吧？"

梁若伊目光一暗，随后还是提起精神："你再听听，这是什么音乐？"

施歌留神听了听，沉吟了一下："是……《云豹》的音乐。"

梁若伊点点头："来一段儿吧。"

施歌说："随时都有人要上来，被人看见了。"

梁若伊说："我第一次看见你的时候，就是在这个排练场里，你旁若无人地跳着舞，怎么现在瞻前顾后的，有人看见就看见吧。你不来，我先跳。"

梁若伊脱了外套，活动了一下手脚，跟着音乐开始翩翩起舞，施歌忍不住也开始应和着她挪动身形。

两个人你来我往，跳到高潮的时候，施歌一个托举，右手开始剧烈地抖动，半空中就赶紧把梁若伊放下了。

他弯下腰，双手拄着膝盖，呼哧地喘着粗气说："不行……不行啦，这豹子长得太胖了。"

梁若伊也已经大汗淋漓了，吐着气："天天打麻将，别说豹子，就是一条神龙也变成泥鳅了。"

施歌还是上气不接下气的，一屁股坐在地上："你说吧，到底……想干什么，我都……同意离了，还想怎么样，这么折腾。"

梁若伊说："出国的这几天，我也好好地想了一下，我们到底有没有到那个地步。"

施歌说："有没有到那个地步，还不是你天天吵着要离！"

梁若伊也坐在地上："可能我有一些问题。但是你呢，你有没有在自己身上找找原因？"

施歌说："全是我的问题行了吧？"

梁若伊说："你看看，每次一说话，就这样。"

施歌问："好，那你说怎么样？"

梁若伊想了想："把施宇交给我妈，我们一起到蓉市附近走走，好好谈

262

谈吧。"

施歌说："去吧，反正这段时间我也闲。"

两个人先跟赵晨联系，赵晨看到他们有了好转的希望，心里乐开了花儿，帮着带下孩子一万个愿意。

简单安顿一下，梁若伊就跟施歌开着车出发了。一路上他们回忆起了以前住集体宿舍时的生活，回忆了梁若伊受伤住院的种种。

梁若伊说："那个时候我觉得你超凡脱俗，跳得又好，又那么热爱舞蹈。"

施歌苦笑一声："谁都是要吃饭睡觉的凡人，你可能爱上了舞蹈中的我，没有了解过真正的我。"

梁若伊说："我觉得是你变了，那个时候你觉得跳舞可以跳一辈子的。"

施歌说："年轻嘛，人总要长大，成熟。"

梁若伊说："我觉得成熟不是磨平棱角，折断锋芒，毁灭梦想。"

施歌说："磨圆了才滚得远。"

梁若伊看着他："那你走得远吗？"

施歌还是那句话："积累还不够。"

梁若伊摇摇头："我不觉得有谁天生就文武全才，不把自己逼到那个份儿上，永远都会觉得这样不够那样不行。自己在心里立的障碍，怎么都跨不过去。特别是创作上面，先把创作热情打消了，再多的机会也抓不住。"

施歌说："我不一定非得抓住什么机会，功成名就，成为国际大导。大多数人都是平凡的人，都这样过的呀。工作的时候工作，休息的时候逛街、打麻将、看电影，这有什么不对？并不是所有的人都像上满了发条一样，马不停蹄地往前冲。慢下来好好生活，有什么不好的？"

梁若伊说："好好好，那可能是我的问题，我调整，也接受这种不一样的想法和生活方式。"

施歌说："对呀，不能因为你是那样，就要求全世界都是那个样子。还有，你的东西乱扔，我每天跟在后面收拾，真的很烦。"

梁若伊说："行，那我以后注意。我也想说，你能不能不要老是打击我？"

施歌问："我怎么打击你了？"

梁若伊说："我之前说想做舞剧，你说'做梦'。有一次我说工作很累，你说'你累不累跟我有什么关系'。"

施歌说："那是吵架时候的气话。"

梁若伊说："对，不管是气话还是什么，我希望以后有话好好说，不要口出恶言，那真的会让人很寒心。还有，你有你的看法和态度，我也有我自己的看法，不管什么事情，你得尊重我的想法。"

施歌说："好吧，我也接受。"

梁若伊又说："慢下来好好生活我觉得没有什么不好，但是整天无所事事我依然觉得不合适，我们还那么年轻，不用那么早过上退休生活，现在剧院环境好，还是可以在院里做一些事儿。"

施歌想了想："那我去找杨董谈谈。"

两个人就这样把生活里点点滴滴的矛盾一桩一件地摊开了谈，谈到后面，有些互相能够接受的，就都接受。也有些不能达成一致的，只有暂时搁置。但是归根结底两个人都认为"不离"是最好的，逛了两天，也就心平气和地一起回到了家。

第二十九章

　　回去以后，梁若伊就开始跟团队一起进行国际项目的创作。施歌看到梁若伊的发展越来越好了，再看看自己，不免也有些惭愧。他想了想梁若伊之前说的话，终于下决心，找了个时间去了趟董事长办公室。

　　往日的大办公室被隔成了一小间一小间的，每间的门上贴着部门的名字。施歌想，看来杨董是重新梳理了剧院的组织架构，把职能更加明确化了。再看办公室里的人，原来天天嗑着瓜子看电影的一个也不见了，都换上了年轻干练的面孔，身上穿着统一定制的职业装。

　　施歌走到挂着"项目部"牌子的门前，往里一看，全是熟面孔，有的在打电话，有的在电脑前面"噼里啪啦"地打文件，他倒有点儿意外。

　　项目部里一个叫马诚的一眼看见施歌，问他："施歌哥，你找谁？"

　　施歌被逗笑了："一个大男人，可别叫我施哥哥，怪肉麻的。你们怎么在这儿？"

　　马诚说："我们一直在这儿啊！"

　　施歌说："好长时间没有上来，我是问你们怎么没有去排练？"

　　马诚说："早退下来了，杨董说我们懂业务，把我们调到项目部了，对外联系项目、演出协调什么的，都是我们做。"

施歌又一次感到意外："那挺好的呀，我们那批退下来，好多只能到外面漂着，自己到处找事儿做，能找到的还好，找不到还是着急。看你们还挺忙的。"

马诚说："忙死了，这段时间剧院的项目多，有内部的，也有外面接的，根本忙不过来。不过我们还算好，还有几个调到了团里的舞蹈培训学校，比我们还忙呢，这学期没有结束，下学期几个班就全报满了，家长抢着报名。也有调到舞美部的。"

施歌不禁点头称赞："挺不错的。"

马诚说："你到底找哪个？我这马上要去找杨董签字。"

施歌一拍脑袋："就是问董事长办公室呢。"

马诚说："那你跟我来吧。"

马诚带着施歌，一路到了杨董的办公室，等杨董签完字后，马诚就先走了，施歌留了下来。

杨董看见他，就说："施歌呀，好长时间没有看见你了，我正想找你呢。"

施歌说："啊，什么事情啊？"

杨董说："梁若伊现在忙些什么，我想问问她愿意不愿意到公司来。现在公司需要人，我想把这些有才华的人都召集回来。"

施歌说："那得问她呀，有时候我也不太清楚她怎么想的。"

杨董说："行，你也回去问问——你找我什么事情？"

施歌嗫嚅着："我想问问……能不能在剧院报项目？"

杨董说："这话问的，当然啦，公司有这块儿的资金，有好的想法尽管报。"

施歌听了心里有了底，不免高兴起来："那先谢谢杨董了。改天请杨哥吃饭，我家里还有二锅头。"

杨董哈哈大笑："行了行了，你们多在剧院做点事情，比什么都好。"

施歌也笑道："好嘛，那我回去想好了报上来。"

施歌笑逐颜开，回到家直到吃了晚饭脸上还是春风满面。梁若伊问他："你怎么了，有什么高兴的事儿？"

施歌把自己的所见所闻一一说了，后来告诉她："杨董想让你回剧院。"

梁若伊想了想："不回去吧，虽然这样看来剧院越来越好了，可是那些小人也还在，回去了，难保没有口舌是非。我现在这样，还更自由。"

施歌说："你之前还劝我，剧院也是个平台，我看你应该回去，现在工资又涨了呢。"

梁若伊摇摇头："你不知道吧，杨董一来就被人事王杰告到厅里了。"

施歌感到意外，说："啊？杨哥那么随和的人，还能遇到这种事儿。"

梁若伊说："王杰因为私人恩怨要裁人工资，杨董了解情况以后就说，不管按照《劳动法》还是按照剧院的规章制度，都不应该裁。就这么点事儿，恶人先告状呗。后来也没少受那些前辈的折磨，只是他自己很了解这个团，对这些有心理准备。"

施歌问："这你怎么知道？"

梁若伊想了想："忘了听哪个说的了，应该是刘丽颖吧。"

施歌说："那他还到南方歌舞剧院？"

梁若伊笑笑："想做事儿嘛。不管在哪里，在什么位置上，都有想做事儿的人。"

施歌还想劝劝梁若伊，梁若伊先一步说："之前说了的，我有我的想法，我不回去，肯定不会回去。可是刚才提起刘丽颖，我们是不是要再请他们过来，上次你那么给人下不了台。"

施歌皱着个眉头："能怪我给他们下不了台吗？他们做的什么事儿，关键是他们这么多年守口如瓶，这也太可怕了。我忽然之间觉得，我对身边这些人，也许没有我想象的那么熟悉，也许我根本就没有了解过他们。"

梁若伊摇摇头："我看没有你想得那么严重，他俩也并不是故意要伤害我们。那个时候那么年轻，一个恶作剧闯了那么大的祸，换了谁都不敢说。"

施歌不解："你本来是性格最硬的一个，遇到什么事儿就咬牙憋着气，怎么这件事情想得这么开？"

梁若伊说："情况不一样嘛，我跟刘丽颖，有好长一段时间，一会儿好了一会儿又不好了，可是到了现在，她是真心为我们好。我离开南方歌舞剧院她帮我出主意，看到咱俩吵架她也是真着急。那个时候她应该不是故意要整我们的，要不现在也没有必要说出来。谁都有做错事儿的时候，当时也有我心急的原因，结果我后来也好了，该过去的就过去吧。"

施歌摇头道："我心里过不去，我有几次看见张东健，都没有理他。"

梁若伊问："那他呢？"

施歌说："他也没有理我。"

梁若伊无奈道："你们两个，真是。"

两个人又聊了一会儿，施歌去收拾碗筷，梁若伊去陪施宇玩了。

施歌收拾完了，看看床上已经睡着的妻子，轻手轻脚地拿了瓶红酒出来，坐到沙发上就开始思考想排的舞蹈。他想来想去，全无头绪，不免心烦，开了电视看了一会儿，演些什么全没有看进去。

后半夜梁若伊醒了，发现施歌拿着一瓶红酒，还在苦思冥想。她就披上衣服，坐到他面前，也拿了个杯子倒了些酒。

施歌瓮声瓮气地说："我不行了，完全想不出来。"

梁若伊喝了口酒："不用那么着急，创作首先从立意开始，想表达什么样的主题，传递什么思想，然后是结构，其次才是动作、队形这些。不过我这全是自己的直观感受，你要是愿意，改天我让李楠用微信跟你好好说，她的知识更系统化。"

施歌说："创作很多时候就是需要直观感受嘛，要不怎么说得有灵感呢——要不这样，就你的想法去团里报一个吧，咱俩一起做。"

梁若伊笑道："你呀，当初我这么找到你，你不同意。现在我有这个心，也没有这个时间。有人找我排舞剧呢，你自己的事情自己做吧。"

施歌有点儿酸酸的："你那个跨国项目做完了吗，又要做新的？"

梁若伊说："那个项目按照约定的演出时间推进就可以了，也不影响我构思新的作品呀。"

施歌没有话说了："那你也别影响我构思作品了，赶紧接着睡去吧。"

梁若伊说："好，好，倒成了我影响你了。"

这次以后又过了一年多，施歌的一腔热情依然无从下手，最后还是没有去团里报自己的创意。梁若伊的国际项目也遇到了阻碍。

原来是甲方的施工拖了进度，周立涛去了现场几次，每次去都看不见几个人影儿，只看到打的桩子多了几根。他干着急，也没有办法。

这天，周立涛刚从国外现场回来，就约了梁若伊。

梁若伊问他情况怎么样了，他只有摇头叹息："甲方也非常重视这个项目，可是施工速度跟不上。我记得我们去年谈这个项目的时候，我家旁边工地刚开始挖地基。到了现在，几幢楼房眼看着都要封顶了，结果那边一个舞台还没有搭建好。早知道还不如从国内拉工人过去，那早就演了。"

梁若伊只能安慰他："这个是我们无法控制的，还有其他事儿呢，先做其他事儿吧。"

周立涛点点头："我也是这么想的，最近我在考虑往内容产业上面发展。"

梁若伊问："内容产业？"

周立涛说："对，你看哈，上世纪九十年代是股市大热，后来是房地产，发展到现在，我们国家经济继续换挡，高污染行业、资源密集型产业，包括房地产行业将面临更大的挑战，那后面我们该怎么走？我认为高新技术、清洁能源包括创意产业、内容产业一定会有更大的机遇，所以我决定进行常态化的剧目投入。但是这一次我想的是投资音乐剧。"

梁若伊点点头："对，音乐剧有唱有演有舞，形式更加丰富，情节和内容也可以做得很精彩，好多百姓看不懂舞剧，可是音乐剧开口一说一唱，清清楚楚的，更受观众的欢迎。国外舞台上长演不衰的保留剧目，也大部分是音乐剧。"

周立涛笑道："还是想问问能不能请到梁导做总导演呢？"

梁若伊有些吃惊："我没有导过音乐剧，戏剧导演和舞蹈编导不一样。"

周立涛说："我相信你。"

梁若伊想了想："我考虑一下吧。"

周立涛又询问施歌的近况，梁若伊笑笑："没有怎么吵了，慢慢又有晚会找到他，不过现在有趣的是，找到他的时候都说要做剧，最后做出来还是晚会而已，起个名字叫音乐剧什么的。'戏剧'的解释是'通过演员表演故事来反映社会生活中的各种冲突的艺术'，那应该是有故事、有人物、有矛盾冲突才能称为'剧'吧？"

周立涛想了想："我记得之前在峨山上你也说过。"

梁若伊点点头："那个时候呢，有愤愤不平的个人情绪在里边，现在呢，观点没有变，但看问题的角度跟以前不一样了。"

周立涛问："那你现在是站在什么角度呢？"

梁若伊仔细思考了一下："现在国家的大方向是支持艺术作品，支持剧目的创作，可是西江省这个行业也会有一些急功近利的人吧。投资者也有，他想着名字叫'剧'，好向主管部门申请资金，也可以试试申请艺术基金，至于内容，倒不一定那么上心。创作者也有，甲方找到他了，他又是个艺术家，自带三分权威性，能够决定作品的最终方向。做剧的难度更大，他不愿意静下心来思考，或者根本就没有建构故事的能力，长期做晚会又习惯了按照自己的思路进行，不愿意跟编剧的想法走，有的连编剧都没有。所以，做个剧目名义的晚会，对甲方有交代，自己赚钱省事儿，至于后续，那跟他也没有太大关系啦。"

周立涛说："既然你有这些想法，那我请你来做音乐剧的导演，肯定没错，至少你就不会那么急功近利，赚钱脱手走人。"

梁若伊笑笑："这只是我个人的看法，施歌就不这么看呢。他觉得是我太矫情了，大家都觉得应该往这边走，而我偏要往那边走。更搞笑的是，有一次我看了这种类型的剧，然后刚好遇到直管处长，就提出了自己的看法，直管处长说'你懂什么，这是现在最新的舞台方式'。"

周立涛摇摇头："你怎么说的？"

梁若伊说："我能怎么说，沉默呗。在国内看了那么多成功的剧目，国外那些经典的舞台剧、剧本也没少看，这种'最新的舞台形式'，确实让我无言以对。后来还是刘丽颖埋怨我'你也太直了，你说的那个剧就是他主抓的，你还去说这些'。"

周立涛恍然大悟："难怪。"

梁若伊无奈："所以呀，有时候我也在想，是不是这个世界上真的没有那么明确的是非、对错、黑白？"

周立涛想了想："做好自己吧。"

梁若伊点点头："国家的改革，行业的发展，我们都看得到，现在不仅文艺院团的改革继续进行，部队文工团的改革也在推进，一些全国性的舞蹈比赛也在进行改革……一切都在向好的方向发展。但是在我自己的身边，依然有一些让人无奈的现象存在。可能就像你说的，要做好自己，要相信美好的存在。不管经历了怎样的曲折、不公平、误解，我依然相信我可以做最真实的自己，我依然相信我可以用正大光明的手段去追求我的梦想，我依然相信我身处一个最好的时代，我依然相信一切都会变得更好。"

周立涛出神地望着梁若伊，有好一会儿才说："就是你身上的这股劲儿，让我……"

话音未落，周立涛的电话铃声响起，他接通电话，没说几句脸色大变，拉起梁若伊就跑。

第三十章

两个人往蓉市闹市赶，快要到了的时候，就开始堵车，堵得水泄不通。周立涛只有拉着梁若伊下了车，一阵猛跑。

越跑路边的人越多，都在仰着头，看向一幢三十层的大厦。大厦下面的街道上，更是人山人海，人们都抬头望着高处。警车、救护车停在路边，车顶灯光闪烁。楼下消防员正在忙碌着为一个硕大的救生气垫充气。

梁若伊抬起头，看到大厦最高层的边沿上，一个女人，穿着红色的裙子正在跳舞，舞姿飞扬，裙角飞扬，几次旋转以后，还凌空来了一个横飞燕，像空中翩翩起舞的大雁一样张开双臂。

下面看的人心早就提到了嗓子眼，不时发出"啊""呀"各种惊呼。有的失声喊着"不要，不要"，有的已经用手捂住了眼睛，不敢看可能发生的惊恐画面。

周立涛找到一位警察："警察同志，你好，我叫周立涛，上面有人给我打了电话。"

警察用对讲机跟楼顶的同事确认了一番，对周立涛说："跟着我上去。"随后指着梁若伊："这位女士留在这里。"

周立涛说："若伊，不知道钟晴是什么情况，我自己上去，你就在这儿等着。"

梁若伊急得没法，推着周立涛："你赶紧去，好好跟她说。"

她又想了想，趁着周立涛上楼的时间，赶紧掏出手机，给施歌打电话，随后又给刘丽颖打了个电话。

周立涛自己跟着警察急匆匆地上了天台。钟晴这个时候已经停止了舞蹈，只是坐在边沿上，双腿悬空，长发飘飘，好像随时都会掉落。

周立涛弯着腰，向前伸出两只手，轻轻喊了一声："钟晴。"

钟晴回过头，看到周立涛来了，热泪滚滚，刚喊了一声"涛哥"就哽咽着说不下去。

周立涛说："钟晴，有什么事情，下来好好说，啊，下来……"

钟晴哭了一阵，抬起头："涛哥，我这辈子最对不起的人，就是你，你心里肯定怪我吧，我不奢望你能原谅，只想……在走以前，见见你。"

周立涛说："你呀，你说什么呀，我一直觉得，你是一个好女孩儿，又漂亮，又聪明……"

钟晴有点儿高兴的样子，忽然又变了脸色："真的吗？……不，你骗我，连你也骗我……"

周立涛随着她紧张地往前挪了两步："没有，我说的是真话，下来吧。"

钟晴双手捂着脸，良久："我是自己作的，那么好的老公，作没了。拥有的一切，都消失了。到现在，一个家人也没有，一个亲人也没有。"

周立涛说："你还有我，还有梁若伊他们。"

钟晴粲然一笑："我好像做了一个梦，好奇怪好奇怪的梦，现在呢，梦醒了，一片黑暗。对我来说，活着是一种折磨，不管我怎么挣扎都无法逃脱，我累了，太累了。涛哥，谢谢你，我想走了。"

钟晴准备向下跳的时候，一位早就在旁边准备好的消防员猛地扑过去，搂着腰一把将钟晴从死神的手里夺了回来。

周立涛赶紧上去，看钟晴到底怎么样了。

钟晴还在挣扎，大喊大叫。周立涛跟着几位消防员一起把她拉到了安全地带，又把她带到了楼下。

急救人员冲上来查看钟晴的情况，梁若伊和她喊来的施歌、刘丽颖、张东健、唐风都在外面围着，着急地看着。

医护员要把钟晴带上救护车，她坚决不上，双手扒着救护车的门，大喊："我没事儿，我不去，你们要送我去医院，我就在医院死给你们看，我说到做到！涛哥，你跟他们说，我不去医院！"

周立涛只好跟医生协商。钟晴就一直说："我不去，我没事儿了，真的没事儿了。"

周立涛问她："要不先回家吧？"钟晴摇摇头。

梁若伊说："去我家吧。"

良久，钟晴说："我想去院里的剧场。"

周立涛又问医生的意见，医生说："她身体上除了一点点小擦伤，没有什么大碍。但是情绪非常不稳定，我建议住院观察一段时间，如果你们非要把她带走，得密切关注。"

周立涛还在思考，梁若伊就说："听钟晴的吧。"

就这样，一群人陪着钟晴到了东大街79号，从一扇一直开着的小门里，进了剧场。

空旷的剧场里黑着灯，二楼敞开的出入口有光线照进来。一排排的观众席静静地立着。

钟晴爬上黑漆漆的舞台，轻声地说："你们……帮我唱歌吧。"她自己先轻声哼起来："杨柳青青江水平……"

梁若伊他们都含着泪跟着唱起来："闻郎江上踏歌声，东边日出西边雨，道是无晴却有晴，啊啊……啊啊……"

钟晴在黑沉沉的舞台上翩翩起舞，时光倒流，她好像回到了二十来岁的年纪。一个绿衫红袖的蹁跹佳人，脸上泛着朝霞一样的红晕，心里怀着甜蜜而羞涩的憧憬，在灯光大亮的舞台上起舞。杨柳青青，踏歌声声，春意融融，一切都是美好的、新鲜的、浪漫的、充满希望的、生机勃勃的。

他们唱了很久很久，钟晴舞了很久很久。一直唱到声音嘶哑，舞到筋疲力尽，钟晴才倒在地上。良久，她双手抚摸着这方无比熟悉却无比遥远的舞台，深情一吻。

泪水滴落，时光流转，青春已远……

很久以后，梁若伊才知道，钟晴本来找到了一份化妆品销售的工作，天天在商场里，接待来往的顾客。因为对化妆品的熟悉，她在工作中如鱼得水，收入慢慢提高，生活过得不再那么拮据。谁知道某一天，一个很久以前的朋友到商场购物，看见钟晴，告诉了她孩子们的下落。

钟晴心急如焚，马上买了票追到沿海一座城市，几经周折找上门去。她看到了朝思暮想的孩子们，一儿一女眼中却充满了陌生和嫌恶。小儿子更是跑到"妈妈"的怀里，哭着喊着要把钟晴赶出去。

钟晴失魂落魄地回来，断了她在这个世界上唯一的念想。

钟晴轻生那天开始，他们就把她的家搬到了唐风的住处。说是搬家，其实也只有几件衣服。

搬过去以后，唐风几乎是二十四小时守着她，梁若伊和刘丽颖也是每天一有时间就往那跑，轮流开导她、安慰她。

梁若伊有时候跟她感叹："人生吧，其实就是一个不断选择的过程，即使在我们以为到了山穷水尽的境地时，回过头发现依然有选择。我们还年轻，你还那么漂亮，还可以重新开始。不管谈恋爱成家，还是工作，都可以重新选择一次。"

钟晴摇摇头："我不想再找男人了，以前呢，把全部生活和希望都放在男人身上。现在，谈恋爱、结婚、生孩子，对我来说太沉重也太烦琐，我不可能重新去经历那些事情了，是好是坏，就这样吧。"

刘丽颖劝钟晴，跟她说："人的一生吧，总有做错事情的时候，也有做对事情的时候，以前错了，现在就别再一错再错了。你说你要真是一时想不开，那在老家的父母听到这个消息，得多难受。"

钟晴说："他们从我到了剧院开始，一打电话就是要钱，我要是真死了，他们也不会掉泪的。"

刘丽颖只好换着别的话开解她。有时候刘丽颖和张东健还在钟晴那里，施歌也去了。施歌开始还跟他们夫妻两个较劲，憋着不说话。后来次数多了，免不了你问我答，渐渐也就恢复了以往的和睦，不再提起从前的事情。

因为钟晴这么一闹，周立涛心里久久不能平静。他当时跟钟晴近在咫尺的距离，生与死在眼前看得那么清楚，他想，生命真的是脆弱和短暂的，我可以用一生去等待，但是有些话，也许我该说出来。

周立涛又一次约了梁若伊，两个人在湖边一个全透明玻璃搭建的咖啡馆见面。

周立涛先到了约定的地方，他点了咖啡以后，就靠在椅子上。他闭上眼睛，想起梁若伊年轻时候的样子，想起校庆的那天，他刚把自行车放好，梁若伊就如仙子一样飘过，匆匆忙忙的，头上的一个发饰掉了都没有发现。他跑过去捡起发饰，追着还给她，她不好意思地笑，对他说："谢谢你呀。"

他又想起有一年冬天，他在学校门口买了个烤红薯，梁若伊迫不及待吃了一口，却被烫了的那个样儿。

周立涛忍不住笑了。他睁开眼睛，梁若伊已经坐在对面，脸上不复当年的稚嫩，却更多了一种沉稳的美。

梁若伊看见他醒了，先说了一堆钟晴的情况，然后又问项目上的进展。

周立涛手扶着面前的咖啡杯："我今天呢……约你并不是想谈工作的。"

梁若伊有些吃惊。

周立涛说："我只是想问一句话，如果能够重新选择，你会选择我吗？"

梁若伊的脑袋里电闪雷鸣，心里翻江倒海，她想再开个玩笑遮掩过去。

周立涛却直直地看着她："我只是想听一个答案，最真实的想法。"

梁若伊拿起面前的咖啡杯，喝了一口，全不知道是什么味儿，她想笑，却笑不出来。

梁若伊把杯子放下，沉吟了片刻："我在很早以前，看见过一位我尊敬的老师创作的舞蹈，叫作《男人的心》，后来我又看过她的访谈，对这个舞蹈进行了解读，她说'女人是男人的心脏，是他心脏的一部分，所以他的每一个情绪，都会引起心脏的变化，男人的秘密就是被这个心脏泄露的，所以男人的心与男人是生长在一起的'。其实我想换一个角度，对于女人来说，情绪的每一次变化都能影响到她，与她一起生长的那个男人，永远都会是她灵魂的归宿。"

周立涛沉默良久："也许，我不该问这个问题。不知道，看起来千疮百孔却相濡以沫几十年的爱，和看起来梦幻美好却始终没有得到的爱，哪一个才是真正的爱情？"

梁若伊思考了片刻："不管理智如何阻拦，却还如决堤的江水一样奔涌而出的情感；不管时间如何流逝，却愿意一直守候的那颗心……也许，这就是爱吧。可是，深夜里为没有到家的人留的一盏灯，衣柜里整齐叠放的衬衫，厨房里锅碗瓢盆的奏鸣，也是爱吧。"

周立涛笑了，眼睛有点儿湿润。两个人相互沉默了很久很久，周立涛站起身，一只手在梁若伊肩上轻轻拍了拍："谢谢你。"

　　梁若伊说："我再坐一会儿，这里的风景真好。"

　　周立涛点点头："一起努力。"

　　梁若伊笑道："嗯，工作上一起努力。"

　　周立涛轻轻咳了一声，似乎还想说些什么，终究是一句话也没有再说，转过身走了。

　　梁若伊还是以之前的姿势坐着，脸上还挂着微笑，眼睛里却流出两行泪水，慢慢地，泪水越来越多，越来越多，她伏在桌子上，泪水滂沱，由无声的啜泣变成低沉的呜咽，又变成号啕大哭。

　　阳光穿透玻璃窗外的绿植，洒在她的身上，斑斑驳驳如冬日的雪花飘落。顷刻之间，她的满头满身都被覆盖了鹅毛大雪，大雪一直下到了她辽远空旷而又孤单清寂的心里。在她的心中，白茫茫的大地之上，一支红色的玫瑰如诗一般静默，逐渐淹没在纷飞的雪花之中，被层层地覆盖……

　　梁若伊哭过以后，手扶着桌子站起身。她看一眼这湖边洒满阳光的玻璃房子，向着家的方向走去……

尾声

时光未停，时代不歇。又过了几年，国家文化部与国家旅游局合并为文化和旅游部。梁若伊、施歌、周立涛、刘丽颖、张东健、钟晴、李楠、赵晨、吴姝……在时代浪潮的裹挟下，依然继续着各自的喜怒哀乐。

夜晚，华灯初上，在一群广场舞大妈中间，梁若伊认真地倾听着。

一位满头银发的老妈妈说："我的女儿十四岁考上了舞蹈学校，那个时候因为家里困难，没有让她去读，后来她出了车祸意外离世了，所以现在只要有舞台我都要跳舞，带着我女儿的梦想，跟她一起舞蹈。"

另一位大婶羞涩地笑道："我年轻的时候路过蓉市那个老车站，看见一个小伙子在拉小提琴，我就随着他的琴声跳舞。现在他成了我的老伴儿，我们每天晚上一起到这里来。只要能跳动，我要一直跳下去。"

一个漂亮的女孩儿说："我本来是跳街舞的，我妈妈看了我跳舞跟我说'宝贝啊，妈妈觉得你跳得很好，就是能不能把脊背伸直'……"

梁若伊听了会心地一笑。她想，每一个舞者的背后都有那么多的故事，不管是在灯光璀璨的台前，还是在无人欣赏的幕后，不管是在雪山、高原，还是在田间地头。这些故事有的浪漫，有的遗憾，有的让人向往，有的让人忧伤。可是在每个故事的背后，是舞者共通的对舞蹈终生的热爱。

这份爱，与生命紧紧缠绕，从人类最初与天地的交流开始，直到地老天荒……